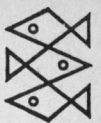

Über dieses Buch   Der Held des Romans ist Bauingenieur, der nach dem Abschluß seines Studiums seine Traumstelle antritt: Er wird Bauleiter in einem großen Ingenieurbüro und auf die Großbaustelle für ein Versicherungsgebäude geschickt.
Er will vorwärtskommen, er will Leistung bringen, und so ordnet er frühere Inhalte seines Lebens und private Belange den Anforderungen seiner Arbeit unter.
Seine »Baustelle«, das bedeutet, die Bauleitung und das Management haben Priorität vor allem anderen.
Durch einen guten Posten geködert, nimmt er unschuldig die Verantwortung eines schweren Arbeitsunfalles auf seiner Baustelle auf sich und springt auch im politischen Bereich über seinen Schatten, indem er den Betriebsratsstuhl mit dem eines Geschäftsführers vertauscht.
Am Schluß muß er erkennen, daß er sich immer noch nicht genug angepaßt hat, selbst seine hohe Arbeitsleistung bewahrte ihn nicht davor, vom »System« ausgespuckt zu werden.

Über den Autor   Fritz Märkl ist 1946 in München geboren, absolvierte nach der Schule eine Maurerlehre. Anschließend Studium. Als Bauingenieur hat er auf vielen Großbaustellen gearbeitet. Obwohl der vorliegende Roman nicht autobiographisch ist, sind viele Erfahrungen und Einsichten des Autors dort eingeflossen. Er lebt heute als freischaffender Architekt in München und ist dort Mitglied der Werkstatt des Werkkreises.

Werkkreis Literatur der Arbeitswelt

Fritz Märkl
Zwischen Baukran und kaltem Buffet
Roman von einem der auszog, Karriere zu machen

Herausgegeben von der Werkstatt München
und dem Werkkreislektor
Peter Fischbach

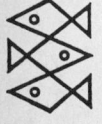 Fischer Taschenbuch Verlag

Originalausgabe
Veröffentlicht im Fischer Taschenbuch Verlag GmbH,
Frankfurt am Main, November 1985
© 1985 Fischer Taschenbuch Verlag GmbH, Frankfurt am Main
und Werkkreis Literatur der Arbeitswelt, Köln
Umschlagentwurf: Jan Buchholz/Reni Hinsch
unter Verwendung einer Zeichnung von Ilse Straeter, Dortmund
Gesamtherstellung: Clausen & Bosse, Leck
Printed in Germany
880-ISBN-3-596-25291-1

Windfang und Halle

Das sperrige Drum hinderte mich am Schalten. Gebogen wand sich die Reißschiene zwischen den Lehnen der Sitze nach hinten, eingespannt zwischen Kartons und Planrollen. Ein Bund Filzer rollte immer wieder gegen den Locher aus Blech in irgendeiner Schachtel. Die Gabelsbergerstraße runter zum Tunnel, raus aus der Stadt. Der Heizungshebel ließ sich nur schwer zurückschieben – aber direkt vor der Scheibe strahlte die Sonne zu heftig, aufgehängt vor einem gigantisch blauen Föhnhimmel. In den Sessel sich bequemt: Mensch Hans, bei los geht's los. Der Handballen wetzt über das Leder des kleinen Lenkrades. Gelassen bleibe ich auf der rechten Spur. Soll doch rasen, wer mag – auf mich kommen die Dinge seit heute zu.

Und wie das alles paßte. Das Jahr war nagelneu. Endlich hatte ich die feine weiße Limousine bekommen und einen neuen Job auf einer neuen Baustelle in neuaufgestellter Bauleitungsbaracke: »Hans, bei los geht's los!« Dann dieser sonnige Wintertag. In Strömen war mir das Wasser aus der Haut gebrochen, als wir die Autos packten: Mensch, waren die Kisten mit den Büchern schwer. Auch Dutzende von Aktenordnern mußten vom vierten Stock runter, die Schreibmaschine, Papier, ach, was noch alles! Umzug mit den Privatautos. Das war vorhin echte Arbeit gewesen, am ersten Arbeitstag, und übermorgen ist schon wieder Heilig Drei König: Nicht, daß der Streß zuviel wird. Eine gute Woche hatte ich nur freinehmen können an Weihnachten. Bitter kalt war es gewesen. Schneekristalle waren wie Nebel in der kalten Luft über der Piste, das tiefe Sonnenlicht warf blitzende Tüllschleier . .
Auf ein großes Inserat hin, für eine Großbaustelle, hatte ich mich beworben. Bei Büro Köhler und Büchner, das die Planung erstellt hatte und nun den Verwaltungskomplex in die grüne Heide setzte. Juhu. Köhler hatte mir ja einiges erzählt. Bauen, was das Zeug hält – in zwei Jahren ist der Schuppen so oder so fertig. Der Versicherung konnte das Ganze gar nicht ordentlich und glatt genug sein: Sauber! Und höher als der Nachbar: Imposant – ein großes Zeichen des Städtebaus dort. So hatte das Preisgericht beim Architektenwettbewerb entschieden. Und positiv war auf jeden Fall, daß so ein Monstrum nicht in der Innenstadt 15 Wohnblöcke niederwalzte. Und technisch war dort alles größer und besser: Das Maximum. Ich packte das Lenkrad und rüttelte dran – endlich das zu tun, für was ich stu-

diert hatte: Mittlere Reife, Maurerlehre und Fachhochschule, und alles im Eiltempo – vorwärts, jetzt wird geklotzt. Vom Plan weg zum Flachdach im zehnten Stock. Da müssen sich Jahre auszahlen.

Die Bäume hatten auch vor der Stadt ihre Schneeleibchen abgeworfen. Der schwarz dreckige Straßenfluß brach durch die weißbegrabenen Felder: Verschneite Gerüste umzingelten die rohen Ziegelflächen. Da drüben war ich vor Weihnachten noch in der Baracke gesessen: Kann ich jetzt links liegen lassen. Nach dem Studium die ersten Sporen verdient. Zwei Jahre war ich für eine Firma auf den Baustellen rumgeeiert. Hatte die Bauten aufgemessen und Rechnungen geschrieben, war manchmal einem Polier auf den Leim gegangen, der dem jungen Ingenieur zeigen wollte, wo es lang ginge, hatte mich aber schon durchgesetzt dann, hatte die Akkordanten nicht beschissen und auch die Firma nicht bescheißen lassen ...
Und dann war zu eng mir im Herbst alles geworden. Dafür hatte ich nicht HOCHBAU studiert, um in kleinen Zimmern von Baracken die Baustellenlöhne auf langen Listen auszurechnen. Das Holz der Wände roch nach den Ölöfen. Wegen des kalten Bodens war ich alle Stunde durch den Schnee zur Latrinenrinne gestampft. Seit letztem Winter geh ich mit kalten Füßen jede halbe Stunde: Oh Blase.

Ja doch, die Poliere, die Führer der Akkordpartien, oder irgendein anderer der grobschlächtigen Kerle: Die hatten wenigstens Biß. Mit der Schulter an die Bretterwand gelehnt, bei mir in der Bude, das Flaschl Bier zwischen zwei Finger gehängt: Geschichten mit Mörtelbrocken zwischen Zeilen. Wenn der Bagger plötzlich durchs Gewölbe eines Brauereikellers bricht und der Fahrer durch die Dreckwolken grinsend hochsteigt – der Sepp hat sich nur ein Bier g'holt! Und der Kleinkrieg ums Geld: »Na, mir ham viel länger gearbeitet, des war ja soviel!« Schlitzohren alle, die plötzlich Maurer sein wollten: Bäcker, Friseure und Leute aus Berufen, für die immer nur ausgebildet wird, ohne Arbeitsplätze danach: »Die zahlen ganz einfach zu wenig!«. Keinen Plan können die Burschen lesen, der Polier kann den ganzen Tag nachmessen und aufpassen. Ums Geld geht's ganz einfach: »Da mußt du hinlangen, willst doch auch mal was verdienen!«. Der Grasser Sepp hat das damals zu mir gesagt. Lehrling war ich damals. Maurerlehrling.
»Ach Mist!« – Ich schlug mit der flachen Hand aufs Lenkrad: »Jetzt versauf ich in dieser Jammerscheiße!« Eine ganz blutige

Schufterei ist es, draußen bei jedem Wetter – kein Aas, das einmal vom Bau runterkam, ging je wieder zurück, um sich vom Kalk die Hände aufreißen zu lassen.

Wie von Herrn Köhler beschrieben, biegt die tiefe Schlammrinne mitten im Waldstück ab. Mit den Rädern in der vereisten Spur lausch ich aufs erste Aufsitzen. Starr halte ich den Wagen über dem schmutzigweißen Schneerücken zwischen den braunen Rillen.
Nach vierhundert Metern reißt es den Wald auseinander: Mehr als fünfzehntausend Stämme des sterilen Streichholzwaldes hatten sie gleichmal flachgelegt. Wahrscheinlich einfach mit der Laderaupe umgerissen! Einige entästete Stämme ragen hoch. Noch tragen sie die schuppige Haut von Fichten und Kiefern. Auf frisch angenagelten Brettern tragen sie die Adern und Nerven des Gesamtorganismus – Stromkabel, Telex und Telefondrähte: »Aber bündelweise bitte!« Plötzlich waren diese Bündel aus dem Wald gebrochen, hatten die Straße geführt: »Da – ist vorne.« Bißchen mehr als olle hundertfünfzig Mios versteinern gleich um die Ecke, werden zu Glas und Alu, Tiefgarage und Klimaanlage: »Dreh dich nicht um!« Vorne steht der Wächter am Tor des Bauzauns – später macht auch das die automatische Alarmanlage.
Jetzt nimmt er die Hand grüßend an die Mütze: »Ja, die erste Baracke, die helle, gleich rechts vorne!«
Das Gelände der Baustelle erstreckt sich über ein Gelände von etwa vierhundert mal vierhundert Metern. Das Gebäude selbst freilich war nur mit etwa zweihundert mal zweihundertfünfzig Meter Breite mal Länge geplant. Groß genug!
Und rund um die Mauern der ausgedehnten Keller zog sich ein mächtiger Graben, der nur darauf zu warten schien, mit Wasser vollzulaufen, um den Versicherungspalast wie eine Schutzburg zu umschließen. Als Heerlager, mit Tross und Marketendern durchwoben, umlagerte der Baustellenbetrieb den aufgehenden Beton. Eisenstäbe, Holzstapel, Schalungen, Baracken, die Kantine als Zuflucht der Krieger aller Ränge, metallumzäunt die Gastanks für die Heizungen, wie Wurzeln schlugen sich die Gasleitungen in den Boden: Vergraben darin auch Wasser- und Fäkalienrohre und fast alles nur provisorisch. In Randlage: Die neueren Baracken der technischen Stäbe: Bauleitungen der großen, für die Burg tätigen Firmen. Großaufträge wurden hier, einmalig und nicht wiederholbar, abgewickelt. Provisorische Großindustrie in einst grüner, baumiger Landschaft. Einmal, zweimal, umkurvte ich diesen Or-

ganismus. Kräne stachen gitterig in die Wolkenfetzen vor blauem Azur. Der Wagen stolperte über Eisbrocken, die die Lkws in den Rinnen zurückließen: Gedonner am Bodenblech – die Ankündigung von großen Ereignissen. Hineinspringen will ich ins Getümmel der Seilschlingen, ins Schwingen schwerer Stahlhaken: Den Beton in der Schalung verrauschen hören ...
Dann sah ich die Sekretärin in ihrem Auto vor der gelben Baracke ankommen.
Ich stoppte neben ihr, möglichst nahe an der Tür: »Das ist schon'n Ding!« Ich deutete zu den grauen Betonwänden. Einige waren wie mit Schießscharten durchlöchert. »Das ist unsere Bauleitung!« Sie zeigte zur Tür.
Durch Gitter unter den Fenstern stießen Gasöfen Abluft ins Freie, Bretter schimmerten hell, silbern die Gasleitungen darauf.
Wir fingen an, das Zeug hineinzutragen. Matt und weißgrau warteten neue Zeichenplatten, in gelblich natur – wohl billig eingekaufter alter Ramsch – blinkten Schreibtische, Regale und Aktenhunde ihr Einverständnis, die Berge von Leitzordnern und Plänen aufzunehmen – der Baustellenstaub wird über alles sich legen und gleichmachen! Willig ließen sich die Schubladenmünder aufziehen.
Draußen verdichteten sich Wolkenstreifen: »Januar, laß bloß den Föhn, den falschen Freund, noch ein bißchen länger hier!« Nun, wir blieben beim Entladen der Autos trocken, wenn auch der heftige Wind sich immer wieder warm in unsere Hemden und Jacken wühlte.
Als Chef räumte Pielsticker seine Sachen ins mittlere Einzelzimmer. So hatte er eine direkte Tür in den breiten Flur, dessen Wände wir mit Regalen vollstellten. Die Anmeldung war sein Vorzimmer, in dem Frau Haberl saß. Noch während sie ihren Schreibtisch einräumte, zog Pielsticker eine Flasche Henkel aus einem der Kartons: »Wenn wir heute nicht dazu Zeit hätten, wann denn dann!« Wolf Kohlenhauer holte von irgendwoher ausgewaschene Senfgläser:
»Wir müssen wohl doch bei dem da bleiben! Die anderen sind alle viel zu süß!« Weiß perlten Blasen in die Gläser hoch.
»Machen Sie mit, Herr Schabe? Wir sind eine verschworene Gruppe, die der Wettleidenschaft frönt!«
»Keine Tat ohne Wett!« lächelte Anne Haberl und legte zwischen ihren Lippen große, weiße Zähne frei.
»Und wenn Sie sagen: – Wetten – dann gibt's immer eine Flasche von dem Zeug hier?« Ich dachte an mein Gehalt. Pielstik-

ker lächelte: »Ja! Wenn Sie dagegen halten!« Ich nickte: »Na, meinetwegen!«
»Ehe ich's noch vergesse, Herr Schabe. Frau Haberl schreibt natürlich auch für Sie beide, aber nach dem Korrekturlesen bekomme ich's zur Unterschrift. Schließlich steh ich hier für alles gerade und muß wissen, was läuft. Klar?« Ich nickte: »Klar!« Mir war es warm ums Herz, und ich freute mich. Ich spürte, daß es ein guter Anfang in der Gruppe war. Pielsticker hatte anscheinend ähnliches gedacht, er hob nochmals sein Glas: »Auf unsere zukünftige Arbeit hier. Wenn wir es richtig und gemeinsam anpacken, dann können wir neben der vielen Arbeit auch Spaß haben! Prost!«
Alle vier tranken wir jetzt.
»Wird schon werden!«, sagte Wolf Kohlenhauer. Er war ein langer Kerl und dürr, mit großen Händen. Oberhalb seines Gesichtes standen einzelne Buschen aus hellem Haar. Ganz im Gegensatz zum Chef, der kleiner als ich war. Zäh wirkte der, ruhig, mit einem großen schwarzen Schnauzer über einem feinen Lächeln, das nie sein Gesicht verließ. Darüber die fast vollständige, immer gebräunte Glatze. Ja, ich mochte sie alle, auch diese hübsche Sekretärin mit ihrem blonden Schopf und den viel zu dünnen Armen, an denen das Handgelenk zu groß wirkte. Wir tranken aus.
»Helfen Sie mir, den Terminplan aufzustecken?« Wolf Kohlenhauer hatte mich gemeint. Ich nickte. Die einzelnen Blätter ergaben einen über zehn Meter langen Plan, einen Meter zwanzig hoch. Wir trugen die Blätter von unserem gemeinsamen Zimmer hinüber in den Sitzungssaal auf der Nordseite der Baracke. Unsere Arbeitsräume lagen alle auf der Südseite. Der hintere Teil des zwischen den Räumen liegenden Flurs war für die Klos abgeteilt.
Auf dem Plan waren alle vierzehn einzelnen Baukörper getrennt dargestellt: Wieder jeweils in hundertsechzehn einzelne Arbeitsgänge unterteilt.
»Und den Netzplan haben Sie mit EDV machen lassen?«
Er grinste: »Die kann das sehr gut, wenn man ihr sagt, was sie tun soll. Aber ganz genau bitte, und nur so, daß sie's auch kapiert!«
»Das ist wie ein Uhrwerk!« Ich sah auf den Plan.
Er nickte: »Wir müssen in gut eineinhalb Jahren mit den Bauarbeiten fertig sein. Voll und ganz. Ja, wir haben die Einzelarbeiten wie ein Uhrwerk zusammen geplant. Sehen Sie!« Er ging zu dem Übersichtsplan: »Vierzehn gleiche Baukörper, die im Grundriß zu einem E zusammenwachsen. Jeder Querstrich des

E besteht aus drei Einzelbaukörpern. Das ergibt eine Unzahl von einzelnen Arbeiten, die im gesamten Komplex zusammenwirken müssen. Wir verteilen die Arbeit auf viele verschiedene Firmen. Gibt's in einem Baukörper eine Störung, so geht's in den anderen Baukörpern im vorgesehenen Takt weiter. Das ist schon geschickt, wie so eine Störung insgesamt ausgeglichen werden kann. Nur die Firmen müssen durchhalten!«
»Eineinhalb Jahre? Ist das ein harter Termin?« Ich hatte keine Ahnung.
Er lachte: »Hart? Wir planen seit eineinhalb Jahren und sind noch lange nicht fertig. Planen und Bauen zur gleichen Zeit ist nach wie vor ein Abenteuer. Sie werden ihr blaues Wunder erleben. Da werden noch Fetzen fliegen! Im Grunde sind das unmögliche Termine.« Er deutete auf seinen eigenen Plan. »Ist es wirklich so schlimm?«
Er zuckte lässig mit den Schultern und nahm neue Anstecknadeln aus der Schachtel: »Wir sind die Vertreter des Bauherrn. Wir müssen die Firmen vorwärts treiben. Termin ist Termin, und wenn die Schwarte kracht!«
Ich sah mir die Randstreifen der Pläne durch, auf denen die Arbeiten aufgelistet waren: Betongeschoß 02, 03 und so fort bis zum 06. Alle Arbeiten der Handwerker waren geschoßweise aufgeteilt: Mauerwerk, Estrich, Putz, Heizung, Lüftungszentralen, Dämmung und Dachdecker, Elektriker und Schlosser, und-und-und ... alles versiebenfacht.
»Da stehste an vorderster Front.« Kohlenhauer war neben mich getreten.

»Wir halten keine Linie, ihr Idioten!« Über alle von der Planung nicht gefüllten Gräben schlagen wir Brücken, vorwärts ist da, wo es schnell weitergeht. Hier sind wir und müssen siegen. Neben uns marschieren Firmen, treibt sie! Treibt sie schnell. Sie alle, die ihren Teil zu leisten haben: Rohbauer, Dachdecker, Elektriker und wie sie alle heißen. Wir werden über ihnen sitzen und antreiben und koordinieren. Begreif endlich, welch großes Gefühl die Trommler und Antreiber auf den Galeeren beherrscht. Hunderte von Ruderern sind im Takt, Ruderer, die gar nicht wollen, Ruderer, die müde sind. Eintauchen, durchziehen, rein! ...
Und ... durch! Die feindlichen Linien an Steuerbord rücken näher, die Flaggen dirigieren die Schlachtordnung neu, bestimmen das Tempo ... dong, ... dong, ... dong ... Die Männer schwitzen bereits, seit Sonnenaufgang wird um die taktischen Vorteile gerudert, jetzt geht's Schlag auf Schlag, jeder auf der

Bank weiß, jeder, daß es zu siegen gilt, angeschweißt versäuft hier jeder, den die Niederlage streift ... dong, ... dong, ... dong ... schneller, schneller, wir sind von Köhler und Büchner, vorwärts, schneller, Köhler und Büchner, Bezug zum 1. Oktober nächsten Jahres, dong, ... dong, ... dong ... Wir saufen doch nicht ab, ... dong, ... dong, ... dong ... Wir wollen leben ... dong, ... dong, ... dong ... Es reißt einen schon mit beim Blick von der höchsten Schalung eines der oberen Geschosse: Rundum die emsigen Männer; die Gerippe aus Holz und Stahl; die Geräte, die dem Schnee des harten Winters hinterdreinzischen, Dampf gegen Eis in der Bewehrung, geheizten Kies für den Beton in der Mischanlage, Technik gegen die Natur. Vorwärts! Viereinhalb Meter hoch, einen halben Meter dick werden später die Wände sein, in deren Stahlschalung jetzt der Beton scheppert, unablässig eingeschissen von den schwarzen Pumpenschläuchen. »Habt'n flotten Otto, wie?« Der Rüttler bringt die Bewehrung in höchsten Tönen zum Singen.

Kohlenhauer zog einen roten Filzer aus der Tasche und verlängerte damit drei dunkel ausgedruckte Striche auf dem Terminplan jeweils um einen halben Zentimeter: »Die Firmen betonieren heute die Decke über EG nur bei drei Bauabschnitten statt bei sechs. Das müssen die heut abend noch angemahnt bekommen: Verzug einen Tag! Wir müssen von vornherein scharf durchgreifen.«
»Im Sommer können wir das gut draußen überprüfen?«
»Klar, vom vierten Stock vom Baukörper auf's Gewimmel gucken, den Stand der Arbeiten der drei Rohbaufirmen vermerken, in Tabellen eintragen, schätzen, wer nach gleichem Startschuß zuerst oben sein wird. Sieger sein wollen sie alle: Hilfsarbeiter, Zimmerer, Poliere, Bauleiter, Niederlassungschef. Mittags in der Kantine wollen die Leute in das andere Kantinenschiff grinsen können: Na, wo bleibt's?«
»Waren Sie schon in der Kantine? Da ist über einen der Tische der Zimmerleute die Inschrift in einen krummen Balken gebeilt: ›An diesem Tisch wurde so gelogen, daß sich die Balken bogen‹.« Kohlenhauer lächelte.
»Den Firmen ist die Kantine trotzdem ein Dorn im Auge. Die Leute reden zuviel vom Geld, vom Urlaub, über Beschiß beim Akkord: – Was, ihr arbeitet in der Woche vier Überstunden ohne Zuschlag? – Damit schlagen sich dann die Firmenbauleiter rum. Aber die Konkurrenz glüht wild in der Kantine zwischen den Polieren und den Akkordpartien! Und das zählt

auch, das schnell verdiente Geld bei der Firma, die als erste oben ist!«
Aufgerissene Pappschachteln lümmelten auf dem blauen Lino herum: »Wir sollten die Tische doch nicht zusammenlassen!« So ruckelten wir die bleichen Zeichenplatten auf ihren staksigen Böcken zurück an die seitlichen Wände. Nun konnten wir weitere Regale und Ablagetische aufstellen.
»Pielsticker sieht so jung aus? Oder täuscht das? Sind Sie schon lange da?«
Kohlenhauer unterbrach das Auseinanderziehen der Regalstäbe: »Der ist so alt wie ich. Genauso alt wie ich. Sechsunddreißig. Er gehört zu den Menschen, die mit fünfzig immer noch so aussehen wie mit achtundzwanzig. Ich bin auch erst ein dreiviertel Jahr hier bei Köhler. Seit letztem Frühjahr! Und Sie? Wie alt sind Sie?« Er setzte sich leicht auf die Kante der Tischplatte und hob sein Gesicht zu mir. Sein rechtes Lid war ein bißchen dicker als das andere. Er hatte einen dunklen Teint. Um die Nase blinkten mehrere gelbliche Unreinheiten, auf die ich immer hingucken mußte. »Fünfundzwanzig!«, sagte ich und sah ihn an. »Fünfundzwanzig!«, sinnierte er: »Fünfundzwanzig, meinen ersten Herzinfarkt hatte ich mit dreißig. Ich wollte Kies machen. Arbeitete freiberuflich damals. Hielt mich, wie jeder von uns, für den größten Architekten. Den ganz großen Makker!« Er lächelte. Seine großen Hände faßten nach der Lehne eines Rollenstuhles, schob ihn zwischen seine Beine und stützte sich drauf: »Mit fünfundzwanzig sind Sie ja noch der junge Ingenieur! Haben Sie schon mal darüber nachgedacht, wie das ist mit dem Jung-Sein?«
»Eine seltsame Sache, sag ich Ihnen!« Wie Deichseln schoben seine ungelenken Arme den Rollenstuhl vor und zurück: »Ein Akkordarbeiter draußen ist mit achtundzwanzig nicht mehr jung. Wenn ein Diplom-Ingenieur, der lange zum Studium gebraucht hat, mit zweiunddreißig auf die Baustelle kommt, ist er der junge Ingenieur. Alte Deppen meinen mit Jung-Sein ganz einfach die Zeit vor der Ehe: – Das war die gute, alte Zeit, da ging das Bumsen noch! – Und wenn's im Faschismus war oder im Krieg! Echt!« Er grinste und schnalzte mit den Fingern: »Schnakseln.«
»Zu jung ist man immer zu irgend etwas! Zuerst für'n Porno, dann um Direktor zu werden. Man hört nicht plötzlich eines Tages um Null Uhr auf, jung zu sein! Man wird einfach erfahrener, älter!«
Er sah überrascht auf mich. Wiederholte: »Erfahrener? Älter? Womöglich reifer, wie?« Er schüttelte den Kopf und grinste

plötzlich wieder: »Wenn Sie so'n richtiger alter Fuchs sind, na, dann heißt's – der ist ein ausgewichster Hund. Wissen Sie, das heißt leer, weg. Alles, was mal wichtig war an Ihrer Moral oder so: – futsch! – Aber selbst dann können Sie noch zu jung sein, für'n Aufsichtsrat oder Kirchenrat oder so. Dann müssen Sie noch immer warten, bis Ihr Seelenraster sich mit irgendeiner Pampe zugeschmiert hat. Fischleim vielleicht oder Teer, na, was weiß ich!« Er schlug die fünfzackigen Knochenlappen um die Kante der Tischplatte: »Tod der Philosophie!«

Auch ohne Kalender war es Sommer geworden: Ein Lärmdikkicht überwucherte – nur unterkriechbar – den Garten der Forschungsbrauerei. Knochenstücke und Gabelstacheln verrenkten den Tellerturm auf dem Tisch: »Den holt die Bedienung heute sowieso nicht mehr!« Seine Hand schubste eine Serviette oben drauf in die Brühe. Sofort verfärbten sich die Ränder des Papierknäuels.
»Wie lange sind Sie schon wieder bei uns, Herr Schön?«
»Bald ein Vierteljahr!« Siegfried Schön schaukelte auf seinem Stuhl nach rückwärts, spaltete den Mund zu einem Lächeln: »Genauso lange wie Dieter Günther!« Er schlug dem neben ihm Sitzenden auf die Schulter: »Frischlinge sind wir. Von der Hochschule direkt auf die Baustelle. Mit beiden Füßen ins kalte Wasser. Nein. Mit dem Kopp voran. Aber so muß es sein!« Er kippte wieder nach vorne und nahm sich den Krug: »Also Pötte habt ihr schon hier – Prost!«
»Für dich ist die Baustelle doch nur Fortsetzung der Hochschule!« Dieter drehte den vollen schwarzen Bart zu seinem Nachbarn: »Du hast Informatik vertieft. Wie ich dich kenne, willst du irgendwann Erfahrungen auf der Baustelle nachweisen. Deshalb bist du hier, und irgendwann haust du in'n Sack: – Stabsstelle, Netzpläne schmieden oder so was, mein ich!« Dieter hatte feste Fältchen seitlich der Augen. So lächelte sein Gesicht immer.
Pielstickers kleine Hand griff nach oben an den Krugrand: »Aber Sie haben ja auch nicht gewußt, ob Sie wirklich zu uns wollen oder nicht!« Der schwarze Schnauzer dehnte sich freundlich nach oben: »Erst er –«, sein Handrücken streckte sich zu mir – »hat Sie über–«, seine Hand holperte über drei, vier Hürden – »überzeugt!«

»Sie kommen aus Dorfen bei Erding?«, hatte ich gefragt. Er hatte genickt und seine Fünfzacken fuhren durchs dicht-

schwarze Drahtgestrüpp: »Mitten vom Land!« Er hatte mich aufmerksam angesehen.
»Schade, Dorfen hatte einen herrlichen Dorfplatz. Bis letztes Jahr. Ich bin im Mai durchgefahren – alle Bäume abrasiert –. Schade!«, erinnerte ich mich.
Er zuckte die Schultern: »Die Bauern versteh'n das nicht!«
Wir waren die Kiesböschung zum Untergeschoß hinabgestiegen: »Entscheiden müssen Sie selbst, was Sie tun wollen. Ich kann Ihnen nur erzählen, was hier geschieht. Was wir machen!«
Von da oben war's dann wirklich eine Maschine: Die Turmdrehkräne durchschnitten den Himmel. Zimmergroße Wandschalungen drehten sich an Seilen darunter, unsichtbar huschten die Funkbefehle zwischen Betonwagen und den Polieren, verdienten ein halbes Tausend Bauarbeiter für sich und die Ihren das Fortkommen. »Ich habe Baubetrieb vertieft! Das war am weitesten weg von der Schreinerlehre und zweitem Bildungsweg!« Seine feste Gestalt lehnte am Gerüst, die Hände in den Taschen lächelte er plötzlich: »Und zwischen euch beiden Rauchern soll ich arbeiten?« Er sah auf meine Hand, von der zwei graue Rauchstränge sich hochzwirbelten.

Die Kellnerin schepperte mit dem Dutzend Maßkrügen davon, die sie eingesammelt hatte: »Die Hälfte davon ohne Luft zurück!« Der lange Wolf Kohlenhauer hatte ihr sitzend ins Gesicht geschaut.
»Herr Köhler hat ja schwer gejammert, daß Sie so zäh mit ihm verhandelt haben!« In den Lichtungen des Schnauzers tauchten kleine, weiße Zähne auf. Zwischen die gewachsenen Fältchen zischten drei, vier tiefe neue, – der rote Mund weitete sich im Bartgeflecht: »Ich streit mich seit vier Jahren mit der Bundeswehr: Das war doch nur ein Klacks dagegen. Nach zwei Wochen war doch alles klar, oder?« Dunkle Bögen stelzten über die Lachfalten der Augenwinkel.
Pielstickers kleiner Handrücken wetzte auf der Kante des grünen Tisches hin und her. Unter hochgezogener Braue ein blaues Auge: »Sagen Sie, Herr Günther, ist das nun echt oder nicht bei Ihnen?«
Dieter Günthers Finger verknäuelte sich im Nacken. Er sah in den Himmel, wo die Nacht langsam den Tag erdrosselte: »Ich fahre nicht Schi, kann nicht Fußball spielen und geh auch nie schwimmen! Armer Bund!«
»Das war für uns kein Problem. Nicht, Herr Kohlenhauer?«
Unentschlossen klopfte das Knochenbündel den Tisch ab: »Un-

serm Jahrgang traute der Staat nicht. Vielleicht, weil wir noch zu viel gesehen haben. Ich war als Kind vier Tage im Keller in Frankfurt verschüttet.« Die große Hand hatte sich endlich entschieden, auf dem Tisch Platz zu nehmen. »Wird bei Ihnen nicht anders gewesen sein, Herr Pielsticker.«
Die kahle Stirn schrieb Halbkreise: »Nein. In Castrop Rauxel war bald jede Nacht Alarm. Und dann überholte uns zuerst der Krieg, wo wir ausquartiert waren, und dann die Plünderzeit und der Schwarzmarkt!«
Sein Gesicht fuhr hoch. Er griff sich ans Kinn: »Und dann mein Praktikum: Mit'm nassen Tuch vorm Gesicht ham'ma Zement geschaufelt. Lose angeliefert im Eisenbahnwaggon! Das gehörte auch zum Sich-Hocharbeiten. Mein Vater war kleiner Beamter im Pott. Da reichte es nur für die höhere Technische Lehranstalt. Nix Abitur! Und nix mit Abhauen, irgendwohin, wo der Himmel noch blau ist!« Pielsticker grinste zu seiner Sekretärin: »Da brauchen Sie Wäsche nicht zum Trocknen raushängen.«
»Ja, daher!« Der Tisch fiel in die Knie, als die Kellnerin stöhnend ablud: »Ois zam?«
Pielsticker nickte: »Schreiben Sie alles zusammen. und zum Schluß krieg ich dann einen Beleg!«
Sie nickte und zog die Luft laut in den offenen Mund, als sie die restlichen vier Krüge wieder an den schwarzbetuchten Busen zog. Jeder zog sich eine Maß übern Tisch vors Maul: »Dann war ja keiner hier beim Barras!« Kleine Schatten sprangen munter durch's rosige Gesicht von Anne Haberl: »Sie sind ein Minikrüppel!« – »Ich?«
Unbeirrt zeigte der langgestreckte Deuter mit der roten Spitze auf mich, bis mir meine glasbewehrten Äuglein einfielen: »Ja, klar. Ich halt doch den UvD im Visier für'n Pappkameraden: Bajonett in den Bauch reinstechen, um 90 Grad drehen, den Fuß auf den Brustkorb setzen – rausziehen aus der Brühe. Genau nach Dienstvorschrift 1016 oder ähnlich!«
Ihre beiden Brauen fuhren angeekelt zusammen: »Jedenfalls ist Herr Schön nach dem Abitur einfach nach Berlin abgehauen!« – »Und wenn wir Mennekens immer weniger werden, weil ihr Weibersleut euch einfach nimmer unehelich anbumsen laßt?«
Ich griff mir ihren vorwitzigen Finger und zog ihn samt dranhängender Hand nach oben: »Könnt ihr euch bald selbst mit der Knarre verteidigen!«
Sie entzog mir ihre Fraulichkeit und nahm den Krug mit ihrer Rechten: »Sang'ma ein nettes Wort – Prost!«
»Und ich sag dir, Dieter, du mußt dir den Turbo holen!« Sieg-

frieds Hand klatschte auf den Tisch. Seine feingeränderte Hornbrille rutschte nochmal ein Stückchen weiter am Nasenrücken.
»Und ich sag dir, ich muß den kaufen. Mir geht's nicht wie dir, daß ich ihn nur zu holen brauche. Überhaupt, warum holst du ihn dir nicht? Als Sohn eines Stadtdirektors. – Hol ihn dir doch! Mach Schulden!«
»Du weißt, daß Hanni bald nachkommt. Da brauch ich einfach das Geld!« Er zog die Kammgarnjacke von der Stuhllehne und warf sie sich über die Schultern, so daß die eingearbeiteten Lederstückchen der Ärmel nach außen wiesen. Er fuhr sich mit der Hand durch das schüttere Haar: »Ihr habt ja keinen Sinn dafür!« Seine Hand fuhr übers blankgehobelte Gesicht, schob die Brille wieder nach oben. Das Grau der Haut war vom Abend blau überschminkt.
»Für was haben wir keinen Sinn?« Ganz erstaunt hatte Pielsticker gefragt. Sein schmaler Oberkörper fuhr zur Stuhllehne zurück, die Finger seiner Hand schnalzten übern Tisch: »Zum Beispiel, daß ein Chef einsehen muß, daß, wenn ich mir von der Arbeit her was richtig schwer überlege, wenn ich mit'm Problem schwanger bin, dann kann ich auch spazierengehen, auf einem Ast sitzen, nachdenken, wo ich's am besten kann!«
»Zum Beispiel im Freibad?«, hatte Wolf hingeworfen.
»Ja, zum Beispiel auch da!«, Siegfrieds Hand war nach vorne gefahren und schlug auf die eigene Stirn zurück.
»Da ist es mir schon wichtiger, daß ich nicht wie ein Blödmann von einer Hilfsarbeit zur anderen kommandiert werde!« Mir war es unbedacht rausgerutscht.
»Oder, daß ich erfahre, wenn sich in einer Sache was Neues ergibt. Nicht, daß ich auf der Baustelle rumrenn, wie'n Idiot, und den Schnee von gestern erzähl!«, sekundierte Wolf.
»Geht das auf mich?«, Pielsticker hatte den Kopf vorgereckt. Ich sah in Wolfs Gesicht. Die gelben Punkte um die Nase waren nicht mehr auszumachen: »Warum machen die hier keine Lampen an?«
»Ja. Ein bißchen schon. Ich mein ... das müssen wir nicht jetzt durchsprechen, aber Herr Kohlenhauer und ich haben schon paarmal uns Gedanken gemacht. Einiges sollten wir auf der Baustelle ändern. In der Zusammenarbeit und so ...«
»Na, reden Sie!« Stockgerade standen Pielstickers Arme vom gereckten Körper ab.
»Jetzt vielleicht doch nicht!« Die fünf Gesichter verschatten um den Tisch.

»Sie kommen auf mich zu!« Seine Brille schimmerte zwischen Wolf Kohlenhauers Gesicht und mir.
Annes blonder Schopf rollte plötzlich in die Mitte des Tisches: »Überhaupt, nicht mal mehr zu einer Flasche Sekt haben wir richtig Zeit. Bei mir steht alles voll. Und wenn wir dann wirklich mal eine aufmachen, dann,« – ihr vorlauter Finger folgte ihren Augen von links nach rechts, »dann nimmt der eine sein Glas mit zum Schreibtisch. Der andere rennt raus auf die Baustelle und kommt für zwei Stunden nicht mehr! Überhaupt keine Ruhe habt ihr mehr. Gerade, daß wir noch miteinander zum Essen gehen!« Ihr Haar flog in Stücken um ihren Kopf. »Das ist doch ein elendiger ... Mist!«
Pielstickers Schnauzer wanderte bestätigend von oben nach unten und ein paarmal zurück: »Wir haben schon eine Unmenge zu tun. Aber wenn wir es uns vornehmen – vielleicht, nein sicher, können wir dann auch öfter mal eine Viertelstunde miteinander was nicht geschäftliches reden.« Seine Augen schlitzten sich hinter der Brille: »Oder eine Flasche leeren.« Er drehte sein Gesicht wieder zu mir: »Oder etwas Wichtiges mit mir bereden. Nicht, daß plötzlich jemand sauer ist und keiner weiß, warum. Auch das gemeinsame Mittagessen müssen wir beibehalten, ich meine, das ist schon wichtig. Gerade wir, als Junggesellen!« Er stutzte, legte die Hand leicht auf ihren Oberarm: »Bis auf Frau Haberl. Sie ist ja gut verheiratet. Sehr schade. Wirklich! Sie hätten eine solche Auswahl!«
Ihre Zähne blitzten aus dem Dunkeln: »Der Herr Schön ist ja auch bald nicht mehr zu haben! Und Herr Kohlenhauer auch nicht mehr!«
Er kratzte sich irritiert die Glatze: »Was geht hier vor!«
»Im Februar konnten wir sogar zwei- oder dreimal Schiffe versenken spielen.« Wolf Kohlenhauer lächelte zu mir rüber. Ich nickte ins Dunkle hinüber: »Und jetzt? Jetzt merken wir vielleicht um elf plötzlich, daß wir Durst haben. Dann taucht einer seinen Kopf aus den Papierstapeln und sagt: Biertime. Wenn wir dann noch Glück haben, knobeln wir, wer gehen muß. Manchmal hat dazu keiner Zeit. Dann sitzen wir trocken. Wir sollten uns doch einen Kühlschrank aufstellen!«
»Inzwischen arbeiten wir zu viert in der Art!« Wolf ließ seinen Kopf in die Hand fallen. »Schon'n Scheiß.«
»Und Sie erst!« Anne Haberls Schopf ruckte wieder vor, diesmal gegen ihren Chef: »Sie arbeiten fast jeden Tag bis neun. Und am Wochenende auch noch. Wenn Sie bloß eine Frau hätten. Ich arbeite am Freitag bis fünf alles weg und – und Montagfrüh liegt der Tisch wieder voll!« Sie schrie leicht.

»Ich glaube, ich hab deshalb keine Frau mehr!« Er hatte das ganz gelassen gesagt. Zurückgelehnt, seinen Arm leicht um die Schultern seiner Sekretärin: »Das hat sie halt nicht ausgehalten. Aber was wollen sie machen? Ich war die letzten Jahre immer erster Mann auf großen Baustellen. Das war nicht die erste Ehe, die der Bau hingemacht hat!«
Mir fiel ein: »Erzähl mal was Lustiges vom Tod?«
»Wer trinkt doch noch was?« fragte Pielsticker rum. Die Köderhand stieg übern Tisch, um die Kellnerin zu locken.
»Was Lustiges vom Tod?« Wolf Kohlenhauer sinnierte mit aufgestütztem Kopf: »Was Lustiges von der Kirch könnte ich euch erzählen ... Aber nicht heute. Heute mag ich nicht!«
Siegfried Schön wandte den Kopf zu ihm: »Von der Kirche? Waren Sie katholisch oder so?«
Ohne auch nur den Kopf zu wenden oder die Hand darunter wegzuziehen, kam es zurück: »Es gibt genügend auch über die anderen zu lachen – und zu weinen. Aber ich wollt sogar Pfarrer werden. Darüber lach ich heut am meisten.«

Komode Möbilisierung

Ich war der letzte, der schwitzend die provisorischen Treppen am Gerüst hinuntertrampelte. Pünktlich hatten die Betonpumpen ihr rumpelndes Pfurzen aufgehört, ein wabbelndes Betonzünglein kroch noch aus dem Schlauchschlund, verkrustete schnell. Aus den Händen geglitten waren die Schaufeln auf die Bewehrung der Decke gefallen. Ich holte die Hunderte von Gummistiefeln auch vor dem Gebäude nicht mehr ein. Die beiden Chromrohre des Käfercabrioletts zitterten schon gierig unter der Stoßstange, baten sich Beeilung aus. Aus Annes Propagandamund umfing mich das Sprachlasso »Trietschler.« Ich sprang vom anfahrenden Trittbrett einfach in die drei auf den Rücksitz rein – geschafft. Pielstickers Fuß lag wie ein jungsteinzeitlicher Ankerstein auf dem Gaspedal, angenehm stieg der kühle Fahrtwind mit ein, schmeichelte dem von der Sonne gequälten Kopf. Schon vor der staubigen Einfahrt streckten wir vier die Hände nach oben raus: Der Wirt verschwand vom Eingang, die Bedienung stampfte bald danach durchs dunkle Türviereck ins Leiberheim: »Und was kriagt's noch?« fragte sie, als sie die vier Weißbier, vier Bratensulz mit Röstkartoffeln und Salat auf den Tisch stellte.

Wir zogen unsere Teller an uns. Hitze flimmerte über Kies und Gras, sommerfaul lagen wir auf den Gartenstühlen, obwohl wir den Schatten der großen Kastanie gesucht hatten, tat mir die Sonnenbrille gut. Die zwei Dissidenten bestellten ihre Abweichung.

Der Wirt kam vorbei, musterte uns prüfend, deutete auf Pielsticker: »Und des is eier Preiß?«

Ich schob die Zunge in die Backe: »Ja und!«

»Ja, des hab ich gleich gesehen, weil, weißt du«, er hatte sich zu meinem Bart gewandt, tat als ob er uns kaum kennen würde.

Anne gluckste gegenüber in sich rein.

»Wenn ein Bayer mit einer Frau geschlafen hat, dann streichelt sie ihn – gut hast du es gemacht! Wenn aber ein Preiß in derselben Lage ist?« Er griff mir vorne ins Haar, schüttelte meinen Kopf hin und her und schrie: »Schlafst scho wieder!« Adrrh. Anne warf sich über den Tisch. Pielsticker griff sich zart lächelnd auf die vollständig gerodete Schädeldecke, nur seitlich schmiegten sich wenige dunkelblonde Härchen gegen die Schläfen, fielen in den Nacken, konnten dort gerupft werden. Ohhh. Aufpassen. Es schüttelte mich, mein Bauch hüpfte: »Ich glaub, mein Trecker humpelt!« Noch lang stieg das helle Glucksen von Anne in die Kastanie. Nur ungern verließ der Wirt den Ort seines Erfolges, um weiter zu zapfen. Die zweite Runde Bier kam an. Faulheit spülte sich tief in die Knochen. Dieter streckte sich: »Jetzt an der Isar auf einer Decke!« Mit geschlossenen Augen, tief eingeatmet, träumte er, auf dem Stuhl wippend. Den Kopf sicher auf die Hand gestützt setzte Wolf hinterher: »Unterm Gebüsch das Schätzchen im Arm!« Dieter sah an sich abwärts, der Stuhl kippte nach vorn zurück auf alle vier Füße: »Na, ja.« Er mußte sich nochmal dehnen. Anne vergaß alle gute Erziehung aus christlicher Schule und Familie, legte sich endgültig breit über die Tischkante, Blondes überzappelte die stützenden Hände auf den Wangen! »Wir arbeiten doch alle zuviel!« Der Tisch kippte traurige Zustimmung! Das Ende war nicht mehr fern. Die Gläser leeren, schnaufend sich erheben, unterm Schädel doch das dumpfe Brausen spüren, das Herz klopft irgendwelchen Takt. Atmen, wie gebrochen durch die schattenlose Glut zu dem heißen Blechhaufen schlurfen – von Anne's Hand hing ihre Tasche am langen Lederriemen herab, schleifte fast nach; wie ein Gaul der gelben Rübe, folgte ich ihr.

Die schlimmste Glut war aus der Baracke draußen, als ich gegen halb sechs wieder rein kam. Anne war schon am Zusammenpakken. Ich holte mir eine Flasche Bier aus dem Kühlschrank und ging zu ihr rein. »Zu heiß für'n Schnaps heut! Wie?« – »Besser nicht.«
Sie nickte, erhob sich auch gleich. Das leichte, naturweiße Kleidchen schlug sich lecker kurz um die ranke Figur. Und wie bestellt stieg der fixe Stern lichtig hinter ihr durchs Fenster: Hei, wie herrisch ritten da die hübschen Röschen auf den kleinen Fleischpolstern, wippend, scherenscharf geschnitten, kreuzten sich die Linien ihrer Oberschenkel, wurden außen flachgebogene Hüften, die das Höschen nicht einschnitt.
Mein atemloses Gesicht mußte alles verraten haben: Sich lachend wieder setzend, das Kleid enger nehmend, entzog sie sich der verräterischen Sonne: »Siehst du durch?«
Meine Augen wühlten noch in Rohseide, die plötzlich wieder alles zudeckte: »Wie im Kino, wenn der Pornofilm reißt.« Aber dann beruhigend: »Es war doch nur der Schattenriß.«
Sie gurrte unentschlossen – was tun?
»Schön bist du«, gab ich dann zu: »Schade, daß du so gut verheiratet bist – Mut, nur wer fragt, bekommt eine Antwort – oder sagt das heute nichts mehr?«
Sie lächelte wieder breit, groß die feuchten Zähne, weiß. Ob Albrecht ihr das abgeguckt hat?

»Ich kann ganz schön altmodisch sein!« Sie lachte laut; freundlich: »Machst du noch lange, heute?«
Ich nickte, ich hatte noch volles Programm: »Muß noch mit einem Leistungsverzeichnis fertig werden! Schlosserarbeiten!«
»Na, dann viel Vergnügen, wir gehn noch in den Biergarten, zum Aumeister: Bei dem Tag!« Ohne weiter aufs Licht zu achten, stand sie auf, nahm ihre Tasche hoch und drehte die Runde zur Tür raus.
»Und ich arbeite wohl! Wie!« Ich hörte die Tür ins Schloß fallen, trank noch einen Schluck aus der Flasche: »Irgendwann wirst du das LV in die Maschine hacken!« Müde und dumm grinsend schlurfte ich rüber in unser Zimmer.
Auf dem Zeichentisch lag ein halbes Dutzend Pläne ausgebreitet, Bücher daneben, mühsam suchte ich aus den Unterlagen die nächsten Schlosserteile zusammen: Gitter, Roste, Einstiegluken, Leitern in den riesigen Technikzentralen, Stahlprofile hier, dort für den späteren Aus- und Einbau der Aufzugsmaschinen, und, und, und, mir hing's zum Hals raus. Dieter kam gegen halb sieben rein, zog die Tennistasche unter dem Tisch hervor, beeilte sich, war schon zu spät dran. Den Kopf in die Hand gestützt, sah ich durch die offene Tür in den Gang hinaus. Pielsticker war noch da, wie jeden Tag. Aber man wußte nie, was er tat, da die Türen immer geschlossen blieben. Ich schrieb weiter, Leiter, Vierkantrohr. 40/40 mm, drei Sprossen, im 1. UG, an die Betonwand gedübelt, Abstand 25 cm, fünf Stück, eine zu ... DM, gesamt ... DM. Das mußte der Bieter ausfüllen. Nächste Position. Nummer dreihunderteinundzwanzig.
Nach sieben kam noch Benzinger rein, den Arm voller neuer Pläne: »Daß die Arbeit nicht ausgeht!« Sie stanken noch nach Amoniak vom Pausen. Packte sie auf den Ablagetisch, wo ausgebreitet schon ein ganz dicker Stoß lag.
»Endlich habt ihr begriffen, daß es eine Planfaltmaschine gibt!« Er zog die Brauen hoch: »Es wird bei uns im Hause nicht gern gesehen, wenn die Pläne gefaltet bestellt werden!«
»Dann soll doch das dämliche Haus die Pläne selber falten.« Ich war wütend. Ich hatte schon Stunden in der letzten Woche am Ablagetisch verbracht, faltend, bis die Hände vom Staub dunkel waren. Genau dasselbe macht eine Maschine, bloß besser, schneller. Benzinger hatte also im Büro ein Machtwort erzwungen.
»Danke!« sagte ich, schon wieder friedlicher: »Sie wohnen hier draußen? Sie kommen immer abends vorbei!«
Er nickte: »Ja, in Waldperlach, schon im Grünen. Ich hab ein Haus gemietet mit Garten!«

Benzinger war der Projektleiter im zentralen Planungsbüro, auch unser Verbindungsmann dahin, vielleicht damit fast ein bißchen höher als wir, die Männer an der Front. Ich bot ihm ein Bier an: »Ein heißer Tag, und außerdem.« Er nahm an. Klar. Mit achtunddreißig bist du noch nicht leberkrank. Als ich vom Kühlschrank zurückkam, saß Benzinger bequem in einem der roten Besucherstühle: »Ist Herr Kohlenhauer nicht hier?« Ich erzählte ihm, daß Wolf bei IBM sei, um einen neuen Lauf des Netzplanes durchzuziehen: »Der ist beschäftigt!«, beruhigte ich ihn grinsend. Er nickte nachdenklich: »Überall Druck, hmm.?«
Plötzlich knickte er nach vorn, stützte seine Unterarme auf die Oberschenkel, drehte die Flasche unentschlossen einmal nach rechts, einmal nach links, wie von unten sah er mich an. »Glauben Sie, daß die EDV auch mal unsere Jobs killt?« Wir hatten vor ein paar Tagen gemeinsam ein Seminar besucht, in dem gezeigt wurde, wie ein Haus auch geplant werden konnte: Rechner gestützt, auf dem Bildschirm gezeichnet, ganz simpel alles, und dann vom Drucker aufs Papier gebracht.
»Früher dachten wir, wir Architekten würden in Zukunft die Häuser aus Katalogelementen einfach zusammensetzen. Ist nicht so. Denkste, Puppe. Wir pinseln wie eh und je munter Papierplänchen: Aber jetzt könnte es vielleicht doch die Maschine schaffen, aus allen möglichen Teilen und Formen und Materialien einfach ein Haus zusammensetzen, auf der Tastatur einer Schreibmaschine sozusagen!«
Ich ergänzte: »Du sprichst mit dem Rechner, gibst ihm das Grundstück ein, die gesetzlichen Vorschriften, teilst ihm die beabsichtigte Formensprache mit ...!« Benzinger lächelte fein und hauchte: »Formkanon!«
»Und dann spuckt der Kerl alles auf langen Bögen aus. Anschließend kann der Bauherr auf seinem Rechner prüfen, ob wir auch wirklich alle Räume eingebaut haben, ob die Kosten stimmen, ob du seine Lieblingstapete ausgesucht hast ..., und die Baubehörde prüft mit deinen Lochkarten auf ihrem Programm, ob alle Vorschriften eingehalten sind, die Automaten des Haustechnikers klatschen ihre Rohre in die Geschosse ...«
Er sah wieder wie von unten hoch: »Und wir?«
»Von uns wird's weniger geben. Wenn das alles funktioniert? Dann brauchst bloß noch ein paar Hiwis, die den großen Meistern die Kassetten mit der Formensprache, den Stil, die Details raussuchen: Er drückt persönlich das Kästchen ins Gerät. Das sind keine Architekten mehr, sondern mehr Benützer eines

Baustoffkataloges: Da steht alles drin, und wir wissen, wo's steht und wie es bestellt werden kann!« Ich freute mich: »Und so ein Automat spuckt alle Schlosserteilchen aus.« Meine Faust strafte alle Pläne auf dem Tisch körperlich – kaum, daß es ne Delle gab. Ohh. Aber gekracht hatte es.

»Was solls!« Ich trank noch einen Schluck aus der neuen Flasche, deutete mit dem Kopf auf die Pläne an der Wand: Weit aufgespannt zeigten sich die Fassaden: Dünne Rahmen grenzten Scheiben ein. Jeder Rahmenstiel saß auf der Achse. Nur im Keller glotzten ein paar einzelne Gucklöcher außerhalb der Reihe, im Erdgeschoß 225 Achsen, fein mit Buchstaben und Ziffern abgezählt, immer 0,9 m auseinander. 225 × 0,9 m, 3,0 Meter hoch jedes Fenster, in jeder Achse ein Fenster, über jedem Fenster ein Blendensaum.

Im 1. OG 225, im 2. OG 225, im 3. OG 225, im 4. OG 225, im fünften OG 180 Stück, im sechsten bis zum neunten 142 Stück. Jedes Geschoß vier Meter zehn hoch, mit Blende oben. Das hätte jeder Taschenrechner auch gekonnt. Ich zeigte Benzinger die kleine Karikatur auf dem Plan; – ein großes Fleischmesser säbelte vom Bau eine Fensterscheibe runter. Wie eine Scheibe von einer Wurst. Der sah mich sooo an, schließlich war das sein Entwurf. Seine Hände rührten unwirsch die Luft: »Wie die Baukörper zueinander gestapelt sind: Darauf kommt's an, das ist die Idee!« ... Bitter dann: »Außerdem – gerade ihr Bauleiter rechnet dem Bauherrn immer vor, daß es so am billigsten ist. Eben eine Wurst ohne Anfang und Ende. Jedes Element gleich, gleiches Ordnungssystem überall. Alle Achsen gleich ...!«

»Buchhalter zählen Ziffern zusammen, ihr die Achsen, das ist noch einfacher!«

»Ordnung«, wiederholte er.

»Ordentlichkeit«, verbesserte ich: »Und Sauberkeit und ausgewischter Arsch ist des Deutschen Zier!« Ich lachte bereits über meinen eigenen Witz und Benzinger trank dafür einen Schnaps mit.

»Aber das Grundstück ist optimal ausgenützt. Und die Versicherung wollte eine saubere Architektur!«

»Pflegeleicht und bügelfrei. So wie das Ärztehaus in Bogenhausen. Kein Moos zwischen den Gehwegplatten, nur Pappeln, die werfen das Laub innerhalb drei Tagen gemeinsam ab! Nicht, daß der Hausmeister auch eine Arbeit hätte!«

Alles Halbheiten: Ob wir nicht doch den falschen Weg beschreiten, wenn wir Frauen haben, die essen, sich schminken, mit in die Kneipe wollen? Die Gummipuppen werden hinterher abgebraust und die Luft rausgelassen, nicht schön, aber farbig und

praktisch! Die Zungenspitze auf der Lippe half, daß nichts verschüttete.
Benzinger wog das Gläschen gewichtig in der Hand: »Haben Sie schon mal einen Architekten in einem Büro gesehen, der älter als vierzig ist?« Eine Schnute gezogen – als ob ich dächte, gackernd dann: »Nein, aber Bauleiter!«
Er lachte mit: »Wer ist jetzt doofer?«
»Wollen Sie weggehen, Sicherheit und so?«
Er zuckte die Schultern: »Die Versicherung sucht für ihre Bauabteilung den ersten Mann. So was kommt nicht alle Tage!«
Ich verstand ihn schon. Er hatte eine nette Frau zuhause. Eine Tochter, die schon schlief, wenn er heimkam, die noch schlief, wenn er außer Haus ging.
»Projektleiter?«
»Davon kann doch niemand runterbeißen.« Träge rollten die Tropfen auf dem Glasboden zu einem Rest zusammen. Das Kinn in der Hand: »Vor drei Jahren konnte man mit Architekten Säue füttern!«
»Jetzt geht's?«
»Aber nächstes Jahr? Oder in zwei?« Prustend: »In fünf Jahren sitzen noch paar von uns vorm Bildschirm, der Rest stempelt.«
Meine Zähnchen graben in der Lippe: »Und im Nürnberger Marienberg vergräbt die Bundesanstalt die Rücklagen bereits für uns, das brotlose Heer der Baumeister.«
Wir waren auf der gleichen Baustelle angelangt. Wehmut drehte sich im Mischer: »Was wir alles bauen könnten? Die Alten hatten Bauernhäuser in die Umgebung gesetzt, die paßten, waren einfach o. k. ... Da hat keiner gefragt: – Können wir nicht höher bleiben? Zwanzig Zentimeter Aushub sparen? Holz, Mauerwerk, ein warmes Haus ...«
»Ich geh jetzt!« Er stellte die längst ausgetrunkene Flasche ins Regal, umgedreht, daneben das Schnapsglas, gab mir die Hand: »Auf Wiedersehn!«
Es war ein blödes Gefühl, allein zurückzubleiben vor dem Tisch. Gewöhnlich trank ich am Abend, um überhaupt so spät dazubleiben, nicht abzuhauen, was ich nüchtern wohl sonst immer getan hätte – aber heut war's zuviel: »Scheiße!«, brüllte ich die Wand an. Irgendwas tun – übern Tisch schiffen? – ... Und morgen? Dunkel kauerte die breite Silhouette vor dem Fenster: »Aber ein Riesenschiff wird das! Ein Riesenschiff da draußen!« Nicht viele werden je in ihrem Leben so geklotzt haben. Die Schuhe auf den über dem Tisch ausgebreiteten Plänen langte ich mir den Hörer. Sah zu, wie einzelne Körner vom Absatz bröselten.

Sie war froh, daß ich nicht so spät kam wie sonst oft. Viertel nach neun, da war der Abend noch lang. Ich hatte unten nur geläutet, ihre Eltern zogen es vor, den Freund ihrer Tochter nicht zu sehen. Das war wohl Bäbä. Ein langer Kuß auf dem Bürgersteig. Die Scheiben sollen splittern bei den Alten, Scheiße soll auf den Teppich schneien! Ein Blick: Sie standen wirklich hinterm Vorhang. Ein eleganter Kratzfuß öffnete dem Mädel den Schlag – mein neuer, selten roter GTI: »Wohin zum Essen?« Bei achtzig auf dem Ring nahm ich ihr Patschhändchen in meines. »Duuh.« Ich drückte fester, ich konnte ihre Wärme nicht genug spüren. »Guter Tag, heute. Mmh.«
Dann die Fenster weiter auf. Die engen Straßen in Schwabing strahlten die Tageshitze zurück, es stank nach den Abgasen, endlich fuhr einer vom Bürgersteig neben der Einfahrt runter: »Na, also, das ist doch unser reservierter Parkplatz!« Ich prüfte: Kommt eine Frau mit Kinderwagen noch durch? Gut, paßt, und der Sack hängt links! Ich konnte stehenbleiben. Bei Mario war so spät wieder Platz, auch draußen in der Passage auf den Stühlchen. Exotischer Jahrmarkttrödel grüßte aus den Schaufenstern rundum. Ihr gefiel Plunder. Aber zuerst doch die Karte! »Rauf und runter die offenen!«
»Ich zuerst die Roten rauf!«
Dem Kellner mußte ich alles erzählen, sie war bereits an den Vitrinen. Zwischen den Wänden im Hof spreizte sich die Hitze, färbten sich die weißen Kellnerjacken unter den Achseln. Den Frascati trank ich allein an. Wegen der heißen Pastes zog ich mit den Zeigefingern meinen Gesichtsschlitz breit: Mancher Mund blieb vor Entrüstung unaufgefüllt. Pfiff, noch'n Pfiff, Lisa sprang herbei, Glückauf, ihr Nudeln. Wir schaufelten weiter kräftig: Insalata, Bistecca, Pepperonata! Da war ich schon beim Orvieto, das gute Mädel peilte mit dem guten letzten Schluck Merlot in Richtung Chianti, – wer hat nur die Karte so zusammengestellt? – Da sie Geschmack besaß, hatte sie erlaubterweise den Lambrusco übersprungen. Karte her. Geld wie Dreck bei den Überstunden. Sie weniger. Als »Korrektrice« in einer amerikanischen Fernschule. Da wird Akkord gepunktet, aber nicht bezahlt. Lisachen klatschte aus der Schule: »Die Kolleginnen – na wer sonst – ...!« Nie in einem Weiberbetrieb arbeiten. Ich gab ihr einen Schmatz, daß sie ruhig war. Der Kellner brachte feierlich eine unbestellte Schüssel: »Weinschaum, vom Chef!« Extra für uns Stammgäste. Oh du liebe Glücksbringerin: »Wer mag denn von uns was Süßes?« Augensternchen auf, na, Lisa, ganz tief, von Stern zu Stern? Ja, dann, wenn's vom Chef kommt! Gleich noch den nächsten Wein bestellt. Der

Kellner nickte artig, und wir zogen die Löffelchen zu uns rüber.
Matt zurückgelehnt, auf der Terrasse war immer noch Betrieb, lasse ich Köhler auftreten. Nachmittags war er in die Baracke gekommen. Einen Bund gehefteter Verkleinerungen dabei: Wiesen und Wälder rundeten eine Traumlandschaft sanft um wenige, niedrige Gebäude: Das meiste unsichtbar: Bunker, Hangars, Läger, Kasernen, Schächte, Tunnels. Der nächste Großauftrag: Neustadt Süd. Die Pläne waren sehr schematisch gewesen. Vage. Geheim. Nicht alles sollten wir machen. Einen Teil andere, Unbekannte, anderes die Finanzbauverwaltung selbst. Vor allem die Hangars, die Silos: »Noch größer wie die Versicherung!« »Ich korrigiere nur Din A3, Bilder von Schülern!«, setzte sie dagegen: »Und du willst das wirklich machen? Fürs Militär?« Es wunderte sie.
Ich zuckte die Schultern: »Weiß auch nicht! Stinkt mich schon an, aber ist ein Riesenschuppen, irgendwann, im Herbst nächsten Jahres solls losgehen.«

Bäume fällen, große Laderaupen ziehen die Stümpfe an Haken mit den langen Wurzeln aus dem Boden, Kies rollt in die tiefen, trockenen Bodenwunden, schwarzer Mutterboden bröselt nach. Über verzweigte Baustraßen rumpeln die Betonfahrzeuge, mischen jaulend mit hohen Drehzahlen, meterdicke Wände, Tag und Nacht prusten die dicken schwarzen Schläuche den graugrünen Kiesschlamm in die Schalungen. Die nackten Neonröhren summen in der Baracke. Drinnen, über Plänen, wie in einem Befehlsbunker, wir. Nacht ist draußen, große Diesel brummen ...
Lisa brachte es dann auf einen Nenner: »Und am Freitagabend kommst du müde nach Hause und sagst: Ist auch nur zuviel Arbeit!« Geringschätzig warf ihre Hand meine Hätschelbilder in die frischausgehobenen Gräben: »Schieb Kies drüber! Fahr wohl, du ausgeleierter Pazifist.«
Es war schon seltsam. Ich war doch noch lange nicht besoffen. Trotzdem erkannte ich ihn erst, als ich ihm das Geld in die Hand legte für die Zeitung, ihm dabei ins Gesicht sah. Massiges Haupt, rotblonde Wellen spülten Sommersprossen gemächlich ans Kragenufer des Parkas. Hat der das alte Stück sogar heute an?
»Ist dir nicht zu kalt?«
Es dauerte, bis er mich begriff. Aufguß bitte! Warme Schwaden stiegen vom heißen Pflaster der Terrasse auf, milchig verschwammen die anderen Tische, Stühle. Das Glückshaferl lief

über! »Klar doch, Bernd! Setz dich. Mensch, wie lange ist das her? ... Du, da haben wir damals doch ...« zuerst schrien die Balkenüberschriften noch aus dem im Stuhl verrutschten Zeitungsbündel, dann legte sich mild die Klappe der Ledertasche drüber, der Schal, der Parka dämpfte den Schrei der gebalkten Titel. »Was machst du jetzt?« Lächeln, sarkastisches Zucken der breiten Schulterhälfte – da. Der Haufen aus Tasche, Schal und Parka hielts ruhig aus!
»Zeitungen verkaufen? Noch immer? Du mußt doch schon lange fertig sein? Doktor?«
Bernds Locken fielen lang ins Gesicht beim Ja-Nicken: »Klar, Doktor in Germanistik gemacht: Sprachschub nach den Sozialistengesetzen durch die Selbstorganisation der Arbeiterschaft. Glaubst du, so einen braucht ein deutsches Theater? Eigentlich hab ich ja Theaterwissenschaft gemacht!«
Rundfunk, Uni, Verlage, ... dann fiel mir auch nichts besseres ein: Doch: »Lehrer?«
Die Locken wirbelten vor Lachen nach links und rechts: »Nein. Ich!! Wieviel Photos glaubst du wohl gibts von uns beim Verfassungsschutz. Zweimal allein wurden wir zusammen erkennungsdienstlich behandelt: – Wie sie mir den Finger gebrochen hatten –: die Anzeige wegen Widerstand gegen die Staatsgewalt.«
Ihn mit dem Ellbogen geschubst, Bullen kamen plötzlich von der Seite an, den Wasserwerfer hatten wir in der Barerstraße mit den Pflastersteinen festhalten können. Oweia. Die Bauerndeppen von der Bereitschaftspolizei hatten uns verdroschen: In den Kasernen aufgestauter Sexualtrieb: Knüppel frei. Das war der letzte Tag, an dem die Pflastersteine noch am Boden geblieben waren. Am Freitag darauf im jourfix im SDS an der Knorrstraße: »Mit Blessuren geprahlt wie hirnlose Corpsstudenten.«
»Mit deinem Pazifismus biste aufgelaufen, damals!«
Bernd schüttelte das Haupt, nachsichtig lächelnd: »Nicht aufgepaßt, wie? Der Zug ist doch abgefahren, Mensch!«
Ich nahm (huch, wie heiß) Lisas Hand wieder in meine: »Redet heute noch einer vom SDS? Oder vom Club, ganz zu schweigen?« Bernd fein und still versonnen: »Dafür gibts das Kontaktsperregesetz, den Aufrüstungsbeschluß: – Das Establishment hat zurückgeschlagen, und wir merken es gar nicht, daß wir windelweich gewalkt sind; übrigens, jetzt bin ich über dreißig, und was ist erreicht, geblieben? Die Amis sind raus aus Vietnam, die Unis überfüllter denn je; der Sex ist ein Industriezweig, schiebs mit Chemie, die Leute wissen ja noch weniger,

wo's lang geht. Ach nee, politisch, mein ich. Aber so auch. Vielleicht.«
Wir schwiegen ganz lange dann. Nachtschatten aufgelegt. Lisa bestellte beim Ober ein, zwei, drei Chianti. In die ausufernde Stille der Passage zwängte sich die Melancholie: »Du kannst doch nicht dein Leben lang Zeitungen austragen?«
Er ruckte den Kopf vor: »Vielleicht werd' ich noch Buchhändler, ne Lehre, echt: Stift mit Doktortitel. Und du?«
Die Hand einen kurzen Kreis schlagen lassen. Gequatsche: »Weißt du doch. Ich arbeite richtig auf ner Baustelle. Als Bauleiter treibe ich die Firmen an, und die wieder ihre Arbeiter. Das sind die, von denen wir immer redeten, die aber dann doch mit den Eisenstangen auf uns warteten, als wir ins Buchgewerbehaus gestürmt waren ...« Und auch vom Projekt Neustadt Süd redeten wir. Gerade ich sollte zu dem Projekt. Mir riß es den Kopf hin und her. Bernds Augen verloren die Abwesenheit: »Klar, für Kohle. Jeder hat seinen Preis!« Mit Verständnis hatte ich auch nicht gerechnet. Ich sagte nichts mehr.
Dem allgemeinen Hitzefrösteln kam der Chianti dazwischen. Abschütteln! Sich gewärmt im Stuhl aufrichten:
Zuprosten – Bernd. Lisa. Es lief runter, als wärs am Nachmittag der erste.
»Tust du noch was? Politisch?« Er sah mich an.
Ich verknüpfte die Finger hinterm Kopf: »Wenig. Gewerkschaft und so. Bißchen! Ist ja auch nicht aufregend. Ist halt wichtig. Mehr nicht. Vom Stuhl reißts mich nicht! Und du?«
Er winkte ab. Verdrossen. Ekel: »Viel zu lange M und L. Ist natürlich alles am Schleudern jetzt. Nach Mao!« Er stützte die Ellbogen auf den Schenkeln ab: »Ach, Scheiße!« Letzte Bestellung! Noch Chianti? Der Ober sah irgendwie besorgt aus. Aber ich konnte es gar nicht mehr so recht erkennen. Das Licht? Die Augen? War überhaupt noch genug Licht hier draußen?
»Du, zum Beispiel!«, sein Zeigefinger kreiste vor meinem Gesicht unsicher, er verschluckte einen feinen Rülpser: »Verträgst den Wein nicht mehr!« Eine Silhouette löste sich aus dem gelb flimmernden Bildschirm der Restauranttür: »Die letzten drei, bitteschön!«
Der Ober verlangte gleich das Geld für alles. Die Rechnung war vorbereitet. Ich zählte das Geld ab: »Wieviel sagten Sie?« Er wiederholte es nochmal. Blau auf blau, zehn oder hundert. Verdammt nochmal, hier brennt doch bloß noch das Totenlicht! Meine liebe Lisa prüfte die Scheine nochmal. Na dann. Das Weiß der Jacke wurde katzbucklig, im Licht übern Tisch erhielt der Klumpen drüber einen hellen Scheitel im schwarzen Haar:

Ja, es war ein Kopf! Sogar mit Gesicht! »Aber bitte, schon gut.« Auch Bernd nahm den Zehner doch noch: »Hast ja keine Zeitungen mehr verkauft. Komm, zier dich nicht, trifft keinen Armen.«
Dann war das Licht ganz aus. Dunkelblau klammerte sich der Weinfleck unterm Glas auf die abgezogene Tischfläche aus Lack. Die Restauranttür war zu. Auch innen das Licht abgedreht. Tinte füllte die Passagenschlucht bis oben hin. Von weiter weg schimmerten die kleinen Aquariumslichter der Schaufenster. Kleine Polypen kreuzten, Silberfischchen zuckten zwischen den Scheibenriffen. Der Mond spie Dunst um sich. Lametta schwamm drüber. Zittrig wabbelte die Meeresoberfläche zwischen den Dächern, Bilder auf unsicheren Bahnen verwakkelten.
»Weißt du«, begann ich wieder, »ich bin einfach Ingenieur. Mich reizt eine technische Aufgabe. So ein großer Kasten. Die Maschinen. Die Menschen. Ich bin irgendwie ein kleiner Chef. Macht. Wie in einem Ameisenhaufen läuft alles kreuz und quer, und zum Schluß ist das Gebäude fertig: Und ich hab hinten an den Stricken gezogen. Duu. Das ist was, wenn du an den Strippen ziehst, die so einen Kasten hochziehen!« Der dunkle Jogi vor mir nahm die Ellbogen auf den Tisch, stützte den Kopf in die pilzig ausfernden Handflächen: »Du wirst doch ausgenutzt. Manipuliert. Heut baust du für die Versicherung, morgen für die Bundeswehr, klar, du killst keinen. Aber du funktionierst für das System. Der Kies läuft und die Produktion auch. Und nur deshalb darfst du an Strippen ziehen, weil du für die Produktion funktionierst. Umsatz ist alles! Blumentopfpariser, Alufelgen und Jogging BH's; Sozialprestige wie in der Steinzeit! Was produziert wird, muß auch verbraucht werden. Immer mehr, ob's der Mensch braucht oder es ihm schadet. Und will das Volk nichts mehr fressen, ziehen wir die Werbung auf, bis du kaufst, kaufen oder sterben. Konsumterror. Ja. Das ist das Wort. Terror, bis alles aufgefressen ist, was diese Welt noch behaglich macht. Ach Scheiß drauf.« Seine Lippen klappten zu. Er lehnte sich zurück in die tiefen Schatten. »Aber ohne mich!«, sagte er ernst.
Das hast du noch lange nicht erfunden.

Eine Bekannte hatte mich mitgenommen. Noch im großen Flur traf ich den schlanken Mann. Die Haare so grau wie der dünngetragene Anzug, alte Lederpantoffeln spitzten unten vor. Fürst von und zu Klippe oder ganz ähnlich gab mir freundlich die Hand. Die Halle war nur mäßig beheizt. Er stammte von

weit drüben, hatte sich nach Krieg und dem Rübermachen den alten Gutshof gekauft, bißchen hergerichtet, fast ein Bürgerlein geworden, soweit das Geld reichte. Einige wenige gute Möbel – wie es Zeitschriften so schön auszudrücken pflegen – standen drin. Das Geld reichte nicht weit. Seine Arbeit bestand im Nachdenken über verliehene Orden. Nein, nicht nur eigene. Er schrieb auch ein hübsches buntes Buch darüber. Die Großfamilie, der er vorstand, bekam laufend Nachschub: Mit allen europäischen, gekrönten Häuptern verwandt; er war des Nachdenkens noch nicht müde! Die jüngste Tochter hatte vor zwei Jahren geheiratet. Auf einem großen Foto umringten sie alle lächelnd die Standesgemäßen: Die gekrönten Häupter Europas. Alle. Wie für die Frau im Spiegel. Nur diesmal keine Collage. Ja. Ja. Fürst Rainer war natürlich auch diesmal nicht eingeladen.
Nach der Ordenssammlung in die Sessel. In der Bar Cointreaux, Hennessy, Wein, nur wenige Flaschen Wein. Alles nicht üppig. Ruhig lächelnd erzählte er von seiner Familie, vom Haus, in dem sich mit der kleinen Landwirtschaft fast autonom leben ließ. Das Porzellan klirrte beim Zurückstellen. Vorsicht, die hat schon einen Sprung. In der Warmluftheizung verbrennt der Müll, im Vorraum zur Halle liegt ein halb aufgetrennter Wollpullover: »Wir gehören doch nicht zur Wegwerfgesellschaft!« Der schlanke Herr lächelte mir freundlich beim Weggehen zu. Gebildet blinzeln seine Augen zwischen wenigen Fältchen, ohne Brille: Augen, auf dem Lande aufgewachsen. Gelassen schwang die schwere Holztür hinter uns zu. Da stand ich draußen, matt ockern schimmerten die alten Zinnen dem Erstaunten zu: Gegen die Ruhe drinnen war die Natur hier draußen richtig hektisch. Und die Einbrecher vor einem Jahr hatte das Schloßgespenst zwei Kilometer weit gejagt. Juuuhuuuu ..., bis zum Autounfall!
Ich schwieg nach meiner Erzählung. Bernd fragte nach einer Weile: »Und warum hast du das jetzt erzählt?« »Der Adel hat sich ausgeblendet. Der funktioniert nicht. Wie du es forderst. – Verweigert einfach Arbeit und Konsum!« Ich fühlte, daß Bernd lächelte: »Die hochgeborenen Aussteiger!«
Noch brannten alle Ampeln. Ich paßte höllisch auf, daß ich kein Rot überfuhr. Auch das feine Freßchen hatte nicht verhindern können, daß eintrat, weswegen die Menschheit überhaupt trank. Undeutlich flimmerten die diffusen Lampen in der engen Straßenröhre. Ich kniff die Augen, fuhr langsam über die Tivolibrücke, hielt wieder an der Ampel.
»Stell dir mal vor, du müßtest Zeitungen verkaufen?« Lisa hatte

mich gefragt, was ich gerade dachte. Ich zuckte die Schultern. Endlich hatte das Pulsieren in mir aufgehört, in den Sessel des Autos hatte ich mich verkrochen, legte langsam den Gang ein: »Ich könnt's nicht. Einfach so warten. Ich will was tun, da muß was los sein!« Gelassen schob sich der Wagen den Berg hoch: »Klar, sind wir Idioten, wie wir den ganzen Tag buckeln und der Zeit nachrennen!«
»Ich mach die Schule auch nicht ewig!« Ohne besondere Betonung hatte sie es so hingesagt. Unsere Hände fanden sich.
»Wir brauchen wirklich viel zu viel. Alles nur aufgeblasen!«
Lisa hatte sich angelehnt: »Salzknabbergebäck, Farbfernseher, und was weiß ich nicht alles.« Der Berg war fast zu Ende, die Straße neigte sich wieder zur Waagerechten, zart zog ich den Wagen in die Kurve. Lisa's Gesichtchen drückte sich warm zu mir, ich mußte am Lenkrad umgreifen – da sah ich sie. Matt silbrig blinkte das Metall, das Zifferblatt sendete grünliche Zeichen, Krokolederband. Noch in der Kurve faßte ich dran, zog die Schnalle auf, ohne Hast warf ich das Gerät durchs halboffene Fenster. »War es die teure Uhr?«
»Ja, die von den Eltern, die ich letztes Jahr bekommen habe!« Sie blieb einfach sitzen, warm an mich gelehnt, sagte gar nichts mehr.
Rückwärtsgang rein, und langsam zurück. Immer noch ruhig und gelassen. Ich wußte nicht einmal, warum ich gehalten hatte. Freilich wäre es nur konsequent gewesen, weiterzufahren. Ich hatte aber gemächlich gestoppt, gelassen, hatte gewartet bis alle mich überholt hatten. Setzte zurück, suchte draußen kurz das Pflaster ab – Nichts. Also wieder rein mit mir. Zufrieden streckte ich meine Glieder hinterm Steuer, bevor ich endgültig weiterfuhr. Gürtel und Hosenträger: Oh du falsche Seele.
Oben an der Ampel mußte ich halten. Ich drehte mich zu Lisa, mit dem Daumen streichelte ich ihr Öhrchen, biß ganz zart rein: »Ich fühl mich gut! Du!«
Sie rieb mit ihrem Kopf drehend dagegen: »Wir sind eigentlich besoffen und müde?«
»Zu müde?«, bangte ich leise, das Witzchen anklingen lassend, überlegen lächelnd. Überredend rumpelten meine Fingerrücken ihren steilen Nacken hinab.
»Ich mag heute deiner Mutter nicht begegnen, wenn ich zum Pissen muß!«
Arg deutlich ist sie manchmal. Das rote Gespinst sprang von der Scheibe zurück. Ich drückte mich in den Sessel, meine Hand mußte das Überreden unterbrechen, ließ den Wagen

langsam rollen. Sah eh zu wenig. »Und wenn ich nach Englschalking fahr. Zum Bahndamm?«
Sie sah geradeaus, den Kopf an der Nackenstütze, die nachgab und sich eindellte, von links nach rechts, von rechts nach links: »Ich bin zu müde!«
Demonstrativ drückte ich auf meinen abstehenden Schweif: »So übel ist es dort auch nicht gewesen. Unsere Ruhe hatten wir. Nicht so wie in der Hirschau.« Mittendrin hatte sie aufgeschrien und aufs Fenster gezeigt. Ich war sofort draußen gewesen und bin den zweien nach. Nackt wie ich war, hätt ich die zwei schon einholen können – und dann? So preßte ich meine dicken Eier wieder rein in die Jeans. Für den Abend war's aus gewesen.
Ich fuhr schneller. Die Lampenköpfe nickten an ihren Peitschenmasten, rückten immer enger zusammen, sausten vorbei wie die S-Bahn-Züge am Bahndamm Englschalking. Aus den zurückgelegten Sitzen hatten wir raufsehen können. Zu den vorbeiflitzenden Fenstern. Im Sommer waren manchmal Köpfe in die gelben Vierecke gesetzt. Sie sahen zu uns runter, wo ich meistens gerade an Lisas Röschen knabberte, vorn, zwischen Kupplung und Bremse lehnte die Sektflasche, sicher gegen alle Erschütterungen.
Unruhig wetzte ich vor den Ampeln am Effnerplatz. Versuchte es wieder an ihrem Schenkel – ganz sacht. Da saß sie und ließ sich abstreicheln: »Wenn ich bloß schon die Wohnung hätte!« Ich seufzte, um mein Elend rauszulassen. Ob es wegen der Häuschen ist, die so nah am Bahndamm standen. Wir hatten sie erst vor ein paar Tagen gesehen, als wir einmal untertags vorbeifuhren. Das war ja direkt im Siedlungsgebiet: »Wir können uns einen anderen Platz suchen!«
Sie gab mir einen langen dicken Kuß zum Abschied, rieb sogar noch ein bißchen an mir rum. Ein liebes Luder. Ich biß ihr in den Hals: »Aua!« Sie streckte die Zunge raus: »Baah!« Zwei Achtel Nasenreiben: »Ich muß nach Hause.« Lässig den Dreiecksellbogen aus dem zu hohen Fenster geschoben: Langsam vom Randstein ab: »Enden los!«
Erstens hatte ich gar nicht mehr richtig aufgepaßt, zweitens zogen über der Straße schon lange Kometen mit breiten Schweifen, hell, und drittens, in der Weltenburger Straße waren sie noch nie gestanden. Nur gut, daß die Kelle rückrot strahlte.
Jetzt ist er weg. Und der Job auch. Die Waden zogen sich, der Fuß drumte am Kardantunnel. Das Knie zitterte gegen den Knüppel: Bloß nicht den Motor abwürgen. Tür auf. Luft rein. Mit der Tür Abstand halten. Verdammt bin ich nüchtern. Flat-

ternd pulen die Finger die Papiere raus, im knallharten Licht der Scheinwerfer wackeln die weißen Fetzen rüber. Genüßlich studiert der Weißbemützte sie draußen. Vor der Scheibe werden noch andere Wagen kontrolliert. Es ist zwei Uhr morgens mindestens. Blinker links, Blinker rechts; gute Fahrt. Danke. Fix und Foxi über die gelbblinkende Ampel. Nach dem Turnverein hart rechts ab. Und sie haben mich nicht blasen lassen. Die Hände wirfts am Steuer noch immer. Nur aus der Hose ist aller Schwung raus. Urintröpfchen haben den Schlüpfer befeuchtet: »Na und!« Ich schreie. Auf der Treppe lerne ich das Lächeln wieder: – Jetzt kann ich mir das Wichsen sparen, die Luft ist verpufft.

Der Sommer hatte beschlossen, daß der Herbst erst um einen Monat später stattfinden dürfte. Die Rohbaufirmen lösten ihre Terminprobleme im September mit Überstunden. Die Kantine ließ für die Schichtler bis um eins auf, die letzten Deckenbewehrungen summten ihr Jammerlied unter der Rüttelmaschine in der Nacht zum Wiesn-Samstag. Regen hatte auch nicht eine Schicht versaut. Das breiteste Grinsen auf der Baustelle trug der Kantinenwirt nach dem Verlöschen der großen Kranstrahler jede Nacht ins Ehebett. Der Innenausbau war angelaufen. Die Pläne der Benzingertruppe wurden immer dürftiger. Die waren zu wenig und hatten keine Zeit mehr: Die Kosten. Den ganzen Tag strampelten Wolf und ich uns ab, die Dynamik des Innenausbaues nicht auflaufen zu lassen. Die unvermeidliche Leiberheim-Sülze zementierte im fünften Monat Kartoffeln im Magen ein. Wie morgens mit der ersten Zigarette zu Hause der Kaffee, stieß mittags die elendige Salatbrühe auf. Scheißstreß. Nicht mal ne Stunde waren wir sitzengeblieben.
Hier unten strahlte die Kälte. Herr Permaneder grinste gelassen: »Es geht nicht, die Achse kann der Strich nicht sein!« Der Hund mußte den Vormittag mit dem Ausmessen verbracht haben. Mit der ledernen Bundhose saß er auf dem Schragen, und bot mir einen Schmei aus seiner Elfenbeindose an. Ich probte jetzt auch schon eine halbe Stunde vor mich hin. Vom Betonboden vor uns grinsten uns fast ein Dutzend falscher Linien in Rot und Grün an. Viel Blei. »Alles Scheiße!« Der Obermonteur von Permaneder & Co fluchte überraschend reinlich: »Wo soll jetzt das verdammte Gußrohr hin?« Ich schnupfte. Einmal noch in den Plan gelurt: »Wenn's später nicht geht, reiß ich die abgehängte Decke runter und laß Paßpaneele machen. Fünf ist die halbe Montagewand und zwo Toleranz, sind sieben Santimeter – schweizerisch macht sich immer gut – von deerr

Achse.« Ich deutete auf eine durchgestrichene rote Linie am Boden: »Nach links, hier!«, fügte ich noch sicherheitshalber hinzu. Tat sicher. »Wenn's schiefgeht, steht das Pissoir auf'm Labortisch!« Der Sieger verläßt den Platz.
Aufgeregt wedelte Anne in der Anmeldung mit einem Zettel: »Herr Köhler hat angerufen, wir sollen zum Wörthsee rausfahren, heut abend, zu seinem Wochenendhaus.« »Hat der ein Haus da? Und kann man da baden?« Alles, was wir eigentlich noch heute erledigen wollten, warfen wir zusammen in den großen Flur: Da war Platz dafür. Badehose muß noch her. Wie die Arbeit lag, so blieb sie. Endlich klangen die permanenten Zisch-Laute richtig froh. Pielstickers Zeigefinger bohrte sich in meine Magengrube: »Und Sie holen alles für den Einstand dieser beiden da!« Gehorsam nickten Dieter und Siegfried: »Auf unsere Rechnung!«
»Und ich muß Lisa mitnehmen.« Endlich hatte ich den Mut gefunden: »Die rupft mich sonst! Ich hab ihr den heutigen freien Abend versprochen – wie dumm von mir«, tat ich verlegen. Genickte Absolution ließ mir froher das Herzchen schlagen – und doch: Schlechter Partner, so'n Gewissen: Aber eigentlich sollten doch nur Kollegen, und so, mal anders als sonst!
Ich besah die Hand mit meinem Messer. Und Wolf sah sie sich auch an: »Liebfrauenhand, wie du so zitterst.« »Die Hetze!« Ich war wirklich gesprungen. Vom Metzger zum Bäcker, vom Gmiasdandler zum Textilgeschäft, von der Forschungsbrauerei hier auf die Bank. Köhler kam, schaute auf Lisa, deren Schenkel ich endlich neben mir fühlte – Wärme! Er lächelte, prostete mir zu: »Endlich einer in der Firma, der anzapfen kann.« Wir stießen an und tranken, und ich merkte es schon wieder. Noch immer winkte drüben auf der Wiese Dieter der Holzkohle mit einem Karton zu. Gelassen ließ sie es geschehen und rauchte stinkend über die Gräser. Fein schnitt ich den Radi in Blätter. Niemand ließ aus, sich von mir die Story der milden bayerischen Rübe, wenn blattgeschnitten, erzählen zu lassen, bis, ja, bis die Berger, die Sekretärin von Köhler kam: »Haben Sie sich denn die Hände gewaschen?« Nicht ein Auge nahm ich von der letzten Scheibe, die von der intakten Wurzelspitze runterhing: »Aber den Radi auch nicht!« Ich prostete Wolf zu, der schon entfernt stand, sich meine Lisa angeseilt hatte, hungrig dem Rauch nachtrauerte. Wir grinsten. Ein zweiter Schluck. Der lieben Berger war der Appetit vergangen.
Noch immer heizte der Nichtplanet die runde Tischplatte. Die Berger hatte sogar Aufsetzer besorgt, dafür hatte das Holz des

Tisches die gemeine Bläue. Die breiten Radischeiben ruhten in ihrer salzigen Weine. Weil's auch sein Einstand war, wendete Dieter die Fleischfransen am Grill. Ich zog den Teller mit dem Käse näher ran. Unvermeidbar das Zuprosten, auf die Schulter klopfen, Köhler lächelte nett – ihr seid die Kerntruppe, mit Ihnen hat die erste Stunde von Köhler und Büchner begonnen! Vor allem Pielsticker, Wolf und mir hatte er zugenickt, den Ohrwurm gesetzt: Ihr seid die Felsen ... Schafsgesicht, nach dem Abwischen des Schaums von der Oberlippe: »Bisher hab ich immer nur allein gearbeitet. Aber so ein großes Büro gibt doch ganz andere Möglichkeiten!« Der Kopf fand nachdenklich Platz über Käse und Hand – Männer: der ersten Stunde.
Die Pyramiden nochmals bauen. Armeen von Mannschaften. Der kotverschmutzte Jeep hält vor der Baracke. In Breeches rein in den Sitzungssaal. Und dann Tacheles. Pielsticker wiederholt mit seiner leisen feinen Art die Beschlüsse für Anne zum Mitschreiben. Der Rohbauer wird eine dritte Schicht einführen! Ab übernächster Woche geht die vierte Mischanlage in Betrieb! Sollen denn die Grabkammern nach Moder stinken? Wo bleiben die Klimakanäle? Die Ingenieure der Haustechnik ducken sich, sie haben Verzug. Ich brüll: »Mit der Spitzhacke dazwischen müßt ihr!« Die beiden Adjutanten stehen jeden Vormittag in der Sonne, zeichnen den Stand auf die Tafel, mit dem Ablaufplan, den Protokollen, im Vorbeigehen seh ich, daß sie wieder vergessen haben, die roten Mahnbriefe rauszuschicken, ich schlag die Türklappe des Jeeps zu ...

Mein Glas fällt um, die anderen am Tisch können gerade noch die Krüge fangen – am Tisch schwappt's: »Spinnst du?« schreit Anne, weil's vom Tisch auf ihren Rock tropft und sie nicht aus der Bank kann. Langsam steh ich auf, die Räder mit den dicken Stollen drehen durch. Sand fliegt hoch, die Adjutanten ducken sich: »Ja, ich hol schon einen Lumpen.« Sie sammeln die weggeworfenen Papiere auf.
Wolf zog die Flasche ran: »Wer arbeitet, soll auch trinken!« Zu Ehren der Zahler verspiegelte sich die heiße Sonne nochmal kräftig in die goldbraun aufgefüllten Gläschen. Vielversprechendes Geflunker. Hoch die Tassen, Lorbeer auf die Spender. Köhler lächelte nochmals breit: »Na, wenn's wie der Anfang weitergeht?« Er faßte Pielsticker an dem Oberarm: »Prächtige Burschen, wir werden zusammen noch was zerreißen!« Lisa und Wolf ließen zum zweitenmal die Luft aus den kleinen Gläsern: »Nett, daß er sein Wochenendgrundstück hergegeben hat!«
Es war nur ein Stück die Straße runter. Vollgefressen hatte nur

noch Anne Haberl Lust, Schwimmen zu gehen. Träge patschten wir über den weichgebratenen Asphalt der kleinen Landstraße. Direkt ins Rot der vor uns ausgebreiteten Sonne hinein: »Eigentlich hätten die anderen Baustellen auch kommen können!« »Aber es ist doch der Einstand der beiden von uns!« »Aber doch fürs gesamte Büro!« Sie zuckte die Schultern: »Sind ja eh nur drei Leute!« – »Na eben!«
Gründunkel parkte die Dämmerung zwischen den Büschen und dünnen Stämmen. Der Hügel drüben klaute dem See den Lichtrest des Spätsommerabends: »Wir könnten locker splittern!«, tat ich, als interessierte mich nur das flirrende Licht weit über uns, blinzelte. Sie prüfte mich an: »Ob noch jemand kommt?« – »Um die Zeit!« Ladylike winkte sie dann aber ab.
Hatte ich sie ans Büro erinnert? Oder was? Ein Triumph den Spießern in den Soutanen, die uns schon bei der Taufe angezogen lassen. Weich und rund schlüpften die bewachsenen Kiesel unter den Sohlen, dungwarm stieg das Wasser hoch.
Anne stelzte mit gerümpfter Nase ins tiefere Wasser. Drei kleine weiße Dreiecke aus Stoff auf der schlanken Figur verteilt: Nix wie hinterher!
Draußen mußten wir schwimmen, zogen ein paar Meter schneller durch, dann verlegten wir uns aufs Treibenlassen, Wassertreten: »Mein Gott, ist das Wasser angenehm warm!« Mit dem aufgesteckten Haar drehte das Kopfrund zwischen den aufgesprungenen Wellchen. Vorsichtig blieb die Mundluke über dem Wasser: Wer hat schon Lenzklappen?
Lichtlein sprangen den Hang mit den vielen Wohnwagen hoch: – Alle Papis nach Hause gekommen – auch eine Stadt. Sommerstädte. Ein Wäscheschrank mit Lavendel für die guten Menschen in Mitteleuropa – sonst verkommen wir doch alle in den Stadtfabriken –; und wer kein Lavendel hat?
Sie ließ meine Hand an ihrer nassen Taille beim Heraussteigen. Unsicher trocknete ich ihre Schulter ab. Sie streifte den Bikini aus, nahm mir ihr Handtuch aus den Händen. Ich ließ nicht gleich los, wir zogen und kicherten. Weissbebrillter Busen hüpfte bei ihren Dressierversuchen. Ich hantelte mich ran. Unter meinen Lippen bog sie aber das Kreuz durch. Schade. Im Schulterschluß stiegen wir die Straße hoch.
»Wie lange kennst du schon Lisa?«
»Jahre, viele Jahre. Schon studiert zusammen.« Ich ließ es vage. »Und du? Wie lange bist du schon verheiratet?«
»Zwei Jahre!« Und Kinder wollte sie, und glücklich war sie auch.
»Ja, dann!«

Wir krabbelten den Hügel wieder rauf, oben nutzte sie die letzten verirrten Lichtkügelchen, die in meinem Gesicht verflossen, fragte: »Und du willst allein bleiben, ein Single? Nicht zusammenziehen. Du suchst doch eine Wohnung?«
»Und warum sollte ich nicht allein bleiben?« Ich zuckte die Schultern: »Ich fühl mich wohl. Kenn viele Menschen. Mach ne Menge!«
Die noch immer aufgesteckten Haare fuhren eine vollendete Viertelkurve nach vorn und zurück: »Aber immer allein. Niemand um einen? Und im Alter?«
»Viel Angst wegen nichts!« Ich grinste in die Schatten der Büsche, sogar hämisch: »Erleben wir sowieso nicht!« Ich bot ihr eine an. Rauchsäulen stießen wir in die Lichtglocke über den Tisch, an dem schon die Äuglein glänzten. Mitten hinein in den ekstatischen Haufen von Mücken, der sich langsam in Blutrausch tanzte.
Siegfried überschrie alle, als er sah, daß wir uns wieder in den Kreis einordneten: »Na, Genosse, schön geschwommen, wie!« Zwei Handvoll blödwissender Gesichtszüge rundum. Ich zwängte mich zwischen ihn und Dieter. Anne hatte sich am Ende der Bank aus der Schußlinie gebracht. Angetörntes, blondes L. schob mir einen Schnaps rüber: – Friedensangebot, oder hat sie ein schlechtes Gewissen? – »Na, Prost, Lisa.«
Ihre linke Haarhälfte verstreute sich auf Wolfs Schulter. Ich wäre lieber beim Bier geblieben. Brrr, brannte der. Schweiß am Abend...
»Sag mal, Siegfried, kennst du eigentlich die Kovacs, er und sie. Die sind damals von München nach Berlin?«
»Zum SDS?«
»Klar. Wo sonst?« Er schüttelte den Kopf. »'n tolles Paar, die zwei. Kamen aus Berlin, als es hier in München mit den Antiautoritären anfing, und sind dann wieder ab? Kennst du nicht? Vier, fünf gemeinsame Figuren fanden wir doch noch in unseren Hirnstuben...« Der? Der hat doch den erfunden: Sigi hob den einzelnen Zeigefinger: »Einen Finger kannst du brechen!!«
sogar die schweren Biergläser sprangen ängstlich hoch, als die Hand die Tischbretter prügelte: »Die Faust nicht!!« Köhler sah pikiert weg. Wir feixten über den Tisch: »Soll er doch.« Dieter fragte: »Machst du hier was, politisch, mein ich?« Siegfried nickte ernst: »Ja, ich bin in der Partei!«
Ich hänselte: »Damit kannst du aber nicht mehr das Rektorat besetzen!« Grinsend nachgesetzt: »Oder Annes Sekretariat!«
»Wir Jusos heizen Papas SPD schon ein!«

Mittendrin merkte er es: »Du bist doch auch dabei!«
»Gewerkschaft ist wichtiger! Praxis. Gesellschaftsarbeit ganz von vorn an der Basis!« Ein kleinerer Schmarrn fiel mir nicht ein. Ich fühlte mich unbehaglich.
»Aber wir sind doch keine Schlosser und keine Fabrik.« Pielsticker sprach diagonal über die leeren Teller und vollen Gläser: »Sie wollen sich doch nicht mit einem Maurer vergleichen?«
Schon irgendsoein antiker Krieger soll durch Umgehung des Feindes und Angriff seitlich und von hinten gesiegt haben. Wo geht's hier bitte nach hinten? Auf der Flucht schon brabbelnd. »Ich hab Maurer gelernt!« Das war natürlich ganz besonders schlau.
»Aber Sie sind doch Architekt, vertreten den Bauherrn draußen auf der Baustelle, tragen Verantwortung für die Ästhetik des Gebauten. Sie können doch dann nicht wegen jeder Stunde auf die Uhr schauen, wie irgendsoein Stundenlöhner, der mit der Sirene nach Hause geht. Schließlich stehn Sie doch höher.« Pielsticker hatte sich jetzt über den Tisch gebeugt: »Und ich weiß, daß gerade Sie nicht so sind. Sie wollen doch arbeiten, wie wir Bauleute halt so sind, ich hab doch gesehen und gespürt, daß Sie verantwortungsvoll arbeiten!«
Mir fiel gar nichts ein. Der Asbach schmeckte fad. Wenn ein Chirurg einen Busen ausräumt, ist nichts mehr drin. Ich versuchte, ein nachdenkliches Gesicht zu machen, um Zeit zu bekommen. Verdammt. In welche Schublade sind denn nur die Chips gerutscht?
Siegfried brummte einatmend: »Na, na!«
Auch ihm also waren die Lochkarten aus dem Kasten gefallen. Dieter warf hin: »Auch Angestellte arbeiten, um ihr Geld zu verdienen!«
Köhler betrat den Sprungturm, und alle Wasser glätteten sich unter ihm: »Natürlich hat unser Beruf auch seine ökonomische Seite. Ein Architekt ist ja auch Auftragnehmer vom Bauherrn.« – »Aber trotzdem haben wir eine Vision von unserem Beruf! Wir haben doch keinen Job!«, Pielsticker hatte es auf den Tisch geworfen.
Nur Besoffene können ein wirklich ernstes Gesicht vorzeigen. Wolf breitete die Arme aus: »Genau, Herr Köhler, ich und die Anne arbeiten bei Ihnen auch umsonst! Tag und Nacht!«
Auf den Vortrag des Narren hin erstickte der Herrscher am eigenen Gelächter.
Ich fiel hintüber und mußte mich im Gras abstützen. Köhler schlug Pielsticker auf die Schulter, Anne krallte sich am Tisch fest.

Das jetzt gelöste Haar flog um ihre Ohren. »Nein.« Anne schüttelte den Kopf nochmals, lächelnd, das einzige noch helle Gesicht am Tisch, ihre Beißerchen übereinander: »Wenn's klappt, hör ich auf!«
Pielstickers Auge brachte es fertig, naß-verhangen zu schimmern. »Schade, bringen Sie doch einfach das Kleine mit, wir wickeln es alle Stunde!«
»Und wer säugt's?«
»Wir geben was besseres wie Milch!«
So ordinär hatte ich gar nicht sein wollen.
Dieters Wangen röteten sich mehr, Anne schüttelte sich an ihm lang: »Nein, nein, ab neune früh ist das Kind dann besoffen!«
Die Berger hatte kaum was getrunken, aber ihr roter Kopf lampionierte von uns fort zur Bank vor dem Häuschen, nachdem ich ihr mit dem großen Zeh vom Knöchel bis zum Knie gefahren war. Das täte der verheirateten Kuh doch nach fünfzehn Jahren gut. Ohne sie anzusehen, hatte ich dabei mit Köhler gesprochen, der neben ihr saß. Über die neue Dufour 35, eine so traumhaft schöne Jacht. Ich küßte meine Fingerspitzen enthusiastisch.
Pielsticker brachte irgendwann die Berger zurück an den Tisch unter den Bäumen. Hoffentlich beleidigt sie heut noch einer, dann kündigt sie endgültig dem unkeuschen Verein.
Hat doch der Wolf schon den ganzen Abend an meiner Lisa rumgemacht. Beide besoffen wie Churchill nach der Kapitulation. Weiß der Teufel. Seit einer halben Stunde hat er nicht nur die Lisa neben seinen Pusteln, sondern auch eine Gitarre vor dem Doppelbauch: – »Was versteckst du denn da? Wo zupfst du bloß nur die ganze Zeit. Bist wohl schon allein ne Orchesterprobe?«
»Wolf, kannst du denn wirklich spielen?«
Er zieht an den großen Händen, daß die Finger knacken: »Maurer bin ich geworden, gerudert hab ich bis zum Herzschaden, geheiratet hab ich, um es zu verlernen: Es geht noch immer! Im Konvent hab ich Orgel gespielt. Mit Hermann, einem keuschen Jungen. Ministrant wie ich. Soll ich euch die Kollektengeschichte schon wieder erzählen? – Und in den Ferien war er Vertreter für DUB. Was das ist? Damenunterwäsche. Probierte es einer jeden hinter der Haustür an. Und ich war so ein blöder Jungmann.« Er ließ die Gitarre und sogar Lisa los, zeigte mit den Händen die Menge von einem Ziegeneuter: »Solche BH-Weiten verkaufte der! Hatte immer 'nen Koffer voll unterm Bett im Konvent. Ist aber wegen 'ner ande-

ren Sache aus dem Konvent rausgeflogen. Vor mir. Verscheuerte vom Meßwein der Kapelle, wo die ihn abends doch selbst soffen!«
Das Blondhaar von meiner Lisa stichelte ihm am Kopf. Hatte er vorher nur hin und wieder paar Akkorde in die Nacht entlassen, so wie wir anderen kleine Radipfürzchen, so nahm er nun das Instrument fester: »Die Gitarre ist wie eine Geliebte, man nimmt sie in die Arme, greift ihr in die Saiten und spielt ihr am Loch rum.« Dreimal traf ich mit dem Hirn die Tischplatte. Anne kreischte und klemmte ihre Hände zwischen den Knien.
Das Blondhaar dann fast schlafend an der Schulter. Hin und wieder vergriff der Rechtshänder sich mit Rechts, kam aber doch immer wieder zu den Saiten zurück. Spielte noch so eine halbe Stunde.
Ich verfluchte die Situation. Ich war gefahren, und Köhler. Jetzt mußte ich auch zurück. Dieter schlief neben mir. Wolf und Siegfried saßen hinten. Lisa dazwischen. Wolf versprach: »Ich weiß 'ne ganz stille, gerade Straße zurück. Direkt.« Also nicht die B 12.
Siegfried gröhlte: »Für was hast'n gepuscht.« Wolf dirigierte: »Immer gradaus.«
Dieter lehnte an der Tür.
Lisa schlief zwischendrin.
Ich sah die Fichten schon gebogen – der letzte Asbach war schlecht gewesen. Wachbleiben durchs schnelle, geschickte Fahren. Power. Drücken. Den Burschen zeigen, wie hundertfünfundsiebzig Pferdchen die Schlappen im Anmarsch zum Pfeifen bringen. Die Kurven sah ich sowieso zu spät. Heulen ist geschmeichelt. Die starre Hinterachse des Alfas sprang wie'n gerammeltes Eichhörnchen. Die Waldstraße war zwei Hupfer breit. Hundertdreißig, vierzig, fünfzig. Plötzlich zog es im Wagen, Siegfried krümmte den Rücken rhythmisch, den Kopf draußen: »Schpei ja nicht meinen Wagen o! Und ja net rei!« Ich ging auf einsdreißig weg. Zu nah sprangen mich die Bäume in der Kurve an: »Wenn's dem sein Kopf wegreißt!«
Kaum hatte er die Lippen am Ärmel abgewischt, beschwerte er sich: »Soll das ein Sportwagen sein. Hundertzehn oder lumpige hundertzwanzig.«
Er spuckte noch zweimal auf mein Hinterrad – kaum ein hochgerissener Spritzer traf aufs Auge. Vor Kreuzungen instinktiv zuckte ich vom Pedal. Schon schrie Wolf noch weit vor dem roten Warndreieck: »Da ist gestern auch keiner gekommen: Gas ... Gas ...«

Stocknüchtern stieg ich an der Baustelle aus. Mir zitterte alles. Einfach alles. Jeder stieg in sein Fahrzeug. Bis morgen. Vergiß nicht, bei der IBM die Karten zu holen. Um halb acht ist Begehung, um acht Appell zum ersten Schnaps. Los. Los. Denkst du morgen daran, daß wir das Schreiben an die ARGE ›Abgehängte Decke‹ aufsetzen. Für übermorgen muß die Sitzung vorbereitet werden ... Es dauerte von zwei bis fast drei, bis wir vom Parkplatz kamen. Ich sah nicht mehr viel, deshalb nahm ich das Stück Autobahn mit. Orientierte mich am weißen Streifen rechts. Ein Parkplatz? Warum nicht? ... Pissen ...
Am liebsten gar nicht mehr weiterfahren. Mit Grauen an morgen früh denken: – Das Auto suchen –. Zuhause waren die Parkplätze so schön knapp ... Nur nicht vergessen, wo ...

Im Erdgeschoß

Als ich ihn sah, bemerkte ich sofort das Besondere, das Einmalige des Morgens: Nicht nur, daß nur einmal im Jahr erster April ist. Es gab nie ein Jahr, in dem es je zwei erste Aprile gegeben hätte. Und ihn, Köhler, den Chef hatte es noch nie um diese Zeit hier gegeben. Er mußte sogar schon gewartet haben. Und das, obwohl ich früher dran war als sonst, und, wie schon seit Wochen, als erster kam. Ich hatte herausbekommen, daß es gleich war, ob ich um sieben Uhr im Bett die Arbeit durchdachte oder im Bürosessel. Wach ist wach. Dafür versuchte ich wenigstens, früher wieder nach Hause zu kommen, noch am Nachmittag oder wenigstens am frühen Abend.
Manchmal schaffte ich es auch. Einmal die Woche vielleicht. Morgens warf es mich im Bett, ich kämpfte in der verschwitzten Wäsche: Die Baustelle war zu mir gekommen. Ich nahm den Tag an. So ab fünf, halb sechs, oder früher.
Ich trat auf ihn zu. Obwohl er einige Zeit im Niesel gestanden hatte, gab er mir freundlich die Hand. Morgenmuffelnd angetrieben wälzte sich der Schlüssel im Zylinder, nahm die entsprechenden Federbolzen auf, der Riegel sprang zurück! Köhler kam so selten, daß er nicht mal einen Schlüssel für die Baracke hatte. Brauchte er ja auch nicht: »Schlepp sowieso viel zu viel am Schlüsselring mit!«, so hatte er das Ansinnen gleich am Beginn der Baustelle abgewehrt. Einmal im Monat kam er nur für ein paar nachmittägliche Stunden. Gewissenhaft saß er die ab. Immer im Kaböff von Pielsticker, unserem Vorturner. Wispern hinter verschlossenen Türen. Sogar die Tür zur Anmeldung blieb zu. Annes Gesicht war an diesen Tagen immer besonders lang, wohl weil ihre Sekretärinnenehre damit kurzgeschnitten war. Wir staunten immer wieder, welche Menge Geheimpapiere unsere Baustelle produzieren mußte. Stunden blieben sie allein.
Köhler tat geheimnisvoll: »Nein, jetzt nicht! Wenn alle da wären!« Ich warf die Kaffeemaschine an, die bei der Sekretärin in der Anmeldung stand, wo sonst? Konversationslos warteten wir. Wenigstens tat's die Maschine, gespannt wartete ich auf die Wortblase, die er noch mit dicker Zunge im Kropf zurückhielt. Nicht mal die Backen blähte es ihm hinter seinen Kiemen. Wir warteten nebeneinander, steinern den dünnen Strahl betrachtend, den der Filter in die Kanne schiffte. Immer uriniger sickerte der Saft durch die kleinen Löcher, bald tröpfelnd.

Ich hatte vorher von irgendwas zu viel getrunken. Nein, kein Bier. Ich hatte am Nachmittag aufgepaßt, ich sauf doch nicht vor dem Vorstellen. Ihm gegenüber war ich gesessen. Die Blase drückte. Aufgeregt und müde von einem Baustellentag. Tintenschwarz hatte die Novembernacht das Fensterglas von draußen verhängt, dicht, dämpfend, ein Büro ohne Straßenlärm. Fäkalienwarm lag ich im Sessel, der wie eine vertikale Scheibe zu rotieren begann. Ich drehte mich, rasend schnell oben, unten, oben, unten, oben, unverwandt sah ich ihm ins Gesicht, obwohl er saß, und es mich drehte. Immer wenn ich kopfüber hing, ließ der Druck der Blase nach, danach staute das Gepansche wieder kräftiger in den Magen zurück: – Ich will den Job –. Hatte lächelnd erzählt: »Bei einer Rohbaufirma ist die Technik, das Gestalten damit, zu einseitig. Nur Beton. Ich möchte wieder mehr Ausbauen. Weitersehen!« Architektensaite angezupft. Dem Klirren nachgehört: Wir Bauleute wollen doch arbeiten, kreativ schaffen. Wahlverwandt fielen Klang und Echo eng übereinander in den Klee. Ich hatte mich mit Drei auf jeden Fall zu billig verkauft. Und ich hatte es gewußt. Mit einem Ruck setzte ich mich auf, der Sessel ruckte, stand. Ich bin nicht schüchtern. Eigentlich. Aber so richtig loslegen konnte ich auch nicht. Und der Sessel hatte es zu turbulent getrieben. Obwohl ich mich zusammenreißen kann. Das Gehirn wabbelte noch im Schwung. Es klatschte zwischen den Schädelwänden wie Götterspeise. Wackelpeter. Lag zum Kühlen immer in der Badewanne, im Wasser, zu Hause. Bei Muttern.

Ich grinste Köhler an. Mein Kopf war leer. Er reichte mir die Hand. War aufgestanden. So konnte ich auch wieder die Linie finden, die mich sicher aus seinem Büro brachte. Nie wieder hatte ein Stuhl so rotiert mit mir.

Köhler hatte die Kaffeekanne aus Glas in der Hand: »Na!« Er lächelte jetzt richtig.

»Ist ein Freudentag für Sie?«, forschte ich wieder. Listig äugelte meine kleine Glatze zu ihm rauf. Er sagte nichts. Der Kaffee fiel tiefer, riß meinen Blick mit in die Tasse. Den Atem zu einem Wort ziehend: »Jaaahhhh«, schlürfte Köhler den Milchkaffee in sich hinein. Grinste mich dann beim Tassenzurückstellen an: »Warten's no a bisserl. Glei dann!«

Durch den Lärmdschungel riß der Kies unter einem Reifen einen Tunnel. Mit Dieter schwappte der mittlerweile auf Hochform aufgelaufene Baulärm in die Baracke. Erstaunt bogen sich seine Brauen: »Sie?«

Er holte Rat im Weißen meiner Augen. Ich zuckte die Achseln: »Warten ist unser aller Lust und Leid! Setz dich her. Herr Köh-

ler hat 'ne echte Überraschung für uns. So richtiger erster April!«
Köhler ließ sich nicht provozieren. Er nickte nur bedächtig lächelnd.
So füllte auch Dieter seinen straffen Körper mit Kaffee auf. Als richtiger Sportsmann hatte er sicher schon gefrühstückt. Obwohl nicht fett, saß er massig in dem roten Plastiksessel. Breit: »Die Stühle sollten alle Polster haben! Kalt, wenn man so draufsitzt.«
»Hämorrhoiden soll'n sie kriegen, eins, zwei, drei ...« Ich summte, brach ab, sagte boshaft: »Wolf nimmt seit langem Kissen ins Sitzungszimmer mit!«
Schmerzlich lächelte Köhler uns an: »Stimmt das?« Er rieb sich das Knie. Höher traute sich die Rechte nicht, blieb unruhig.
Wieder verblubberte draußen ein Motor. Dann noch einer. Pielsticker kam herein. Grüßte rundum, als wärs ein Tag wie gestern. Anne überstolperte die Schwelle mit gekrauster Stirn, drang forsch in den Raum. Köhler, froh, endlich einen Grund zu haben, sprang auf, bestrahlte ihre geschickte Blondheit, geleitete sie hinter ihren Schreibtisch mit betuchtem Stuhl auf fünf Rollen: »Ist eine Sitzung heute früh?« Aus Unsicherheit, vielleicht doch was vergessen zu haben, sah sie uns der Reihe nach an.
Die Gasöfen im Sitzungszimmer waren immer ein Problem. Am Starter des mittleren drückte ich mir meist den Daumen wund, bevor er ansprang. Alle vier auf sechs gestellt. Es zischte richtig. Die Plastikstühle waren wirklich so klamm, daß sich alle meine Venen rund ums Löchlein verbogen. Ich legte meine Hände drunter. Wolf kam als letzter: »Weise wirst du mit fünfunddreißig!«
Das Polster schmiegte sich lautlos in den roten Sitz. Die Flasche und die Gläser klirrten beim Abstellen.
Ich grinste: »Auch nicht mehr die ruhigste Hand.«
Er ignorierte mich: »Brauchen wir einen, bevor sie anfangen, oder genügt einer danach?«
Siegfried versuchte wurschtig, die Kälte des Raumes zu vergessen: »Mir ist kalt, außerdem graust mir vor Schnaps so früh!«
Ich rückte trotzdem ein Stamperl näher zu meinem Stuhl: »Mir auch!«
Siegfried schob das Tablett weiter.
»Bist noch nicht lange genug hier!«, frotzelte ich: »Martell ist kein Proletenschnaps! Scheint ein besonderer Tag zu sein!«
Anne, die den Sonderschnaps herausgerückt hatte, verteidigte sich, zog eines der gefüllten Gläser rüber. Blinzelte rüber ans

schmalere Ende des Sitzungstisches, wo Köhler und Pielsticker vorsaßen.
Alle hoben sie das Stamperl, preußisch dumm marschierten Fingerkuppen ein Täktlein fein auf dem Tisch: – »Mußt du denn den Schnaps hören – Du erhörst das Weib doch auch, und es war gut. Ahhh.« Zu früh. Mich schüttelte allein schon der Geruch: – Ein Pressmartell. War spät geworden gestern –. Sofort bewirkt, blinzelte ich den letzten Tropfen zu, die sich auf dem Boden solidarisch vereinten. Plötzlich wasserfarben schleckte ich sie ohne Gewissen mit der Zungenspitze auf: Klack, klack, klack, klack, der letzte Klacks war mein Stamperl auf der hellen Tischplatte.
Das Zischen der Öfen allein konnte den großen Raum nicht wärmen. Und die paar heißen Sätze von Köhler brannten nur die Schnapsspur tiefer in die Schleimhäute: Köhler und Büchner gehen auseinander. Köhler wird seinen Laden allein machen. »Eigenständig und kleiner!«, hatte Herr Köhler in die fröstelnde Runde erklärt.
»Ingenieurbüro Büchner macht weiter und wird den großen Teil der Mannschaft übernehmen. Die wenigen ich!« Der Kanzler führt den Vorsitz und bestimmt die Richtlinien der Politik. Und wenn sich ein Kanzler nicht mehr mit seinem König verträgt, meistens geht es um Kies, so wählt er sich ein neues Volk. Der Kanzler muß aber goldene Federn lassen, denn er geht ja. Also bleibt der Auftrag Neustadt Süd beim König.
»Wir haben uns gedacht«, ergänzte Köhler: »Wir teilen die Mannschaft gemäß den Aufträgen in den Büros.« Erlöst lächelnd – das schlechte Gewissen verkleisterte den ganzen braven Mann im Stuhl: »Ist doch alles in Ordnung, klar, sowieso, oder?« Hier stinkt keine Leiche von vorgestern – Köhler lehnte sich zurück. Die Hände überm Bauch gefaltet, geschafft, es ist ausgesprochen. Es mußte ihm schon sehr unangenehm gewesen sein. Seine Freundlichkeit kehrte langsam das Gelb aus den Flächen zwischen Bart und den Haaren.
»Wo gehen Sie hin?«, fragte Siegfried lauernd von seinem Stuhl aus. Gespannt auf einer Backe balancierend krümmte er sich der Antwort entgegen. Wie bei den Stamperln vorher tauchten unsere Köpfe in die Höhe. Hoppla: Aber unser Vorturner wartete gar nicht so lange, bis alle Köpfe in hellster Erkenntnis glühten: »Mich hat Herr Büchner gefragt, ob ich nicht die neue Abteilung leiten möchte. Ich habe – ja – gesagt. Und ... ich möchte, daß das Team von hier, mit mir geht, so ab Frühjahr und Sommer. Vom Büro aus soll dann Neustadt Süd vorbereitet werden!«

Die Karten waren gezinkt. Blödes Unverständnis trübte die Spiegelbilder unserer Gesichter auf der Tischplatte. Mein Kopf war noch immer oben: »Können die Kollegen nicht richtig wählen, wohin sie wollen?«
Pielsticker schüttelte besorgt den Kopf. »Allein schon wegen der Größe der Projekte müssen die Teams etwa so stehen. Natürlich ... Im Einzelfall ... Die Richtlinien der Politik bestimmen ...« Das Pflobb des Korkens warf sich von Wand zu Wand. So wie die Luft aus dem Glas entwich, blendete sich mein Gehirn aus.
Büchner, Köhler, Kohlbucher. Warum nicht aus einem anderen Fenster schauen. Das ist doch Jacke wie Hose, Brikett wie Holz. Köhler ist ein feiner Mensch. An sich. Ansich. Ansicht!
Pielsticker: »Sie können sich ja alles nochmal überlegen!«
»Und Sie nicht?« Ganz trocken hatte Wolf gefragt, bevor die gehobenen Gläser auf rutschiger Bahn sich den Mündern einkippten. Nehmt zu Euch!
Das Aaaaahhhh ... ging über die kleine Frage hinweg. Ist ja auch logisch. Wenn ein Kanzler geht, braucht der König einen neuen. Möglichst einen, der sich schon auskennt. Auch das ist kostenbewußte, weitsichtige Unternehmensstrategie. Trug entscheidend dazu bei, daß sich die Ergebnisse der letzten Jahre wohltuend von denen der Konkurrenzunternehmungen unterschieden. Schon Turnvater Abs hat's uns gelehrt und in den Töchterfirmen vererbt: »Rechtzeitige Heranzüchtung ist alles!« Bei Hunden gibt's auch Rassen, bloß die gehen nicht zur Arbeit.

Der nieselnde Erste machte ernst. Große, nasse Flocken schwankten den braungrauen Drecklachen entgegen. In den Fahrstraßen um die Baustelle füllten sich behäbig die LKW-Spuren. Aber es fror nicht. Batz überall. Die Stiefel hatten beim Abnehmen der Bewehrungseisen von der Decke dichtgehalten. Aber am Kapuzenkragen lief es naß runter.
»Daß dir am Kreuz warm wird!« Anne hob das Gläschen. Ich auch. In die Genickfalte entleerte sich der vollgesogene Hemdkragen, so lief's mir nicht nur innerlich kalt in die Eingeweide: »Hast du's gewußt?«
Noch stumm schüttelte sie den Kopf: »Gehen wir essen? Oder!«
Es war schon ein erleichtertes Aufbrechen in der Baracke dadurch, daß Pielsticker nicht mitging wie sonst. Fluchend stolperten wir in das Geflocke. Selbst der Baulärm war gedämpft – Winter wird's. Die ersten weißen Flocken hielten sich für Minu-

ten ungeschmolzen am Brühenrand. Also los doch! Matschend drückten die dicken Stollen der Reifen das Weiße runter ins Weiche. »Scheiße«, fluchte ich laut über die Schaukelei auf den Zufahrten. Wieder schnelles Scharren an der Ölwanne. Ohne ein Wort duckten sich meine vier Mitfahrer in die Schwünge der Federung. So wortlos, wie sie seit dem Einsteigen waren.
»Es gibt wohl heute nur ein Auto, das Räder hat. Bei dem Sauwetter. Ihr schont doch bloß eure Polster.« Es war mir einfach danach. Ich wollte ihre Entschuldigungen gar nicht hören! Hatte ich vielleicht Lust zu fahren? Schräg zu rutschen, durchzudrehen, von unten den Dreck über das ganze Auto spritzen zu sehen. Ich bin sonst nicht so ...
Ohne Diskussion fand das Auto den Weg alleine. Perlach, Forschungsbrauerei. Endlich im Warmen, Düsteren fand doch wieder keiner den Anfang. Die wenigen Lampen brannten, plappernd las jeder jedem die Karte vor. Starkbierzeit. Also gab's nur den Bock. Den Jakobi fünfmal. Die Karte so kurz wie eh und je. Kraut mit Wurst, Käs und Brot, O'batzten. Fünf Krüge sprangen vom Busen der Bedienung auf den Tisch. Mit schleifendem Geräusch zog sich jeder seine Maß über die Tischplatte. Aus kleinen Punkten blähten sich gelblich zäh die Bläschen zu Blasen im Schaum, zersprangen feucht. Leises, trautes, dumpfes Pflab. Unerhörte Abertausende. Ton auf Ton: Proost!! Die Krüge krachten, blieben heil.
Zurückgelehnt, den Schaum von der Oberlippe abwischend: »Die haben sich ums Geld gestritten. Köhler konnte es wohl nicht so hart!«
»Und was geht das uns an?« Wolf hatte sich als Bierwärmer einen Kirsch mitbestellt. Ruhige, getränkte Hand entschwebte mit ihm: Holde Reise für das Obst, das gewohnt war, durchgeschüttelt voll die Länge der Zunge zu durchmessen ...
Das war wie eine Frage an mich: »Unser Arbeitgeber löst sich zur vereinbarten Stunde in rechtsstaatliches Unwohlgefallen auf!«
Annes Zähnchen blendeten die Brezeln am Tisch: »Ich denk, ihr wollt sowieso nicht mehr soviel arbeiten.« Wie Tränen rieselte das Brezensalz auf den Tisch hinab.
Dieter stellte ganz ruhig klar: »Arbeiten müssen wir alle, weil wir Geld brauchen. Oder? Und bis zum Jahresende bleibt sowieso alles beim alten. Oder?« Die meisten nickten den letzten gelben Schaumblasen zu, die auf dem Bierspiegel trieben: »Wollt ihr die totale Neige?« ... Na, euch ist nicht zu helfen.
Siegfried schlug mit der flachen Hand auf den Tisch: »Aber hört doch. Der kann nicht einfach seinen Laden verkaufen, mit uns

als Inventar. Wir sind doch keine Sachen!« Ich grinste: »Du, ab 1.1. nächsten Jahres gibt es keinen Laden mehr.« Ich blies über die Hand; FFFFT-einfach so, weg, aus, und aus Barmherzigkeit übernimmt uns das andere Büro, das es bisher nicht gibt, als frisch eingestellte Arbeitskräfte.« Er guckte mich an, als glaubte er mir nicht: »Dann sollten wir uns so teuer wie möglich verkaufen! Mehr Kohle und so. Und gleiche Bedingungen, oder eigentlich bessere, weil so wie bei Köhler, der doch immer mal was springen ließ, das kommt nicht wieder. Wir müßten ein großes Gespräch über all die Punkte führen. Und wie es weitergeht. Welche Projekte noch reinkommen und so!«
Wir nickten Einverständnis: Ein Fragenkatalog wird ausgearbeitet, der Geschäftsleitung vorgelegt, zur Beantwortung am großen Tisch mit großer Runde.
Durch die Fenster sah man nicht besonders raus. Es schien von drinnen, als ob der Regen stärker geworden wäre: »Trinken wir noch ein Haferl?« Wenigstens war's warm hier. Die Bedienung kam. Da Dieter nicht zu Fuß gehen wollte, teilte er sich doch eine Maß mit Anne. »Aber heut wird's spät!«
Die Schultern zuckten: »Na und?«
Einvernehmlich lagen die Hände matt auf dem Holz des Tisches. Müdes Abwinken. »Warum nicht mal zwei Stunden Mittag?« Trotzig schoben sich unsere Unterlippen vor: »Und Obstler für alle!«

Das Wetter blieb naß. Das Wochenende wuchs sich auch nicht besser aus. Der zerrissene Asphalt glänzte nachtdunkel feucht. Gas geben, durchrutschen, »... wir parken doch nicht unten!« Zum Windfang vom Immenhof waren's dann keine vier Meter mehr zu schleppen. Hatten eh nur die zwei Reisetaschen. Unterm trockenen Dachvorsprung stehen und ins Getröpfel gukken, Hand rausstrecken – noch immer dunkel: Wenn's nur nicht auch gleich so kalt werden würde!«
Getürmtes Gebleichtes stöckelte uns entgegen: »Die kleine Stube ist geheizt.« Also rechts rein. Die kleinen Scheiben der Türe klirrten unbeherrscht durch meinen Fußstoß. In ihrem herben Gesicht entblößten sich die Zähne noch mehr! Die Behaglichkeit kroch von den grünen Kacheln des Ofens. Am Ecktisch sich recken: »Sind wir die einzigen Gäste?«
»Übernacht ja! Was wollt's?«
Der Dirndlbusen liegt zwischen den ausgestellten Ellenbogen auf dem Tisch. Ein umgedrehtes T, diese Arme und dieses herbherrische Gesicht, Ponys fundamentieren den Haarturm der Stirn. »Bier, Brotzeit für uns zwei, mit Kas und Schnaps!«

Fünfzehn Jahre Wirtin und Mutter sein haben den großen Körper ausgezehrt. Steckengerade stöckelt sie in die Küche: Sweety fifties. Gegen den großen Rasthof früher ist der Immenhof ihr Austragshaus.
»Ins Große!«, ruft sie noch aus der Küchentür, bevor ich die Taschen schon mal die Treppe hochziehe. Im »Großen« ist es tatsächlich schon warm. Der Ölofen stinkt, die Betten sind gemacht. »Hat sie mir jetzt noch nachgelächelt, ohne auf ihre Zähne zu beißen oder nicht?« Jedenfalls kann ich mich im »Großen« wenigstens umdrehen, ohne mit dem Arsch anzurumsen!
Die Kaminecke hatte uns ordentlich eingeheizt. Unters Hemd war eine Kachel Lisahitze geschlüpft: Drei steife Finger in Form von Bierflaschen baumelten mit meiner Hand die Treppe hoch, mit der rechten schob ich an ihrer Hüfte: »Wieso ist bloß die enge Treppe auch noch so steil!«
Drinnen ging dann alles so schnell, daß ich gar nicht dazu kam, die Flaschen aufs Fensterbrett zu stellen. Mächtig schnaufte ich an ihrem Öhrchen, ein kleines Bächlein rann mir auf der Brust, stürzte in unser Bauchgeflecht – im nassen Schamgestrüpp schwamm alles zusammen: »Mensch, endlich mal wieder in Ruhe zusammen!«
Ich biß ihr sanft in den Hals, küßte die schmalen Lippen, durch die sie heftig atmete: »Du bist ja ganz raus«, fand sie einen Grund, an mir herumzustreicheln. Ein ungeheurer Müd löste sich aus der überhängenden Wand und fiel mir auf die Augen: »Jetzt nur nicht einschlafen!« Nur für ein paar Minuten in der lauen Soße sich treiben, zudecken lassen.
In ihrem Bauch gluckste das Bier oder noch Lieblicheres. Ganz nah an meinem Ohr, dicht unterhalb ihrer zarten, winterweißen Haut. Ich biß mit dem Eckzahn rein: Sie drückte mich fester dran, stöhnte leise, wieder gluckste es ganz traulich, schmatzend nur kann die Nabelhöhle mit der Zunge ausgeräumt werden ..., und dann fand sie einen Mitesser: »Seid ihr Weiber noch zu retten!«
Lustvoll drückte sie mir das schmerzvolle Gestöhn durch den Hals: »Das fördert den Blutdrang!«
Schon einen halben Körper weg, aber noch bei Licht, erzählte ich dem Blondschopf die Sache von Köhler. Auf der Seite liegend, den Kopf in der Armbeuge liefs mir aus! »Na und!« Verständnislos schlug das verschwitzte Haar halbe Kreise um die Ohren: »Du bist Angestellter, ist doch nicht dein Laden, du kannst gehen oder wirst gegangen, oder die Firma wird samt dir verscherbelt ... Du mußt was Eigenes machen. Zuhause arbei-

ten, nicht bei fremden Leuten ... Wie lange bin ich nach der Schule zu Agenturen, zu Verlagen gelaufen ...? Jetzt komm ich über die Runden.«
Die alte Leier: »So ein Bau ist doch nicht allein zu machen. So was ist Teamwork. Und so ein Bau ist Sache des Teams, und wir haben da halt einfach mal angefangen. Das ist unser Bau, und das nächste Projekt wird's auch mit der Zeit! Da haust du nicht einfach die Tür zu!«
Lisa zog sich die Bettdecke bis unters Kinn, ganz sachte wurmte ihre Hand sich am Hals vorbei: Tock, tock, tock schnalzte ihr Zünglein respektlos stereophon mit ihrem Zeigefinger an der Stirn.
Dann drehte sie sich, um das Licht zu löschen.
»Du hast ja recht!«, gab ich vage ins Dunkle zu und schmuste mich von hinten an sie ran. Ihr feines Popöchen hätte ihn beinahe nochmal hochgebracht. In Aufregung vor mir selbst ließ ich Hitze ab, oh, reden sollte ich mich trauen ...
Zeitungen kauften wir, Illustrierte und sonst noch Lesbares. Soll doch bei dem Wetter wandern, wer mag! Höhnisch streckte ich dem einzigen Strahl auf dem Autodach die Zunge raus: »Beweg dich doch selbst!«
Die Süddeutsche zerrupften wir neben den Weißbiergläsern auf dem Tisch in der Aschauer Schloßbrauerei, den Spiegel bei der Muttl in Sachrang. Unsere dritten Halben fanden ihren Bierfilz im Kamineck vom Immenhof. Die Blätter legten sich nach und nach mit dem Gesicht auf den Tisch. Warm aneinander, schmuselesend müdeten die Augen vor sich hin. Finger hakten wie verborgene Nägel ineinander.
Mit den Schweinsbraten fand auch die Wirtin den Weg zum Tisch. Ich ließ die nackten Füße auf der Bank. Sie trank eine Halbe mit. Mit dem Schaum wischten wir uns die Zurückhaltung vom Mund ...
Gut durchgekaut versamtete der Tratsch in die wärmedunkle Stube.
Dieter schaltete beim Eintreten ins Stübchen die restlichen Lampen an. Mit der offenen Tür fiel der kalte, nasse Tag herein. Sein feinkariertes Hemd stand am behaarten Hals offen, die rote Wildlederjacke fiel weich. Die Leibspindel mit dem herben Gesicht knickte unter dem niedrigen Türsturz, um Bier zu holen. Von der Bank aus hielt Dieter einen Stuhl an der Lehne mit beiden Fäusten fest: »Und ihr wollt heut nichts mehr tun, außer rumsitzen?«
Mein großer linker Zeh fand in der Kniekehle Unterschlupf vor seinen verfolgenden Bruderzehen. »Bei dem Wetter?«

Lisa grunzte mißtrauisch und kuschelte sich dichter: »Der soll sich zuerst einquartieren! Wo ist überhaupt dein Schätzchen?« Er zuckte die Schultern: »Vielleicht fahr ich heut noch zu ihr!«

Über dem Rinnsal, das sich nach knapp zehn Höhenmetern vor uns auf dem Felsen zu Tode stürzte, kam die Gewißheit: »Fällt Wasser, ist's ein Wasserfall, und wenn's nur auf dem Wegweiser steht!«
Abschreiten der Eisreste rund um die Aufprallmulde: Sie markieren die Schattengrenze der Felsen, noch sind die Bäume ohne Blätter, gibt späte Knospen dieses Jahr: »Im Winter baut sich der Eisberg von unten so hoch auf.« Ich zeigte am Felsen fast bis ganz rauf: »Brauchst dann auch gut eine Stunde durch den Schnee bis hierher, heut ist's fast zu kurz zum Luftschnappen!«, gab ich an. Zu zweit mußten wir noch auf den Felsen rauf, sehen, wie Lisa bedenklich die Gesichtsscheibe zum Felsen wiegt (wäre sie den Trampelpfad mit hoch, hätt er vielleicht noch weiter wollen): »Jetzt reichts aber für die Gesundheit!«
Das Wirtshaus hatte uns bald wieder. Ich kramte den Block raus, um zu tun, weshalb Dieter gekommen war. Wolf und Siegfried hatten auch zugesagt, aber ...! Haben nun die Pappenheimer den Wallensteiner mit Lanzen ... oder anders?
Auf jeden Fall warteten wir gar nicht erst, sechzehn feine Hellebarden schmiedeten wir auf dem Papier. Schön durchnumeriert. Die Widerhaken aber hießen A, wenn sie oben standen, dann B, C und D. Die Eins zappelte auf dem Warum, die Zwei ließ die Sau des Wie raus. Und überhaupt drittens, wie selbständig wird die Bauleitung als Abteilung nun sein? Wie tief muß das Haupt vor den alten Abteilungen geneigt werden? Schon bei der elften Frage verlor Dieter das Kissen vom Stuhl. Er hob es auf und legte es auf die Bank. Der sechzehnten Frage sah er gar nicht mehr beim Aufgeschriebenwerden zu. Hatte auch kaum vom Bier getrunken.
Baal, oder der unaufhaltsame Aufstieg des Ah-ha. Getreu der allbekannten Analyse-Weisheit, wonach jeder Mensch in Wahrheit darauf wartet, angesprochen zu werden, zog Dieter die drei Frauen vom Nebentisch zu uns rüber. Der Stoß Karten hopste ihnen nach. Ein Canasta lief, die Karten zählten die Partner aus. Lisa griff fluchtgewohnt zum Block am Fenster. Ein Kiebitz zwängte sich zwischen Ofen und Dieter, ihr kurzer Schopf hatte die dunkle Haarfarbe Dieters. Karten und Wein. Coca-Cola zum Canasta, hebt die Stim ... – wo kommt das nur wieder vor? Gespannt teilten meine Hände die Karten aus:

Aber ich hatte Lisa versprochen, am Abend im Peterhof zu »speisen«. Also keine Revanche.
Die Tür vor uns war nach *dem* Essen sowieso zu schmal für uns beide. So schwankten wir drei Sekunden, bis wir unsere Rettungsgriffe lockerten, um hintereinander passieren zu können. Die Ruhe war sensationell.
Am Ofentisch hatte sich Dieter verkrochen. War ganz ruhig. Die Ältere des einstigen Dreigestirns hatte ihn in die Ecke genagelt: »Ist was?«
»Fragt's doch ihn!« Spöttisch nickte sie in seine Richtung. Empörung, funkelnde Augen zeigte sie vor, alle Züge voll Abscheu fuhren durch ihr dunkles Antlitz: »So rucky-zucky wollte er meine kleine Schwester verziehen!« Dieter zuckte grinsend, Schuldbewußtsein vortäuschend, die linke Schulter.
»Die mit den kurzen Haaren war deine Schwester?« Lisa hatte gefragt: »Und wo sind die beiden jetzt?«
»Schon rauf ins Zimmer!«
»Und sie ist doch freiwillig zu mir!« Der Versuch, sich zu rechtfertigen, allein ist schon todeswürdig. (Es ist nur eine Frage der Windstärke, bis auch eine solid gebaute Segeljacht kentert, weil Welle und Wind gemeinsames Spiel machen.) Vom wilden Wortschwall überwältigt, tauchte Dieter nur zögernd wieder auf, die Frau vergriff sich an seinem Hemd, keilte ihn in's Eck.
Lisa zog mich ins andere Eck, um aus gut verschanzter Buchlage den weiteren Frontverlauf studieren zu können. Stier und Torero sind gleichermaßen abhängig vom Olé der oberen Ränge. Gekonnt hielten wir den Kampf in hohem Tempo. Lisa: »Also richtig ist das ja nicht! Nach zwei Stunden schon!« – Also, wann dann? – Und ich darauf mit dem Giftkörnchen: »Viele wollens so – ran und rein, und dann ein paar Tränchen!« Ein vernichtender Blick traf uns.
»Tote Lippen, rote Rosen, roter Wein«, da Lisa mein Patschhändchen festhielt, konnte ich nur links umblättern und das Glas nehmen: Wir verzogen das Gesicht bei jedem Schluck; gegen den Vernatsch im Peterhof!!!
Sybille, so hieß die Ältere, versuchte es noch lange rational. Gegen halb zwölf verschwammen mir die Buchstaben. Wir führten uns gemeinsam ab, beim Gute-Nacht-Sagen zeigte Dieter hinter dem Kopf seiner Widersacherin mit Mittel- und Zeigefinger das »Victoria, so laß uns siegen!«
»Nur nicht nachgeben, immer draufhalten!«, wünschte ich noch und zog die Tür zu. Die blonde Sitzriesin füllte uns noch zwei Gläser mit brandpolizeilich gesuchtem Obstler, schrieb alles

und mehr bis morgen ins Buch, ihr blondherrischer Turm rückte dabei gefährlich gegen mich vor. Dann lauschten wir in unseren Betten leise schmusend auf den Flur: Und wieder hatte ich die Wette verloren. Der Beschuldigte nutzte den Urlaub auf Ehrenwort nur, um mit der Brechstange im Unreinen zu üben. Wir hörten draußen tatsächlich nur seine Tür zuschlagen.

Pielsticker's Wagen stand schon demütig im Parkverbot vor dem Büro. Beim Befahren der Durchfahrt hallte es ganz besonders hübsch für unsere Ohren. Auf dem Büroparkplatz im winzigen Hinterhof belegten wir mit zwei Autos die restlichen freien Plätze, das Verbotsschild für's Personal grüßte freundlich: Halleluja! Nur keinen Atem verschenken: Aufzug marsch. Zu fünft hinein, Wolf gleich wieder heraus – Platzangst in der Kabine für vier. Ein Raucher weniger. Siegfried stand frei, ich lehnte mich in die Ecke, zwickte Anne in die abgewandte Seite, so daß sie zu mir auswich. Schrumm! Wir lachten, die Teleskoptür war zu. Gummi auf Dummi. Vierviertel gekürzt ergibt ein Eintel. Der Aufzug summte ungesund – jeden Monat steckte einer drin. Mal länger, mal kürzer, wie das so geht. Dieter sah konzentriert auf die Stockwerksanzeige. Ein Sofitt über dem anderen leuchtete elektrisiert auf, als wärs nur für uns. Es ruckte heftig. In weicher Fahrt zog sich die Tür zurück. Raus: Siegfried schritt als erster in die softige Auslegware: Wir waren fast auf die Minute pünktlich.
»Herr Büchner bespricht sich noch mit den anderen Herren«, unterrichtete uns die Sekretärin freundlich. Auch Fräulein Röper, ihre Hilfe, barzähnte breit. Im engen Vorzimmer standen wir Figuren rum. Auch die drei von den anderen Baustellen. Möller, Karch und Niedermayr. Siegfried maulte: »Wir warten doch hier!«
Als Baustellendepp kennst' dich nicht aus: »Können wir nicht im Sitzungssaal warten?«
»Eigentlich ist der immer zugesperrt!« Ihre Holzgliederkette hob sich einmal kurz über ihrem Busen, nachdem der kleine Mund sich wieder geschlossen hatte.
Wolfs dicke Lippen zogen an der frischen Zigarette, die alte Kippe überschlug sich dreimal im großen Porzellanaschenbecher. »Weiß der Teufel, hier stinkt's!« Sogar ich roch es. Das kommt nicht alle Tage vor. Ich blickte auf die vorderen Holzkugeln der Kette, die angenehm zum roten Pulli kontrastierten: »Wir sollten doch rüber!«, sagte ich laut. Siegfried flötete aus höchster Verzweiflung: »Ach, sperren Sie doch bitte auf.« Er

beugte sich zuvorkommend über den Schreibtisch. Hatte er doch heute eines der feinen Leinenhemden an!
Laut aufschreien, sobald die Tür mit Schmatzen in den Falz einrastet. Prusten vor Lachen: »Welche Sau hat denn den fahren lassen?« Die Köpfe flogen grinsend.
Es war ein großes, gestrecktes Zimmer. Fortwährend dehnte sich ein langer Tisch, um ebenso lang zu werden.
Wir standen an den Fenstern rum. Hatten sie geöffnet. Verdammt! Eine Stimmung wie im Schwurgerichtssaal, wenn die Roben wieder reindattern sollen. Hoffentlich verreckt keiner an Altersschwäche! Vorschriftsmäßig zogen die grauen Rauchschwaden in den Hinterhof. Wir probierten, unsere Autos mit Spucke zu treffen. Als sie draufkam, zog Anne uns vom Fenster: »Da steht mein Käfer auch dabei.«
Die meisten trugen Schlips. Wir verteilten uns um den Tisch. Die Oberen belegten das Kopfende.
»Bitte, Platz zu nehmen!«
Die Fragen wurden nach unserer Liste vorgelesen. Schmerzlich zogen die Schultern sich nach oben: »Wissen wir nicht. Können wir nicht sagen. Wir haben keine Antwort!« Sicher blieb die Trennung von Tisch und Bett: »Ja, ganz sicher sogar. Und schneller. Aus Bilanzgründen noch nächsten Monat!«
»Aber dann doch bitte nochmal einzeln die Fragen, Sie müssen doch wissen, was Sie tun!« Siegfried sah zu mir rüber.
Zusammenarbeit der neuen Büros? Kreisrunde Mäulchen. Das Lächeln auf Herrn Büchner blieb. Köhler sagte ehrlich, daß er nur weg wolle aus dem Großbüro, nur weg? Warum? Kreisrunde Äuglein. Das Lächeln auf Herrn Büchner blieb. Sicher, die Zeit bei Köhler ist Betriebszugehörigkeit. Klar. Die neuen Arbeitsverträge gehen nächste Woche raus. Nasenlöcher weiteten sich zum Kreis. Das Lächeln auf Herrn Büchner blieb: »Es gibt keine Antworten auf die restlichen dreizehn Fragen, da wir sie nicht wissen!« Aufgeblähte Backen stauten unsere Luft in das verwinkelte Röhrensystem zurück. Das Lächeln auf Herrn Büchner blieb. Sonstige Fragen? »Ist das ganze nicht ein bißchen mager? Ich meine ...«, so flüsterte der Antichrist mir ins Ohr, ... »ich möchte schon gern mehr wissen, was auf uns zukommt und so, schließlich treiben genug Ingenieurbüros mit ihren Leuten Schindluder!«
Nur gereizt bricht der Panther aus dem Unterholz hervor und springt fauchend hoch. Die Dogge wird vom Hundebesitzer losgejagt wie ein Porsche. Ausgerechnet Bananen, er meinte wirklich mich, als er den Rat gab, doch zu kündigen, wenn ich so vom Büro dächte. So sprach Pielsticker und hatte hektische

Flecken auf den Backen neben dem Schnauzbart. Der Herrscher aller Tiere im Dschungel: Sein Lächeln blieb: »Aber Herr Schabe!«, er lächelte wahrhaftig nicht süffisant: »Sie sind doch als erster Mann bei Neustadt Süd vorgesehen. Sie sollten positiv denken!« Sein Lächeln blieb.
Ich gab mir einen Ruck, um nicht das Genick einzuziehen und setzte mich aufrecht. Gott, zog das entsetzlich. Ich lehnte mich an, sah plötzlich Köhler, der weit hinter der Netzhaut aufjuchzte, schrie, daß es über den Wörthsee gellte: Vor Schreck fielen alle Surfer ins Wasser! Ich sah ihm geraden Blickes ins Auge: »Das ist mir neu! Aber ... aber ... das ändert ja, nun ja, ... nichts.« Ich redete irritiert einen Schmarrn zusammen. Niedertracht gemeine. Köhler hatte den Kopf auf seine Hand gestützt, er blinzelte mir unmerklich zu.
Die Chefin der Buchhaltung, die grau bereits im Büro geworden war, als Kassenglucke und Wadelbeißerin, hatte bisher geschwiegen. Nun sprach sie Worte in Sachen Disziplin und so über uns hinweg: »Und ganz besonders – wir leben alle nur von unserer Leistung, von dem, was wir arbeiten!«
Abgang nach rechts durch das große Tor. Herr Büchner nickte bedeutungsvoll, doch sein Lächeln blieb. Alle standen auf. Er – ja wirklich, er gab uns allen die Hand, und, nein, nicht, daß er uns segnete, aber er sprach zu jedem von uns ein paar Worte. Köhler grinste inzwischen hemmungslos, weit vor der Netzhaut, fast entgleisten die Züge vor Freude, daß er die Finanzchefin nur noch von hinten sehen mußte.
Pielsticker grüßte lächelnd korrekt: »In Bälde auf der Baustelle, auf ein Neues!«

Wie gewohnt gaben wir die weißen Helme aus. Einer nach dem anderen fuhr heran und parkte hinter der Baracke. Sie kamen dann um die Ecke wieder zum Vorschein und nahmen die Plastikhelme in Empfang. Die groß angeschlagene Ordnung sah vor: Weißer Helm – Bauleitung, Bauherr. Wie gewöhnlich trottete die Mannschaft des Bauherrn vor der Bausitzung über »Unsere Baustelle«! Anmaßung! Nicht mal Hausrecht hatten sie »de jure«. Alte Deppen allemal. Außer Arndt, der persönlich Beauftragte des Vorstandes. Der war immer der erste und hatte seinen eigenen Helm und war der markige Enddreißiger, auf den er machte. Neben dem Symbol der Versicherung, eine Leier, stand da: B. Arndt.
Dann kam seine Corona, unter ihnen der dicke Betriebsingenieur, der den Bauzaun gegen Blitzschlag hatte erden lassen, was so viel gekostet hatte, wie den halben Zaun aufzubauen,

der würdige Herr von Marst, dessen Karriere sich, seit seiner Zeit als Vorstandsmitglied, nun zum Posten des Herrn aller Putzfrauen und Hausmeister neigte, und weitere Tüten. Einer wie der andere im voluminösen Anzug, Kulturstrick überm Hemd. Die schwere Verantwortung blätterte von ihren fleischigen Köpfen. Hinterdrein wieselten Benzinger, Köhler und Pielsticker. Im Rauch einer neuen Zigarette wandte sich Wolf zurück in die Baracke: »Ich arbeite lieber!« Er konnte einfach nicht mitgehen. Anne lächelte: »Die haben alle Angst vorm Einschläfern!«. Ich holte mir eine Rote Hand raus, Dieter stieß mich an, Siegfried eilte bereits in der Spur.

Im Erdgeschoß: »Da fehlt noch der Estrich! Schreiben Sie es auch auf?« Als ob es nicht jeder Blinde sehen würde.
Durch die großen Scheiben heizte die Sonne die Räume auf. Mir war's trocken auf der Zunge. Nasse Tücher ums Gesicht gewickelt, kehrten türkische Arbeiter im siebten Stock, verschleierten die rote Sonne grau – Schwaden umwirbelten die Herren, Staub setzte sich oberhalb der Hirne auf die weiße Plastik: »Bitte weiter, das Dach ist jetzt dicht. Die letzten Lagen müssen noch drauf, Kies auch, der Fassadenanschluß ist fertig ...« In genügendem Abstand von der Dachkante spielte der Stab Krieg –, schade, daß Dachkies nicht zum Sandspielen taugt. Aus drittem Glied gaben wir laut Signal, wenn wir gefragt wurden: »Ja, wir werden fertig. Logisch, rechtzeitig!« Sieht doch jeder, daß bis zum Oktober noch Zeit genug ist. Alles Maskerade. Pielsticker trat an unsere Seite: »Tüchtige Mannschaft, machen das schon!« Rührt euch! Er faßte mir an den Ellbogen, ich denk an die Zwischenwandfirma, die ich anpfeifen muß, da sie fünf Leute abgezogen hat: »Die krieg ich wieder her. Noch morgen!« Locker lächeln: »Logisch ist der Termin kein Problem.« Und unbedingt dran denken: Dem Polier eine ans Schienbein treten, damit er beim Kehren spritzen läßt.
Die Sitzung bewohnen sie lieber allein. Siegfried bekommt vorher nochmal einen Fünfminutenauftritt, mit Stab in der Hand vorm Netzplan. Dieser ist nun nach über einem Jahr kleiner geworden. Sechs Meter mal einszwanzig. Das sind sieben Komma zwo Quadratmeter Papier mit Kästchen und Linien: Und welch Überraschung: Auch nach Plan wird das Gebäude bis Oktober fertig! Sichtlich erleichtert preßt sich Arndts Mannschaft durch die Tür ins Sitzungszimmer. Anne eilt auch noch dazu, denn ein verschworener Männerbund muß mindestens über eine Frau verfügen können –, und zur Rechten Piel-

stickers wird sie sitzen, und das gesprochene Wort wird sie schreiben –, die Zeiten direkten Verbrauches liegen hinter unserer Zeit. Zwei Seiten Beschlüsse, nach drei Stunden reden und schwätzen, die anschließende Brotzeit nicht mitgerechnet: Es öffne sich Herz und Hirn bei lockerer Festlichkeit.
Und immer, wenn der Scheißapparat zu summen beginnt, rennt einer vor und hebt ab. Manchmal stoßen zwei aneinander vor der Tür oder rennen sich um. Arndt erhielt pro Sitzung zwei entsetzlich wichtige Anrufe von seiner Sekretärin. »Ja, unbedingt, verbinden Sie mich sofort, ja, auch in die Sitzung!« – Hoffentlich hat er nicht gerade den Mund voll – Marst, der Herr aller Putzfrauen und Hausmeister, mußte immer nur einmal gerufen werden.
Als Dieter wieder erschien, fragte ihn Wolf: »Waren schon alle dran?« Wir lächelten fein. Jeder getretene Hund braucht hin und wieder seinen Napf mit frischem Wasser:
»Weißt du eigentlich«, erzählt Dieter plötzlich, »daß Anne den Marst jeden Tag um dreiviertelfünf im Monopol in Moritz anrufen mußte –, da saß er in der Lobby beim Schnaps, nach'm Schifahren: Der Boy mit dem Apparat und Dienerchen: Bitte, Herr von Marst! Na, ja, irgendwann muß er sich um die Baustelle kümmern. Im Urlaub findet er eben endlich die Zeit für uns!
»Du siehst das zu verkniffen!« Wir grinsten.
Es läutete wieder.
Ich nahm mir eine Rechnung mit und setzte mich endgültig vor die Zentrale – auch da stand ein Maschinchen mit Rolle und Anzeige, mit der ich nachrechnen konnte, ob der Handwerker zu Recht soviel Geld wollte oder nicht.

Siegfried kam nach 'ner Weile wieder rein. Schwitzend ließ er sich bei mir nieder: »Willst du auch ein Bier?« Ich nickte. Dann das Gesicht von der stützenden Hand verdrückt: »Man müßte sich eine Eigentumswohnung kaufen! Verstehste?«
Ich guckte voller Verblüffung. »Du bist doch grad erst mit'm Studieren fertig. Was willst'n mit so'ner Wohnung? Bist doch nur angehängt!«
»Nein!«, eifrig, mit erhobenem Zeigefinger und Nässe auf der Lippe: »Nicht selbst wohnen, vermieten, der Mieter zahlt deine Belastung ab!«
Das Licht im Bahnhof fiel aus, eine Eisenbahn zischte auf alten Gleisen und ruckte an: »Ein Revoluzzer als Vermieter!« Ich wischte mir das Grausen von den Augen.
Dann kamen in kurzen Abständen: Ein Rohbaupolier; der

holte Wolf raus. Dann die Estrichleute, mit denen Dieter ging, und der Vorarbeiter für die abgehängten Decken entführte Siegfried. Ich durfte mich nicht loseisen lassen. Obwohl mir das Arschwasser kochte. Ich hätte unbedingt wissen müssen, ob in den Energiekanälen noch Wasser lief oder nicht. Denn bald war Feierabend für die Monteure. So oder so, das gibt Knatsch: Dann eben faul ...
Anne rannte nach dem späten Schluß sofort weg.
»Nur Martell hat diesen feinherben Geschmack!«, rühmte Brand, der als Oberbuchhalter oder was er sonst war, auch immer dabei sein mußte. Er faßte mich ins Auge, was ihm bei dem einen, das er nur hatte, nicht schwerfiel. Die Bauleitung stand auflösungsbereit rum. Brand war der schwelende Ascherest aus Arndts Corona, wie immer. Pielsticker verzog sich nach dem dritten, Siegfried, Wolf, Dieter und ich leisteten Brand und der Flasche, die er festhielt, weiter Gesellschaft. »Scheiß Gott! Die war ja noch gut halbvoll.«
Draußen auf dem Klo knobelten wir mit Streichhölzern: »Ach, Hans, was druckst'n und zuckst'n so. Hat's dich halt erwischt!« »Ach, Scheiß, schon zum zweiten Mal hintereinander, oder!« »Na, ja, einen schlucken wir noch mit weg! Aber nur dir zuliebe!« »Vor sieben noch war ich mit Brand allein. Noch mindestens sechs Schnäpse vor mir. Und dann dieses ganze Gesumme von Brand im Ohr. Büroklatsch und, ach Gottchen, wie sie ihm, dem Besten, alle übel wollten. Vorstand wäre er schon längst, aber diese Neider! Mir fiel ein, daß Anne in eine der Flaschen Fusel abgefüllt hatte, um Brand zu testen. – War es diese? – Ich schmeckte selbst nichts mehr. Durst hatte ich, aber jetzt nur ein Bier zum Schnaps, und ich konnte mein Bett hier aufschlagen. Nur Schnaps, freilich, das geht auch in den Kopf: »Also Prost, Herr Brand, wo gesägt wird, gibts auch Sägemehl. Prost!« Ich dachte an die Autofahrt vor mir.
Anne war unsere Hauspostträgerin. Und sie brachte uns den Zettel gegen zehn, mit der Erklärung der hochverehrten Geschäftsleitung, daß erstens das Projekt gemäß den schon früher mitgeteilten Absprachen zwischen den Herren Köhler und Büchner ins Büro Büchner fiel. Zweitens, daß wir damit schon längere Zeit Arbeitnehmer im Büro Büchner wären. Galant küßte ich unserer Anne von der Post die Hand zu ihrer Beförderung. Wir waren ins Großbüro übernommen. Ohne Antrag und Überprüfung unserer Zuverlässigkeit in Sachen FDGO. Das Formblatt eines neuen Arbeitsvertrages wäre gerade in Bearbeitung und würde uns später vorgelegt. Anne ärgerte sich über den »Briefträger« insgeheim doch und lehnte es deshalb ab, mit

mir einen Schnaps zu trinken. Ich versprach ihr eine vergoldete Schreibmaschine und das Gassiführen ihres zukünftigen Hundes. Es half nichts. Zum Glück kam Siegfried an diesem hastig fortschreitenden Vormittag und hatte eine wahre Schnapsidee: »Hör mal, Hans, im Büro, sind die Betriebsratswahlen ausgeschrieben. Aber wir sind gar nicht auf der Wählerliste!«
Wir tranken einen zweiten miteinander. Und Anne doch einen mit: »Schließlich sind wir seit ungefähr einer halben Stunde Mitarbeiter mit eineinhalbjähriger Betriebszugehörigkeit.«
Der alte Betriebsrat hatte die Wahlen spät, aber eben doch noch ausgeschrieben. Richtig toll hatten sie sogar einen Ausschuß dafür ins Leben gerufen. Die Konstrukteure hatten schlicht das Rühren in der ganzen Bürosoße. Einer war der Obermacker, ihr Vorsitzender. Ich kannte ihn gut. Hatte auf der Baustelle öfter mit ihm zusammen gearbeitet. Der nette Kerl war wie vom Schlag getroffen, als wir auftauchten, unsere Kandidatur vortrugen und Widerspruch gegen die Wählerliste einlegten. Im Grunde war das freilich blöd von denen, weil beide Büros schon immer im selben Haus waren. Gleiche Verwaltung, gleicher Eingang – aber dort waren sie halt die Zwölfender –, und wir? Frischlinge wohl, dachten sie.
Aber gelernt ist gelernt.
Wahlkampf. Zu zweit sind wir in jede Abteilung rein. Klar, angemeldet beim Arbeitgeber. Und die Leute hatten Freude am Diskutieren. Fragten uns, was denn wir tun wollten in der Zukunft. Ich kam gut raus. Schon länger in der IG Bau. Wußte was. Und dann den Brocken der neuen Arbeitsverträge. Das war geschenktes Fressen für uns: »Wir wollen zu Verträgen kommen, die dem Standard der Bauindustrie entsprechen.« Paar Sprüche gegen die Schläfer des alten Betriebsrates – aber keine echte Konfrontation, Zukunftserwartung wecken: »Klar, die Tariferhöhung vom Bau muß mindestens jedes Jahr rüber!« Noch ein Berliner Witzchen über Büchner von Siegfried. Sechs oder sieben Mal haben wir das angeleiert, einmal in der Heizungsabteilung, ein anderes Mal bei den Statikern. Siegfried fädelte das immer ein. Er arbeitete bereits zwei, drei Tage die Woche im zentralen Büro, um Netzpläne vorzubereiten. Von daher kannte er das halbe Büro. Jeder kannte seine heiße Lippe. Mit vielen duzte er sich – das war im Büro wirklich neu. Und ich markierte den Sachverstand. Ganz präzise, korrekt, das, was wir ja alle vorgeben im Beruf zu sein – sachlich! So schlugen wir den Pfad durchs Gestrüpp.
Für einen Tag vor der Wahl war die Betriebsversammlung angesetzt. Bewährtes Ritual. Die Geschäftsleitung spricht zur Lage

der Nation. Diskussionsbeiträge? Wir wußten, wir müssen etwas sagen, wenn wir gewinnen wollen. Noch einen Schluck, noch eine rote Hand. Die Schulklasse schweigt bei schwierigen Lageberichten. Insbesondere, wenn man sowieso weiß, um was es geht. Die mehreren Hundert von Betriebsangehörigen waren fast alle im Saal des Bierkellers erschienen. Der Rauch schwadete zum dunklen Brauereibarock hoch. Die Gesichter blieben in würdevoller Zurückhaltung.

Das Zigarettenende wurde in meinem Mund naß ... Hast doch schon in Seminaren gesprochen und vor Jugendgruppen, in Sitzungen und vor Vorständen ..., so um den Mageneingang krampfte es. Die Silben überwarfen sich in mir wild, als der biaherige Vorsitzende zum zweiten Male hoffnungsvoll den Saal fragte: »Kein Diskussionsbeitrag zum Geschäftsbericht von Herrn Büchner?« Schon sah er wieder in die Papiere vor sich, anscheinend den nächsten Tagesordnungspunkt suchend. Ich trank – und da blickte mich Siegfried irritiert durch seine spiegelnde Brille an. Ich hob die Hand und frug einfach so aus dem hohlen Bauch paar simple Sachen. Im Kopf spürte ich nichts außer drückender Leere.

Die vorher starr gespreizte Rauchkathedrale schwebt entschlossen mit dem Luftzug ab. Die Leute atmeten wieder. Die Bedienungen getrauten sich, neues Bier anzuschleppen. »Wenn dich die Leute ansehen, hast du gewonnen!«, flüsterte Siegfried mir zu: »Mitarbeiterbewegung? Auftragsbestand? Baustellen?« Jetzt war's schon egal: »Gewinn und mittlerer Stundenlohn!« Sie sahen zu uns rüber. Und Büchner mogelte sich souverän durch die Wortbrocken, ohne zu lügen, weil er einfach nur redete.

Und Siegfried forderte, wie abgesprochen, als die Belegschaft unter sich war, alle Kandidaten auf, sich vorzustellen ... Der Frontverlauf war klar. Die scheinbar bewährten Betriebsräte samt Anhang stimmten dagegen: »Ihr kennt uns doch. Die wollen nur Unfrieden in den Betrieb tragen ...« Die einen freuten sich, weil's Zunder gab, andere hatten Angst. Diese fürchteten jede Veränderung, Konflikte, weil sie das, was sie kannten, als Gewißheit sich vorgaukelten. Sie fürchteten sich heute schon vor der morgigen Meinung des Chefs. Die anderen Kandidaten hatten noch mehr Angst vorm Reden als wir. Die Kandidatenschau lief trotzdem ab, und ein müdes Publikum erteilte Gnade um Gnade, verzieh jedem sein Unvermögen, auch dem bisherigen Betriebsrat, der außer seinem Namen und der Anzahl seiner Kinder nichts sagte. Den Abschluß bildete der alte Höllerer. Straff aufgerichtet, die wenigen weißen Haare um den alten klei-

nen Schädel, Räuspern, Hüsteln: »Was soll ich sagen, ihr kennt mich doch!« Räuspern, Hüsteln, Hinsetzen. Katarrh und Raucherhusten, und zum Büchner sagt er du, so lang hat der schon hier sein Zeichenbrett vorm Hirn.
Bei der Konkurrenz genügten wirklich wenige gestammelte inhaltliche Sätze über bessere Arbeitsbedingungen, um gut auszusehen. Und doch erregt: Etwas über Arbeitszeit sprechen und Überstunden, über tarifliche Leistungen in der Bauindustrie, die bei uns fehlen, über die veralteten Bürostühle mit vier Rollen! Siegfried spiegelte einen netten Pausenraum ein –, das war alles andere als auf den Putz hauen. Und trotzdem sappelte in mir mein Seelchen: Und noch ein Magengeschwür – es wachse!
Und es genügte, damit einige sich fast in die Hosen schissen. Logischerweise die impotenten Zwölf- und Mehrender. Die hatten zuviel. Das gute Verhältnis zur Geschäftsleitung aufs Spiel setzen? Jugendlicher Übermut, der alles zerstört, wer noch weiß, wie es damals vor zehn Jahren war, man müsse mehr reden mit dem Chef – als ob einer gesagt hätte, er möchte ihn erschlagen. Feierabend wars mit halb fünf geworden, die Leute verließen prompt den Saal, Diskussion oder nicht. Mutti wants you.

Draußen strömten langsam die Abendgäste in den Biergarten. Ein runder Tisch war von Siegfried und mir vorsorglich reserviert worden. Paar Bauleiter kamen dazu und einige Jungs aus den anderen Abteilungen, die ich nicht kannte, keine Frauen. Ich griff mir unter die Achseln. – Patschnaß. Ein warmer Tag heute, sonst nichts! Aber doch nicht aufgeregt gewesen? – Am Tisch wurde es voller: Wieso waren wir eigentlich aufgeregt?
Siegfrieds Arm fuhr wegwerfend hoch: »War doch eine Lappalie!« Wir tranken und fanden langsam wieder in unsere Körper zurück. Die Spannung ließ nach, und schwerer werdend sanken wir. Der Schnittpunkt unserer Fallinie und der Erde hieß Bierrausch. Wir waren wieder zurück.
Über den Tisch schlug der Büroklatsch zusammen, ganz gemeine Sorte, wie er schon am Pharaonenhof prachtvoll gedieh.
Zäh rann er über die Tischkante ab, Witzchen aus der Gründerzeit des Büros folgten: »Wie die Faschingsdienstagfeiern abgeschafft wurden, weil Büchner sah, wie einer die von ihm bezahlten Weißwürste regelwidrig auf die Klofliesen kotzte, oder daß die Finanzchefin vor langer Zeit sich mal vom Hausmeister be-

soffen machen ließ, und wie nett es doch war, als das Büro nur fünfzehn Leute umfaßt hatte ...
Max, einer der höheren Konstrukteure, sagte zwischendurch ernst: »Ihr seid sicher drin, morgen!« Er hob das Glas. Ich zuckte die Schultern: »Vielleicht, ich hoff!« Er schob die Unterlippe vor, nickte nochmal und trank dann: »Aber die anderen Abteilungen haben euch noch lang nicht akzeptiert.«
Und einer erzählte noch, daß die Finanzchefin einen Spiegel am Fenster hat: »Mit dem kontrolliert sie den Eingang nach der Mittagszeit!«
So saßen wir. Siegfried wurde immer besoffener, und ich mit, weil ich ihm fortwährend ins Gesicht sehen mußte. Max hielt auch so lange aus, hörte uns aufmerksam zu und blieb allem Anschein nach sogar bei Troste.
Gegen zwanzig nach acht war Siegfried zu der umwälzenden Einsicht gelangt, daß die einzige heilbringende politische Kraft in Deutschland die SED sei. Irgendwann vorher hatte ich den Absprung verpaßt und widersprach laut, weil ganz allein die Solidarische Vereinigung aller anarchistischen, individuellen, spontanen Menschen die Rettung der Menschheit bedeuten könne. Und im übrigen herrscht sowieso das Kapital, da helfe nur eine starke Gewerkschaft, und das wisse doch jeder.
Nach der allerletzten Maß verließen wir den Garten, sicher schwankend, zuletzt war es ganz licht um unseren Tisch herum gewesen. Na eben, es fehlt an der Solidaridät des einzelnen Arbeitnehmers. In der Barerstraße zeigte sich dann das Taxi, das mich auf die Idee brachte, den Wagen stehen zu lassen: Und noch immer stach mich die bunte Plakette von Maxens Hosenbund in die Iris: »Farbentragende Jünglinge? Das sind doch ausgestorbene Reptilien?«
Am Freitagnachmittag war gezählt worden. Zur Feier des Tages hatten wir uns verabredet. Hans Schabe, also ich, die meisten Stimmen. Auch Siegfried war drin, mit zweitbestem Ergebnis. Dann Lilo, Gerd und, ja leider, mit einer Stimme doch noch besser als der nächste Kollege, der alte Höllerer. Na, in Gottes Namen. Die zwei anderen Statiker kannte ich nicht. Lilo war mit ins Olympiabowling gekommen und zog die Freundin von Dieter mit. Schätzchen nannte sie jeder im Büro, weil sie ein echter Schatz war: »So lieb und nett, und ausgerechnet der Dieter hatte das Massel.«
Die Bauleiter waren gekommen. »Na. Also, auf den Sieg den ersten Schnaps und die erste Kugel!« Da sahen sie mich aber an ... Das Bowling ist eine ernsthafte Sache ...:»Wir kegeln hier doch nicht, und doch keinen Schnaps jetzt vorm Spiel!« Gefaßt

greifen die Spieler in den Trainingsanzügen nach der Kugel, schieben sie los, um Punkte zu erzielen. Punkte. Noten. Einfach Leistung.
Ich war noch nie in einem Bowlingkeller gewesen. Deshalb hatte ich meine Hausschuhe dabei, wie zum Kegeln. Aber ich war wohl lächerlich so.
Dieter und Siegfried samt Braut scharten die Leistungsfanatiker um sich und begannen das Spiel. Murrend reihte sich Schätzchen bei den Kuglern ein – sie war sauer, weil Dieter sie erst nach acht abgeholt hatte.
Dabei war es diesmal tatsächlich nicht seine Schuld. Es war gleich nach dem Essen gewesen: Siegfried und ich waren schon im Flur, um zur Auszählung der Stimmen ins Büro zu fahren, da kam Pielsticker aus seinem Zimmer, eine dicke Rolle Pläne im Arm, über der weißen Wurst sein trauerfarbener Schnauzer unter betretenen Augen: »Wir müssen bis morgen die Geschoßflächen haben.« Große Ereignisse werfen tiefe Schatten. So saßen wir zu viert bis nach acht: »Wieso bis morgen, am Samstag?«, hatte Wolf gefragt. Pielsticker hatte »Scheißsitzung!« hingeworfen und damit unsere Arbeit in Sinn verpackt.
Die trotzige Schar der Trimmverweigerer hielt anfangs stand. Wolf und Lisa. Hanni, Siegfrieds Braut – »Wer verlobt sich denn heute noch?«: »Wir!« – war doch noch zu uns gestoßen, und mein Typ bewegte sich nur zwischen Tisch und Pissburg. Dann und wann kam Dieter vorbei oder ein anderer der Spieler. Als wärs im Biergarten, gings um Urlaub und Surfen. Darum, daß ich das Tennis doch unbedingt wieder aufnehmen sollte.
Müde blinzelte ich in den Qualm von Wolfs Zigarette, schlug noch drauf: »Hört doch zu rauchen auf!« Die vielen Bahnen hallten ununterbrochen unter den rotierenden Kugeln. Beate kicherte: »Du und Tennis!« Und Dieter, der im Juli noch zum Schifahren wollte: »Was gehen meinen Körper die Jahreszeiten an?« Die Langeweile düsterte um uns rum.
»Gehn wir doch noch weg?« Lisa zog schon an mir: »Wer geht mit, noch in'n Biergarten!« Die Gruppen waren fest gefügt. Hanni blieb widerwillig bei den gedrehten, gezogenen und geschossenen Kugelverläufen, wie es der Prinzgemahl nahelegte. »Die hat morgen Migräne!«, ich winkte vom Ausgang zurück.
Trotz der nächtlichen Hitze war der Sonnenwendgarten gegen zehn schon halb leer. Mächtige Brocken von Dunkelheit lagen über den Tischreihen, dampfend vertropfte das Licht der Straßenleuchten in den versponnenen Kastanien: »Was saufst du

eigentlich so?«, fragte Lisa ungeniert, da Wolf schon wieder mit hoher Stimme Geschichtchen erzählte: »Also, da stand auf der Packung: Vorher anfeuchten, und Kläuschen, mein Freund, der nahm 'ne Flasche Mineralwasser mit und betropfte sein Schwänzchen, aber es war zu kalt, und da machte es so ...« wiehernd klappte die Hand nach unten weg ..., »und schon war's kein erstes Mal!!!« Sein Kopf sank in die offene Hand. Lichtderwische flackerten, von meinem Hölzchen losgerissen, auf den rötlich verfärbten Hautpartien von Hand und Gesicht – heut waren's nur wenige entzündete Pickel: »War das auch noch im Konvent?« Er schüttelte den Kopf, ohne die Hand fortzulassen: »Vorher! Noch in Frankfurt!«
Nachdem der rote Glutpunkt wieder hinter der Asche vergraut war, erinnerte er sich kichernd: »Saufen, ach ja. Manchmal, wer Sorgen hat, hat auch Likör!« Ein Rest von Energie ins aufmüpfige Nackenwerfen: »Seid doch ehrlich, wir trinken doch alle, alle, um einen bestimmten Zweck zu erreichen. Es geht doch wirklich nicht um den Geschmack. Sondern um geschmackvoll zu Wirkung zu kommen ... Oder! ...« Sein Nakken blieb nicht steif, und wir antworteten nicht. Was sollte da gerade ich widersprechen?
»Aber irgend etwas ist doch, oder!« Wie ein Ohrwurm streichelte Lisa um seinen Arm. Er schnippte mit der Zigarette, zuckte und zitterte plötzlich. Ach Scheiß, gleich heult der Arsch.
Aber noch liegt das Kind trocken: »Pia geht weg«, kreischte der lange Kerl. »Aber ich will doch gar nicht, daß sie geht. Soll sie halt mit dem anderen!« Er weinte trocken auf, griff nochmal zum Krug, zur Schachtel, kaum, daß seine fliegenden Finger eine Spreize ziehen konnten.
Die Spülhilfe hatte schon lange die letzten Krüge geholt, die Tische abgekehrt, alles verschlossen. Wir saßen immer noch. Ohne Kerzen war alles total düster. Lisa hatte den Vorteil, daß sie unter beiden Männerzinken von Zeit zu Zeit das Aufleuchten der Zigarettenspitzen sehen konnte. Die Straße draußen war menschenleer geworden. Nur ab und zu kam jemand aus dem Englischen Garten und ging rüber zu den stillen Häusern hier um den Biederstein. Den Kopf trugen sie meist eingezogen, viele mit großen Hunden.
Beide hatten wir auf ihn eingeredet. Sacht. Ein Kranker hat das Recht auf Schonung. Ans angenehm warme Blech schon gelehnt, immer noch rauchend: »Weißt du, das ist kein Scherz, wir mögen dich doch alle. Wir wollen dir helfen!« In einsamer Höhe hickste sein Kopf. Weinerlich. »Ich werde auch mit Piel-

sticker sprechen. Klar, daß der auch schon bemerkt hat, daß was nicht stimmt. Aber du kannst nicht jeden Tag so saufen! Morgens schon im Büro!«
Als ob es unsere eigenen Sorgen wären, sprachen wir während der Fahrt praktisch nichts. Schulterzucken: »Was kannste machen?«
Kleine Fluten drückte mir das Mitleid um die Pupille. Konnte doch gar nicht mehr reden der Kerl zum Schluß. Die Pfosten an der Schnellstraße probten Meeresrauschen.
Routine in der Wohnung. Kleider runter! Bis ans Bett führte mich Lisas ausgelegte Textilfährte, nachdem ich mich von der Schüssel hochgezogen hatte. Sie pfiff schon sanft durch die Polypen ... Bravo! Also keine Aufstände heute mehr ... – Licht aus.

Durch die mit gelbem Papier verklebten Fenster filterte sich das Licht honigfarben. Den neuen Stuhl hatte er zurückgekippt. Als weißer Eisprinz hatte mein Nein die Wärme aus dem Raum gescheucht. Bittend und nochmal: »Wir müssen ihn entlassen! Er liegt schon seit zwei Wochen im Delirium im Materialregal, und sie reichen ihm noch jeden Tag den Kasten Bier!«
Unbeeindruckt: »Das Büro kann sich doch locker einen von der Sorte leisten!« Kopfschütteln. Gnädig die Hand dem Zusammenbrechenden auf den Scheitel legen, ganz nach der Manie der Mächtigen, Milde walten zu lassen. Gar löwig wolkt der Brummton durch Barackenwände: »Bier!«
Im Plastikgefängnis rütteln die Flaschen ungeduldig.
Übers Lino rumpelt der Träger, von der Wucht der zwanzig willensvollen Glasbehälter gezogen. Die erste springt ins dritte Fach zu stark geäderter Haut. Schulterklopfen, der Regalboden gibt eine Bar ab, noch einen Martell, logo, vertraut klingt's.
Siegfried stürzt in den Barackenflur, mehr geschubst als gerannt, mit riesengroßen Lederstiefeln steigt Dieter die Schwelle hoch, verdunkelt das Türviereck, tritt Sigi auf die Wade, so daß er nicht abhauen kann: »Wollte der doch den Betrieb auf den kritischen Weg bringen. Hab's grad noch gemerkt.«
Durch die offene Tür qualmt der Sandhagel rein, strömt das gerade abdrehende Geräusch der Dieselmotore, schwillt wie in der Kurve einer Rennbahn wieder an, durch die Staubflut drehen haushohe Gespensterräder vorbei. Dieter zerdrischt den Zeigestab für den Netzplan über dem kurzgeschorenen Schädel. Lächelnd, in der Türe schräg stehend, mit dem Daumen nach hinten zeigend: »Wir sollten lieber auf Sigi aufpassen!«

Pielsticker nickt. Ist käseweiß im Gesicht, flüsternd: »Das hätte schiefgehen können!«
»Sie sollten auf mich hören!« Dann sich im neuen großen Betriebsratszimmer umziehen. Bauleiterklamotten an, und raus in den Staubnebel draußen, dem fünfzehnstockwerkigen Bodenloch entgegen.
Ich konnte nicht durchschlafen. Ging nochmal aufs Klo. Konnte nicht. Soll ich wichsen? Trank einen Schnaps. Rauchte am offenen Küchenfenster noch eine – wollte ins Apartment nicht auch noch Rauch reinsetzen –, dann endlich. Rein und umdrehen und weg.

Gold flog um das Köpfchen im Hängerchen, rockte großgeblümt um die schlanke Fee: »Herein! Oh, holde Sommerbraut!« Es war ein Maientag, und ich wollte, es wäre Feierabend! Ihre kleine Hand hielt Briefe im Hochformat wie Spielkarten. Pflob. Ich nahm den meinen auf. Gar nicht so leicht: – Hauspost. H. Schabe. –
Mit Fingern hastig in das Loch bohren, dann reißen. Das Drei-Seiten-Schriftstück drehen und wenden: Arbeitsvertrag. Zwischen Ingenieurbüro Büchner und H. Schabe. Ich las.
Breitmauliges Grinsen bei Siegfried noch. Damit kommen sie nicht durch! Abgespreizte Arme, Kopfschütteln. »Im Ernst!« Wir gingen Punkt für Punkt durch: Neue Verträge, neue Arbeitsordnung: »Wir wollen nichts geschenkt, wir wollen unser Recht. Festgeschrieben, daß einmal im Jahr ohne Gezeter das Gehalt erhöht wird, daß der Bautarif für uns gilt: Das muß unsere Linie sein.«
Die Sitzung des Betriebsrates fand vormittags im kleinen Besprechungsraum statt: Wahlen waren vonnöten. Wir hatten uns abgesprochen: Siegfried, erster Vorsitzender, weil er fast ganztäglich im zentralen Büro arbeitete. Ich Stellvertreter, und von der Baustelle aus könnte ich den Wirtschaftsausschuß gründen und leiten. Der alte Wahlausschuß konnte nach zehn Minuten abhauen: »Jetzt werden wir unsere Verfassung bauen!« Frage an den H. Höllerer: Hatte der alte BR eine Geschäftsordnung? Der hatte aber nichts.
Gegen drei erhob sich einer der Statiker verstört: »Ich muß zurück an den Arbeitsplatz! Ein Termin!« Ein junger, unsicherer Mensch, nicht unsympathisch. – Hilft nichts, also angucken, wie er so dasteht, im beigen Hemd, brauner Hose. Hinter mir das Fenster. Er kann mir nicht ins Gesicht sehen: »Na dann, bis zum nächsten Mal!« Die Stimme fein scharf gewetzt, muß wie

eine Sense über die Köpfe der am Tisch sitzenden sausen: »Sie haben wohl gedacht, Betriebsrat ist eine kleine Spinnerei, wie? Das ist harte Arbeit, Herr Holzhammer! Sie haben wohl gedacht, das ist in 'ner Viertelstunde erledigt. Was? Wollen Sie nicht lieber zurücktreten? Vielleicht wird's kein Zuckerschlecken!« Zappelig machte er sich davon.
Gelassen, freundlich in die stille Runde von uns sechs gesprochen: »Wir sollten wirklich unsere Arbeit als Mandat der Kollegen begreifen. Aber da die Arbeit schon unterbrochen ist, haben wir Kaffee?« Siegfried drückte mir bei gesenktem Kopf den Unterarm.
Am geöffneten Fenster den Kaffee trinken. Müßig tun, und dabei juckt mir der Arsch. Jede Stunde länger hier im Büro hieß, die Zeit am Abend auf der Baustelle dranhängen. Im Gegensatz zu Siegfried und Pielsticker arbeitete ich nach wie vor ausschließlich draußen auf der Baustelle. Dieter pendelte jeden Tag hin und her. So war ich mit Wolf im Endspurt fast allein. Ans Fenster gelehnt, sah ich den weißen Vierhundertfünfziger von Büchner in den kleinen Hof rollen.
»Neu? Was hatte er über die lausigen Zeiten erzählt?« Auch Lilo sah ihn: »Der falsche Hund!«
Ich schüttelte den Kopf: »Jedenfalls ist's psychologisch für die Kollegen ein Hammer! Vielleicht hat er ihn in besseren Zeiten bestellt?«
»Ja, ja!«, fügte Höllerer hüstelnd hinzu, »den hat er schon lange bestellt!« Wir grinsten und nickten alle verständnisvoll: »Fast konnte er einem leid tun!«
Wir benutzten nicht den Lift. Nacheinander fanden wir in jedem Stockwerk zusammen. Ohne Hast standen wir dann oben, bei den Sekretärinnen. Alle sieben. Wir waren erwartet worden. So sanken wir ins Polster, und Kaffee dampfte in der Familienkanne.
»Ja, danke, Ihr Glückwunsch zur Wahl ist sehr fein. Oh, ja, auch zu einem Hennessy pflegen wir lockeren Umgang!« Ohne Trauer führten Hände den Löffel durchs geschmackvolle Braun, das Ton in Ton harmonisch auch bis zu mohrenschwarz reichte. Gepflegte Daumen rieben am Kristallglas. Der Atem schlägt sich bei langsamer Führung des hohen Zwiebels auf seiner Außenseite nieder. Halb leer klackten die Gläser wieder zurück.
Die große Linie wurde abgesprochen, künftige Information wurde vereinbart, Konversation getrieben, um die zukünftigen Grenzen abzutasten.
Sich fremde Hunde drehen und wenden sich. Schnüffeln, um

möglichst viel von einander zu erfahren, um fremde Absichten zu erfahren. Bellen auch mal.
Lächelnd beschien die goldene Sonne von draußen unsere frischgeblasenen Kugeln, fein. Uns blieb nur Reden und Balzen, Zähne bedeckt lassen. Voll Harmonie und Einigkeit klangen unsere Worte nach: »Wo bleibt der Chor von Engeln?«
Ich merkte, daß meine Hand zu zittern drohte. Schnell steckte ich sie zwischen Polster und Oberschenkel: »Ja, so etwa jeden Monat wollten wir zu Ihnen kommen?« Beifällig nickte er: »Es ist immer besser, man redet gleich miteinander!« Lächelnd nickten wir uns zu. Alle warteten noch auf den letzten Schluck von Gerd. Beiläufig nahm ich den Bügel meiner Brille zwischen die Zähne: »Ja, und wir brauchen noch ein richtiges Schwarzes Brett. Vielleicht neben der Pforte gleich? Für Informationen! So vier Meter lang, einen Meter hoch! Ungefähr.«
Die Brauen rückten nur unmerklich vor. Wie bedauernd hob sich seine Rechte: »Muß das sein?«
Zurückgelehnt, die Hände zwangen die Finger zur Ruhe. Erklärend nicken: »Aber ja, sonst müssen wir wie vorhin alles in jedem Stock an die Flurtüren hängen.«
»Was haben Sie hingehängt?«
»Daß die neuen Arbeitsverträge nicht unterschrieben werden dürfen!«
Es fliegt sein Kopf, das Auge schillert: Beine anziehen, der Magen krampft – standhalten! Ohh. Zog der bittere Blick im Magen. Hoffentlich schmerzt's ihn auch so!
Die Tasse klirrte zittrig, als er den Unterteller verschob.
Er legte die Hände auf die Knie: »Und warum sollen die Mitarbeiter den Vertrag nicht unterschreiben? Viele der Verträge sind bereits unterschrieben zurück!«
»Daß es nicht noch mehr werden! Wir haben andere Vorstellungen!«
Er nickte, ruhig, ohne die Knie loszulassen: »Über den einen oder anderen Punkt können wir ja mal reden!«
»Schauen Sie, und deshalb haben wir einen eigenen Entwurf erstellt, den geb ich Ihnen mal, und in einer Woche reden wir darüber!«
Er nahm das Papier, blätterte drin.
In mir hörte ich ein leises Platzen wie von kleinen Kügelchen, oder das Abbröseln von Putz. – Den Kopf wenden –. Draußen das gezackte Maifeuer überm Balkon. So hatte es am Samstag und am Sonntag auch gestrahlt, verheißungsvoll durchs Fenster. Ich saß über dem Entwurf des Arbeitsvertrages. Schrieb an der Arbeitsordnung. Und jetzt heißt's: »Unser Entwurf!«

Ich sah das wenige, aber gut gelegte Haar, während er blätterte. Er versteckte sein Gesicht hinter nachdenklicher Miene.
Er tat mir fast leid. In dem großen Büro wird er sitzen, und zu allem, was ihn sowieso schon zwickt, kommt jetzt auch noch unser Papier: Noch eine Arbeit! Gib nach, noch kannst du's machen – ruiniert das Büro doch nicht.
Scharf gefaltet wanderten die dunklen Augen hoch: »Mmmh.« Nickend: »Ich werde es studieren.«
»Sollten wir nicht gleich einen Termin?«, lud ich ein.
Von feinem Lächeln und Handschlag begleitet, stapften wir ins Vorzimmer zurück. Ganz ruhig war er.
Ich fühlte mich erst draußen leichter, im Flur. So traten wir an die Stufen. Sich räuspernd mahnte Höllerer: »Wir dürfen nicht zu stur sein, schließlich arbeiten wir alle hier zusammen!«
Siegfried verknautschte in seinem Gesicht eine Gewitterwolke. Höllerer drückte sich an der Wand lang, drückte seine schwitzigen Hände an den Putz.
»Wir dürfen ihn nicht so ärgern, daß er nicht mehr mag!«, sprang ihm der zweite Konstrukteur bei.
Lilo trat auf die ersten Stufen mit ihren Sandalen: Patsch. Patsch. Wieder nahmen wir die Treppe statt den Aufzug. Auf dem ersten Absatz sagte ich wie beiläufig, eigentlich zu niemandem: »Wenn wir vernünftige Arbeitsverträge wollen, können wir nicht bei der ersten hochgezogenen Braue in die Hose scheißen!«
Der Bart stupste sich auf Papier, scharrte leise und diskret. Nur noch schwach glänzten die Graphitlinien aus blaugrauer Fläche. Vom Zeichenbrett auffahrend, Schmerzen spüren: Augen, der verspannte Rücken, Strecken. Arrhh: Ich Idiot. Das helle Käserad wanderte draußen vor dem Fenster halb transparent noch seinen sternigen Weg: »Wie ruhig jetzt!« Ich schüttelte mich, taub im Kopf, die Müdigkeit strähnig von oben bis unten. Kopfkugelnd, schulternd die Jacke nehmen. Über die Pläne, die am Boden ihre Linien festhielten, zur Tür schlurfte ich: »Morgen wieder.«
Bei Pielsticker fiel Licht aus dem Türspalt.
Er rief. Mich?
»Sie sind noch gekommen?«
Gequält lächelten seine freundlichen Augen: »Die neuen Projekte halten mich zu viel im Büro fest! Ich komm nur am Abend noch dazu!«
»Sie haben ganz entzündete Augen. Tun Sie was dagegen?«
»Ach was«, wehrte Pielsticker ab. »Ausschlafen sollte ich ... Trinken Sie einen Cognac mit?«

Zögernd verdeckt puhlten die Hände hastig unter den Papieren: »Sie haben doch jetzt Erfahrung mit Verträgen?« Schmunzelnd: »Und ganz profunde dazu. Was halten Sie von meinem Entwurf?«
Trau-schau-wem. Da bastelte er ebenso wie wir seit sieben Wochen am Vertrag. Seinem eigenen: »Damit sind Sie mehr als nur aus dem Tarif.« Ich erklärte ihm den arbeitsrechtlichen Hintergrund. Übers Geld sprachen wir, Steuern!
»Damit bin ich Arbeitgeber«, schloß er richtig.
Gegen den Lichtsmog der Großstadt drohten die Betontürme, der halbe Mond verspiegelte die Fensterscheiben der Baracke. Das Autotier spannte drüben die starken Flügel. Übers schimmernde Dach das halbe Rad peilen: »Der ist doch viel zu Süd, oder? Irgendwas stimmt doch nicht? Dunkel, aber klar plötzlich die halbe Hohlkugel der Nacht. Wieder übers Deck gepeilt, der Orion endlich nach dem Bruch des Kompasses eine Richtung – da, da drüben liegt Sizilien: »Alle Mann an Deck.«
Pielsticker schlug gegen das Blech: »Träumen Sie?«
»Ich dachte ans Meer. Urlaub.«
»Brauchen wir alle nach dem Kasten!« Sein Armzeiger verschwamm im tiefen Schwarz der Türme. Mild verschattete das Gesicht in der Nacht, silbrige Fetzen drin: »Sagen Sie, Engagement ist ja notwendig in einem demokratischen Staat, aber sind Ihre Ansichten manchmal nicht etwas ... nun ja ... extrem?«
Die Erde strahlte Wärme und Ruhe aus, sie dreht sich immer fort und doch: »Wie kommen Sie darauf?«
»Naja, Sie haben doch nie hinterm Berg gehalten, daß sie rot sind, und dann, ja, dann haben Sie irgendwie letztmal was gesagt ... wird erzählt!«
Was kümmert die warme Erde, wenn die Pole aus Eis sind: Seinen ruhigen Herzschlag spüren, ganz gelassen die ausgestrahlte Wärme aufsaugen – wie Gerüche ist die Wärme verschieden, wenn sie aus dem Holz der Baracke kommt, oder vom Autodach, oder vom Fels.
»Oh, welche radikale Untat muß ich da verbrochen haben? Aber ja, doch, ich möchte die Welt radikal verändern. Aber als Humanist und Sozialist. Aber sagen Sie, was erzählt man sich von Siegfried, der muß denen im Büro doch erst die richtigen Hämmer ins Gesicht schlagen!«
Die weißen Zähne perlten plötzlich unterm schwarzen Querstrich: »Der ist ein Spinner, doch nicht ernst zu nehmen, so wie Sie!« Wir gaben uns die Hand: »Gute Nacht!«
Occam-Street. Doktor Flotte. Endlich eine Adresse, auf die sich alle hatten einigen können. Schließlich sind einige zusam-

mengekommen. Die Lüftungsanlage versucht erfolglos, gegen den Sommerabend von draußen anzukämpfen. Lilo kann keine dunklen Flecken unter den Achseln bekommen, weil nur dünne Trägerchen ins frische Fleisch der Schultern schneiden: »Bier her!«
Lilo zählt händereibend die acht Sitzungen auf, in denen die Verträge behandelt wurden. Die erste nicht mitgerechnet: »Hoch die Tassen, das soll uns erst einer nachmachen!« Ein Schwammerl, und noch ein Schwammerl.
Das Lokal war nur halb voll. Wer drückt sich auch an so einem Tag drinnen rum. Paar Schwabing-Touristen. Alle schwitzten. Wolf zog plötzlich den Zeigefinger an die Nasenspitze – schielte – »Duuuu ... zahlst eine Runde Apfelkorn« – Ich zog die Nase kraus: »Wieso immer die kleinen Dicken? Hab ich Geburtstag?«
Weise wiegelte Wolf: »Dein Auto!« Ich sah ihn an, aber er schämte sich nicht seines Verrates! Ich tippte an meine Stirn: »Wegen 'nem R 4 'ne Runde?«
»Du hast dir einen R 4 geholt?« Siegfried fuhr herum. Ich nickte. »Du bist ja 'n richtiger EDV-Typ!«, ließ er begeistert raus. Wohl weil er 'nen sportlichen für Zwei, billig von Fiat, gekauft hatte.
»Was verstehst'n drunter?«
Siegfried sah mich gerade an: »'n Typ, der rechnet, Fakten sammelt, nicht nach Prestige oder so guckt, sondern rational sich entscheidet.«
»Drum ham die Typen alle so das solide Jungbraune im Einreiher und Blazer, wie du.«
Er sah auf seine mausgraue Schlinge, die sich über ein Bierfilzl am Tisch bog – zuckte die Schultern , langer Blick ins hohe Eck, nachdenklich: »Sein Leben aufnehmen, sich einreihen, den Weg suchen – kann auch rational geschehen. Doch!« Er faßte nach dem Schwammerl: »Hoch die Tassen.« Und irgendwie wußte ich bei diesem Pils, daß wir noch Schwemmgut an irgendeiner Theke werden würden: »Hier noch zwei Runden, dann ins Podium?« Wolf nickte: »Podium ist gut!«
»Noch zwei Runden auf einmal!«, schrie Siegfried. Er hatte die Hand mit den abgespreizten Fingern hochgeworfen.

Im Obergeschoß

Ein Code-Wort war Neustadt-Süd gewesen. Die Verteidigung der heimlichen Rüstungshauptstadt war viel näher vorgesehen. Waffenlos lagen unter der republikanischen Autobahn abgefallene deutsche Hände zubetoniert. Jeden Tag hin und zurück. Es mußte schnell gehen: Wenigstens die Zivilisten müssen spuren: Vorgezogener Baubeginn! Deutscher Wald und bayerische Brauereidörfer lieferten halbstundenlang Heimatfilme vor den Seitenfenstern des Wagens. Wie jeden Mittag drückte an der Schranke der Uniformierte das Gegengewicht: Ich fuhr immer erst an, wenn der Schlagbaum dekorativ parallel mit dem Karabiner stand. Oliv ist eine müde Sache ...
Und doch wurde es immer mindestens halb zwei, bis ich in der Kantine stand und irgendwas zum Essen suchte. Der gemeintägliche Hunger: Vormittags hielt ich Wolf vom Saufen ab. Schamlos nackt dehnte sich das Kantinenbüffet aus Glas vor mir: Satt blökte der Baulärm durch die geöffneten Fenster. Wie jeden Tag nach dem Essen bückten sich die Männer schwer mit ihren Bäuchen. Braunes Essigwasser tropfte aus dem Hering auf weiße Teller – für den Herrn Bauleiter aus Keramik. Eine Semmel in die Faust, die grüne Gurke sichelte sich sauersüß dem kalten Fisch zur Braut: »Hast du denn gar nichts anderes mehr da?«
Den Teller neben der Postmappe: »Vorsicht Soß'!« Essiggurke mit Messer und Gabel essen – blödsinnig sperrig. Dafür stöbert der rechte Daumen bereits in der Mappe. Die Schwanzflosse zwischen dem Sechser unten und dem Sechser oben hindert beim Sprechen: »War was besonderes los?« Angenehm, daß die Sitzung nachher die Beiden so beschäftigt, daß sie nicht mal antworten mögen. Laut: »Wo ist denn das Diktiergerät? Die Post muß heut noch raus!« Ich hab noch immer riesigen Hunger.
Wütend sengen mich die grauen Augen über der Maschine an: »Die Post geht nimmer!« So ist das Mädel ja ganz nett. Durch die hochgezogenen Brauen wird die Nase länger: »Es geht wirklich nicht!« Sie hat Recht, und mich ärgert's trotzdem. Mit der Mappe in der Hand steh ich vor ihr.
Wir einigen uns auf einen Schnaps für alle! Ein Tag wie heute – die Gläser stehen bei jedem am Schreibtisch. Nicht mal für fünf Minuten Ratsch langt es. Seit gestern Nacht verlassen dösen die Pläne aufgeblättert der weißen Barackendecke entgegen: Position 118: Alu-Ganzmetall-Fenster, ca. 1,80 m breit, 1,50 m

hoch, Folienanschluß rundum, in Rohbauöffnung aus Beton, 2-Scheibenverbundverglasung ohne ... Ah, ja, gut; 119, wie vor, jedoch ... Die Schritte hört jeder. Strasser, der Betonpolier vom Silo schiebt sich neben den Türpfosten.
Die Stummelpfeife verliert den Catch mit der wunden Zunge und wandert von links nach rechts in dem grinsenden Maul. Vorbei an dickem, braunen Zahnstein, der das Zahnfleisch schindet: »Ist ein kompetenter Mann hier anwesend?« Siegfried stirbt den drehenden Schwan: »Nein! Nein! Ich hab überhaupt keine Zeit!« Vorhang – der Schreibtisch breitet milde eine Schublade drüber. Dieter sieht mich an. Schulterzucken. »Also was ist?« Genüßlich hüpft der Apfel den Hals rauf und runter – Tabaksäftlein im Schlund, tut dem Magen Böses kund – »Soll ich aufhören mit'm Betonieren oder nicht?« Zurückgelehnt im Drehstuhl – meine Fingerkuppen marschieren über den Schreibtisch: »Also.« Das Stummelpfeifchen senkt sich handwärmend zum Gürtel: »Die Ankerschienen können im Siloturm nicht stimmen!« Triumph rattert im Zweitakt, immer rund ums Maul, immer rund ums Maul. »Gibt's davon einen Plan?« Bang quetsch ich's gegen die Zähne, und ich weiß es doch. Der breite Schädel verneint, seine Polachse umschwankend: »Direkte Angabe der Planung!« Faule Hunde auch in der Planung. Mich packt Wut: »Trinkst einen mit?« Rhetorisch das Schnapsplätschern begleiten. Aber im Raum sind wir nur noch zu zweit: Und keiner hört's. »Geht einer mit?« Einhundertneunzehn. Diese Nacht fällt aus, also noch vier Arbeitstage bis Schreibschluß. Das werden mindestens, ohne das Kapitel für Regiearbeiten und so, rund fünfhundert Positionen, das sind, ja, ...: Ach Scheiße. Nächte sind lang. Arme Beate. Ach was. Armes Pimmelchen. »Du Strasser, das Leben ist so traurig, wie, nehmen wir denn noch einen? Dann geh ich mit!« ... Damit war der Nachmittag im Arsch: Immer auf die kleinen, lieben Dikken.
Dieter stand gespannt neben Siegfrieds Platte. »Dann rutscht dir doch das Einhängen der Holztürblätter auf den kritischen Weg!« Siegfried sah kurz auf, der Stift malte weiter Farbe auf die Pause: »Na und!« Wenn die Ladung gezündet ist, reißt es oberhalb des Fundaments die Mauern weg. Der Schornstein hält die Luft kurz an – keine Sekunde ... In die aufwallende Staubwolke senkt sich der Schaft – das Kopfende bricht seitlich aus ... »Du Arschloch, du verdammtes!« Ich zog die Tür schlaff ins Schloß.
Schwitzend, unbeteiligt. Aber jetzt bitte ohne mich. In der Sonne fünfhundert Meter staubige Straße vor, dann die zehn

Stockwerke in den Kessel runter, wegen nichts als Scheiße, bloß um die Rechthaberei an wenigen Zentimetern sich austoben zu sehen ... Gutes Betriebsklima, meine Herren, das ist mehr als ... Dem Grinsen von Strasser ablesen: Ich kenn die Lösung, kommst du auch drauf? Rechnen, Pläne wälzen – Himmelhund, wo hat denn bloß die Katze hingeschissen?
Das Mädel vorn knallte demonstrativ die Tür zu uns zu: Sie kannte ihre Pappenheimer und brauchte ihre Ruhe zum Arbeiten. Siegfrieds ruhige Hand malte immer noch bunte Bänder auf den netzartigen Terminplan, füllte Kästchen mit Farbe aus ... wenigstens explodierte heute Dieter vor mir. Na, denn. Dem Kühlschrank in die Eingeweide gegriffen, vom Büchner ein Bierchen angenommen: »Um was gehts denn?«
Das Kühle der Flasche spüren: Soll der Streit denn heute nochmal weitergehen? Ich zitterte mit dem Bier zum Mund: Inzwischen lieg ich jeden Morgen noch mal eine halbe Stunde eher im Schweiß wach ... Der Magen krampft unter den Stößen des gut gekühlten Bieres: »Halt die Luft an, Mensch!«
»Und den täglichen Kampf gib uns now!« Und wie meistens war's eine unsinnige Anbindung im Netz: »Das ist doch wirklich Quatsch!« Der Rollenstuhl fuhr zwei Meter zurück – großer Augenaufschlag, die Hand im Kreis: »Ich seh das aber so!«
Siegfrieds Nerven waren einfach besser. Von Dieter wußte ich, daß er seit Beginn der Baustelle wegen der vielen Streitereien jeden Tag ins Klo kotzte – nach der ersten Tasse Tee. Von Kaffee ganz zu schweigen.
Bitter bittend: »Siegfried glaub mir doch einfach mal, daß ich Bodenbelag und Estrich nicht direkt zusammenhängen darf. Nicht mal $E-E=O$, schon gar nicht $E-A$. Einfach so baupraktisch. Bitte!« Der Magen zog. Und dann die Banalität: »Das seh ich so.« Mir war schon wieder schlecht. Die Hitze: Die linke Faust in der Tasche: Und schlagt mit Eisenhämmern diese Fressen ein!
Pielsticker rang hörbar seine Hände auf dem Rücken: »Um was geht's denn heut schon wieder?« Da stand er noch vorm Fenster. Drinnen dann das Detonieren einer Fliegermine: »Erwin,« sagte Siegfried, »die reden mir in den Netzplan rein.« Du, Erwin! Hat er gesagt. Hat er das gesagt?
Festgenagelt blieben die Herzen im Brotfach stecken. Zwischen großem und kleinen Hirn pfiff ein kalter Nordost – Ost. Dieter stand zu weit weg, um ihn bei der Hand zu fassen. Verrat, Verrat, wir sind im Arsch. Eine lichte Strecke ist die kürzeste Verbindung zweier trüber Augensternlein: Der Sarg polterte beim Aufschlagen im Steingrund – , aber er hielt stand.

Als ob nichts wäre, sagte ich: »Aber er produziert doch einfach Wahntermine, die nie stimmen können!« Das Päuschen wies ich als Nachdenken aus: »Herr Pielsticker, Sie müssen sich die Konsequenzen der Anbindungen anschauen!«
Bedächtiges Nicken gibt mir Recht. Lächeln, samtern schmirgelt die Fingerkuppe über die Pause: »Aber das ist ja erst zum Schluß, in zwei, drei Jahren! Und darüber streiten sie schon jetzt?« Große runde Augen sehen uns in die Nasenlöcher: »Bis dahin stimmt der Netzplan sowieso nicht mehr!«
Er klopft Siegfried leicht auf den Oberarm: »Du mußt die Erfahrungen der Kollegen schon aufnehmen.« Dieter wollte den großen blauen Nachtfalter vor der Leuchtstoffröhre nochmals zerreißen: »Ja, aber, wenn hinten die falschen Arbeiten auf dem kritischen Weg sind, stimmen doch die Termine vorne auch nicht!«
»Wir müssen die Sitzung vorbereiten, kommen Sie, fassen Sie an!« Nebeneinander tappten wir mit den auszuhängenden Plänen ins Sitzungszimmer. Schatten. Ich sah Dieter direkt unter die Brauen: »Seit wann sind die auf – Du –!« Er ließ die Schultern hängen: »Da staunt der Laie, und der Fachmann weint – 0,0 Chance.«
Das Jour-fixe begann diesmal erst um halb fünf. Ausnahmsweise. Die Planer stießen sich pünktlich durch den Windfang in den Flur der Baubaracke.
In weinroter Livree richteten hier die Frauen Büffets an. Schalen reihten sich auf Tabletts. Die Planer steckten ihre Hände in die Taschen, um nicht mitten in die Schüsseln zu langen. Wenig zielstrebig erreichten sie so die ungeschriebene Sitzordnung im rückwärts gelegenen Konferenzraum. Die auch angekommenen Staatsvertreter wurden von den weißen Damasttüchern der Tische gebeten, von den schuldigen Schüsseln befreit: »Bitte ins Sitzungszimmer!«
Ein langgestreckter Barackenraum. Weiß. Der Platz der Bauleitung ist klar.
Etwa an der Mitte des enorm großen Tischrechteckes. Mittendrin zwischen den Planern für Sanitär, Lüftung, Heizung, Elektro und Außenanlagen. Flußabwärts die Statiker, Architekten, mein realer Leib: Der Dreh- und Angelpunkt zwischen den Flügeln. Die Leuchtröhren an der Decke umkränzen das Siegerkarreé. Der Bauherr ist ein Herr, auch wenn die zwei Männer Uniform tragen. Der linke davon ist wohl Hauptmann, oder irgend so was, und Sklave. Harmonierend dazu das übergegossene Grau der Finanzbauverwaltung: Auch hier der Wau-Wau links mit militärisch ausgerichteten Vorderzähnen.

Überhaupt, die Wasserträger: Büchner hört seinem heute beim Vorlesen des Protokolls der letzten Sitzung zu, still mitdenkend. Pielsticker, er wenigstens genügt regelmäßig seiner Pflicht und sitzt ab. Gemächlich tanzt der Popanz vom mittleren Drittel zum unteren Tisch, bis wir alle auch den letzten Punkt freundlich abnicken. In dieser Sitzung werden dem »Umkreis« des Bauherrn die Planer und das Projekt vorgestellt. Wir Projektleiter haben für unsere Teilstreitfachschaften nichts Drängenderes.
Und wir stellen vor: Mehrere tausend Pläne, Luft, Licht und Wärmemassen, wie aus der Wetterkarte entnommen, Stahl wie die eingeschmolzene Rheinarmee, Straßen und Wege und Bunkerbeton, wie zu großen Zeiten nahe am Rhein! Büchner lächelt sauer, daß er so alt geschätzt wird: »Nein, nein, damals gab es unser Büro noch nicht.« Die dazugekommenen Gattinnen, Mitarbeiterinnen und Mitarbeiter nicken erwartend, selbst eine Uniform schützt nicht vor Gefräßigkeit. »Also bitte«, bittet Büchner die lieben weiteren Mitarbeiter der Planungsbüros: Leider konnte ich nur die Leitenden herbitten, sonst hätten wir ja nicht alle Platz«. Mit Siegfried und Dieter weise ich auf unsere bedeutsame Gesamtstrategie hin, auf unsere Ehelosigkeit und den gewaltigen Grundwasserstrom, den wir Tag für Tag aus der Grube holen, um ihn in einem entfernteren Loch versickern zu lassen.
Siegfried erringt vor den gähnenden Frauenmündern einen vollen Erfolg. Er drückt mit seinem langen Stab die Lichtpausen der Netzpläne stark auf die rauhen Wandbretter. Überall entstehen kleine Löchlein.
»Das geht rucki-zucki, jawohl.« Die Münder klappen nach dem Gähnen zusammen, werden muschelig breit, als der uniformierte Zuträger laut fragt: »Und wann ist die Feier?«
»Wenn Sie Ihr Projekt nicht interessiert, hätten Sie ja zuhause bleiben können!« Wut fraß in mir. Ich dachte an die viele Zeit für die Vorbereitung dieses Scheißfestes: »Ganz ruhig bleiben. Ganz ...!« – Der Weg zum Infarkt ist mit Schwüren zur Gelassenheit gepflastert.
Büchner behielt Fassung. Ist auch Klasse. Schnell entsprudelte ihm ein Sätzlein, hell lächelnd wie die Sommerquelle: »Ja, unser Bauleiter, temperamentvoll – wie sich's gehört!« Lächelnd, fast wie hinter der vorgehaltenen Hand: »Da müssen Sie vorsichtig sein, ein ganz harter Bursche, der gibt jedem raus. Und ein ganz Radikaler, lassen Sie sich nicht auf die Politik mit ihm ein. Da wird er richtig energisch.«
Siegfried sah mich mitleidig an. Dieter den Boden. Irgendwas

fiel mir noch über die Planungskoordinierung ein, über Detaillierung der Planung bis zur Ausführungsreife. Ich saß dann auf dem Stuhl und zitterte die Wut an der Tischkante ab. Ein ganzes Wochenende hatten wir an unserem Vortrag gearbeitet: Aus unserer Arbeit! – Interessiert doch keinen Schwanz! Zuerst kommt das Fressen – und danach nichts mehr.
Und nach uns noch der langatmige Helm, der über die Elektro-Technik zu erzählen begann. Draußen erschoß die untergehende Sonne den Tag zum Abend. Goldblau – goldblau, gibt's das? Goldblau flirrte es transparent vom Fenster. Und der Heizungsingenieur Winter wird auch noch ... Heizungswinter? Und draußen ließ sich einer der längsten Tage des Jahres nieder. Das Fenster ging nach rückwärts raus, Brachland lag vor einem weit entfernten Wäldchen ... Ein früheres Baufest fiel mir ein ... Die roten Holzläden vor den Fenstern waren noch auf. Drinnen im gelben Licht Anne, wie für Geld lächelnd, im hellen Kleidchen. Dabei war ihr der vor ihr sitzende von Marst und der einäugige Cognacsäufer wurscht. Durch die feinen Glasschlieren verwackelten ihre Gesichtslinien, wenn sie den Kopf drehten. Zähne knirschten. Ich fror an den Füßen, weiß kroch die Januarkälte über das nasse Oberleder der Schuhe: Eine Dampflanze hatte mich beinahe verbrüht. Ich mochte nicht raus aus der Dunkelheit, zurück in die Baracke. Sah lieber noch durch's Fenster. Die zweite Schicht trieb den Bau jetzt in der Nacht hoch, hinter mir hielten die Scheinwerfer in die Dampfschwaden über den Gerüsten voll rein. Halogenlichter. Volles Rohr. Kessel pfeifen, Dampf sprüht aus den Stahllanzen, Kies– und Sandhaufen schwitzen gelbe Nebel in die Gewölbe der großen Nachtkirche, das Dutzend Turmdrehkräne schwenkt Lasten, die feinen Stäbe der Gerüste tragen das nachtblaue Gewölbe, irgendwo hupt ein Kranfahrer ungeduldig. Für einen Moment rastet diese Orgel, dafür singen die vibrierenden Eisen unterm Rüttler während des Betonierens einen orgiastischen Choral. Jetzt, jetzt, jetzt – die Ejakulation einer Betonbombe am Haken: Polternd erstickt der fallende Beton den vielstimmigen Chor für einen Augenblick.
Dazwischen schoß ein Prüfball durch die Pumpenrohre zum Salut. Die Pumpe stieß dumpf nach, und nochmal und nochmal – und noch'n Einschlag.
Die Versicherung weihte auf Kosten Köhlers die Baracke ein. Alle waren sie da. Die Planer und die Bauherrnmannschaft, Käfer und Köhler, und wir: das Inventar. Büchner war auch da gewesen, hatte sogar freundlich genickt. Zeremonie an der Tür von Köhler und Anne, Pielsticker stand noch daneben und be-

grüßte auch alle, bis sie drinnen standen, vor der aufgebauten Pracht. Unbefleckte Käferbüffets wanden sich durch Flur und Sitzungszimmer. Gebirge von Braten und Wurst, Wachteln in Fischbäumen, Eier und Kiwis trockenen Fußes in Käseseen. Gemütlich schmutzte ein Holzfaß zwischen seinen Ringen, grünwäldnerisch das Flaschendickicht. Ich ließ mich zum Anzapfen holen. Seit dem Startsignal kämfte jeder um seinen abendlichen Kaviar, und ich schenkte aus. Natürlich mir auch gleich eins, zwei Worte: Drei Bier. Vom Büffet auf dem Rückweg oder auf dem Weg zum Lachs kamen sie alle vorbei und holten sich bei mir ihr Bier. Zapf, Zapfe, Zapfes. Aus unerfindlichen Gründen nahm das Gedränge vor den Schüsseln nicht ab. Wolf holte sich ein Krügel, stopfte mir einen Bissen vorne rein, aber wirklich was zum Essen hatte auch er sich noch nicht erobert. Vernünftig, nach 'ner halben Stunde endlich, ließ ich das Faßl sein und drängte mich schlimmer wie am Schilift. Hingeschoben, hergezerrt nahm ich mir schnell ein Stück Gurke, ein Stück kalten Schweinsbraten, Wurst, dann war ich weg. Brot noch! »Gute Speisen wollen in Ruhe ausgesucht und gegessen werden«, sagte Benzinger hinter mir mit vollem Mund – Scheiße! – Verärgert ging ich in den Flur. Anne bewachte den gut sortierten Teller in ihrer Hand. »Wie? Oh, den hat mir Herr von Marst geholt!«
»Aha! Ja, dann.« Klar, den tritt keiner ins Kreuz! Ich ging zu meinem Schreibtisch in unseren nicht vom Fest beschlagnahmten Arbeitsraum und setzte mich. Wolf trank auch sein Bier hier. Er hatte ein seltsames Gesicht auf, wie wenn der Himmelpappa ein Wetterleuchten mit'm Knie festkeilt. »Unglaublich diese Leute«, sagte ich, um etwas zu sagen. Wolf sah mich an. Dann stürzte er seinen Rest Bier hinunter und rannte hinaus. »Ich halte das nicht aus«. Irgendsowas hatte er wohl noch gerufen. Durch's Fenster äugten dann plötzlich die zwei Lichter, um sich rückwärts zu verabschieden. Fingerig hantelte sich das Zwillingspaar dann über die rumpelnde Baustraße davon. Ich ging wieder in den Flur. Neben Anne stand jetzt auch Pielsticker. Er sah zu mir her, »Sie haben ja immer noch nichts Vernünftiges auf dem Teller!« Er lachte halblaut, lächelte nett.
»Mir geht das Gedränge auf die Nerven«, erwiderte ich trotzig.
»Na, das lernen Sie noch, den Kampf um die Wurst aufs Brot.«
Ich ging in die Anmeldestube, setzte mich auf den Stuhl der Sekretärin und sah zu dem erleuchteten Bau rüber.
Im 1. Stock kegelten die Dampfschwaden aus den vereisten Schalungen. Stahlrohre, durch die Dampf gedrückt wurde, steckten darin. Wir sagten Lanzen dazu. Auf anderen Schalun-

gen standen die Arbeiter mit dem Rüttler, immer, wenn der Kran herüberschwenkte, sah man sie ganz deutlich, da auf dem Auslegermast zusätzliche Scheinwerfer montiert waren. Die Bombe kam dann in der lichten Glocke angefahren, die Männer ruckten an dem Hebelwerk, sie schwankte und zog die Männer immer einen, zwei Schritte mit, dann öffnete sie sich, und der Beton verschwand laut in der Wandschalung. Der Bombenarsch klappte zu, der Kran schwenkte zurück, und die Männer standen wieder im Halbdunkel. Mein Bier war leer. Ich ließ den Krug stehen, ging nochmal rüber, gottverdammt, ich hab doch Hunger. Am Büffet stand fast niemand mehr. Ich nahm nochmal einen Teller und suchte die Platten und Schüsseln ab. Lachs, Wachteln, getrüffelte Leberpastete waren weg. »Vielleicht ein Dekorationsblatt?« Zu Ende: Hummerfleisch. Klar, das sind die Dinge, die sich diese Aasgeier selber nie leisten, weil ihnen das Geld beim Essen leid tut. Mir stank es. Schinken gab's noch, Heringssalat. Zwischen: Wer mit wem, den kranken Kinderchen und dem Aquisitionsgeschwafel der Büroinhaber beutelte es mich von Raum zu Raum: Nicht eine gute Frau. Außer Anne, klar, aber die war starr ins Glasauge geklemmt, mit Martell geleimt: Ich drückte ihr heimlich mein Beileid aufs Schulterblatt! Ein neues Bier schoß mir in den Grund, wie was Dumpfes beim Bücken ins Schädeldach: »Jetzt schon Wirkung?« Und mit dem letzten Schinkenbrotrest biß ich auf den ersten Herrenwitz. – Häschen in der Grube, von oben grinsen die Köpfe im Kreis auf dich runter. – Da hatte ich mir den Fellparker geschnappt und war rausgegangen. Es war bitter kalt. Im Parker ging's, die Kälte kroch aber in die Hosenbeine und Schuhe. Trotzdem stieg ich zu den Schalungen hoch. Spürte den Dampf an mir vorstreichen, sah im Lichtkegel den Beton fallen, spürte die Schalung vibrieren, als der Rüttler den frischen Beton in der Schalung verdichtete. Mit den Leuten sprach ich nicht viel. Wir kannten uns auch noch nicht so gut damals. Sie froren, trotz Pullovern und dicken Hosen unter dem gelben Ölzeug. Es gab auch nicht viel zu sagen. Sie wußten, was sie zu tun hatten. Ich sah zu. Dann ging ich noch über die Betondecke. Ganz langsam, ich konnte zu wenig sehen, es war gefährlich, wenn man die Aussparungen, die Treppen, die herausragenden Eisen nicht sah. Paarmal blieb ich hängen, sonst ging's gut, die Treppe runter, es blieb blöd. Jetzt stand ich vor dem hellen Barackenfenster, hörte das Gesprächsgemurmel. Verstand aber nichts. Dann lachten sie alle im Raum. Die Zehen froren langsam zusammen, der Socken aufs Fleisch. Wärme sah ich durchs Fenster, Bier, Brot, immer noch Wurst.

Die glaubten wirklich, ich wäre einer der ihren. Sollen sie's denken. Da waren mir die oben im Scheinwerferlicht lieber. Lieber noch mitfrieren. Wie ich war, sollte ich rüber zum Auto gehen und nach Hause fahren ...Ich fiel in die Realität zurück und merkte, daß ich diesmal von innen durch das Fenster sah. Der Abend goldete draußen noch immer zwecklos vor sich hin, hatte gelbe Kreise und rote Dreiecke vor lichtem Grunde des Fensters. Helm, der Chef des Büros für die Elektroplanung schubste mich an: »Kommen Sie, es geht los!« Dankbar stand ich auf, livrierte Menschen drangen in den Saal, bauten ihn um.
Vom Flur wurden wir in Nebenräume gedrängt: Sekt fassen, Bier einhenkeln, rote Zahnstocher aus Plastik hatten die Puschkin-Kirsche verlassen, warteten als Käse- und Schinkenspieß ... Weißer Damast unter silbernen Tabletts ... Ich hab dein Knie gesehen, das durfte nie geschehen ... und wieder knackte der Sprung auf der Schallplatte von Schellack.
Auf den Tabletts lümmelte noch der Anstandsrest für arme Negerkinder. Jemand rief: »Das letzte Faß?« Und ich war dageblieben. Trank Nordheimer Vögelein und hörte bereits wieder schlecht.
»Ihr Chef hat da ja etwas Schlimmes, SCHLIMMES gesagt. Sind Sie denn wirklich ein Kommunist!« Die Sekretärin aus der Finanzbauverwaltung war ja wirklich drollig. Mit runden Augen sah sie mich neugierig an. Unwillkürlich sah ich hinter mich – da ist doch niemand.
»Wer? Ich? Wie?« Ich beruhigte sie lachend: »Glauben Sie, ich möchte dann sowas bauen?« Grinsend zeigte ich auf die Planpausen an der Wand: Dunkel röchelnd rissen die Hangars ihre Schlünde dort auf: »Nicht mal Pazifist, und das wäre doch auch nichts Böses? Oder!« Verstehend schob sie ihr Glas ganz nah an meines, als ich nachfüllen ließ, nebeneinander warteten wir auf das Hochsteigen des Weines.
Ihr Chef war der verantwortliche Macker der Finanzbauverwaltung – Oberregierungsbaumeister. Der Ältere, fast schon ganz Grauhaarige. Er kam so gegen elf an: »Darf ich Sie nachhause fahren?« Willi Fritsch spielte die uneingestandenen Niederlagen von Grandseigneurs wesentlich besser. Der hier hätte sich vielleicht besser zum Glöckner von Notre Dame geeignet. Er sah mich statt sie an. »Sind Sie Befehlsverweigerungen nicht gewohnt?« Ich war wirklich besoffen. Das blasse Gesichtchen versuchte verlegen, über die eigenen Busenspitzen zu lugen, sagte aber nichts mehr. Er sah mich noch eine Weile an, dann mit Bedauern in der Stimme – über das Kalb, das sich den Metzger selbst ausgesucht hat: »Mit so einem fahren Sie mit?«

An der Einfahrt zum Parkplatz stand eine Laterne. Immer schon. Grüßte mich gewohnt grünschuppig und diesmal auch die unbekannte Begleiterin – »Sei nicht so unbarmherzig: los!« Gnädig floß das Licht wieder durch die Scheiben ab; ich suchte im Dunkeln einen Platz: »Wohnst du hier?« Nahe an ihrem Gesicht, die flaumigen Härchen stachen einzeln gegen die Parkplatzleuchte: »Hatt ich sonst gehalten hier?« Ich lachte: »Was hast du denn gedacht, Hmm?« Sie verschloß mir vorsichtigerweise wärmstens den Mund und sagte: »Ich möchte aber wirklich 'ne Tasse Kaffee!«
Weiß der Teufel wie, aber mit jeder Stufe zum Laubengang hoch, rutschte die Hand weiter runter, fand nur zeitweilig Halt auf der Hüfte, vergaß doch der Daumen, sich im Gürtel einzuhaken. Wie doch Rockstoff knautschen kann. Den oberen Knopf der Bluse sah die Treppe noch durch den Schlitz schlüpfen, den zweiten schon auf sich zupurzeln. Der halbe Mond hatte sich in die Luft des Laubenganges gebreitet, die Strahlen auseinandergestellt: »Ist das Nichts?« Und da sagen die Körnerfresser, nur die Sonne läßt IHN steigen.
Um die Ecke rum: Dunkler noch im Mondschatten: Die vertraute große Gestalt. Das war kein Quiz und ich ertappt. Sechs, sieben Meter vorn an meiner Tür ... und an mir alles runter. Bißchen Bibiwarm ans linke Bein. Das Mädel mitgerissen und rum um die Ecke und ab, zurück in den Mond. Den Betonkanal zurück, das Schluchzen hinter uns, die dunkle Frau geht um, auch das Mädel hatte jetzt begriffen, lief in Panik mir in die Schritte. Aaahhh. Laut. Der Atem. Die Nachbarn morgen. Jeder Schritt auf'm Beton, hellblau jede Wohnungstür in Glitzernacht – das Treppenhaus, ein Hund draußen – der Treppenbeton echot die Schreie hinter uns.
Vor Zittern wär ich kaum in den Wagen gekommen. Und sofort verriegeln. Einfach mal im Sessel sitzen: »Das ist meine Freundin!« Überflüssiges lief mir über die Lippen. Das Entsetzen in mir. Panik. Angst. Nur die Hände zittern, innen klopft's und piekt's hohl. Dann war sie da. Ich startete den Motor. Weg. Wir müssen weg.
Lisa trommelte gegen die Scheiben. Trat das Auto mit dem Fuß, schlug das Autodach, lief direkt neben mir an der Scheibe, sprang irgendwo rauf, polterte irgendwie über uns, schrie, lag wohl wieder drunten. Ich hatte ihr Gesicht gesehen, aufgerissene Fensteraugen, aus denen die Verzweiflung loderte, naß und geschwollen das Gesicht.
Und ich war schuld. Stockfsteif verschnürte sich mein Seelchen um die Eingeweide. Sturzbäche in mir, Grauen.

»Du, ich muß zurück!« Starr sah sie nach vorne: »Es war doch nur wegen einer Tasse Kaffee. Warum bist du denn abgehauen?« Ich zuckte die Schultern, ließ das Lenkrad nicht los, mein Arm zitterte nun auch: »Ich muß wirklich zurück!« – »Setz mich bei einem Taxi ab.« Sie schloß Knöpfe ihrer Bluse, rutschte rum, bis der Rock wieder saß. »Scheiße!«, sagte ich. »Schade!« – »Komm gut nachhause!« Schrecken ohne Notausgang: »Wir sehen uns ja mal wieder.«
Ich setzte den Wagen zurück. Warum nicht abhauen? Morgen abend nachhause. In einer Woche. Wenigstens ein Bier jetzt, einen Schnaps. Der Magen schon wieder. Ohh. Wie ein Zug nahm der Wagen die Straße, die Einfahrt. Langsam war das Dachstübchen völlig ausgekehrt, die Möbel rausgestellt.
Lisa lag, wie sie gefallen war, auf dem Asphalt. Ihr weiter Mantel hatte sie zugedeckt – lag schon die Bahre drunter? Wasser schoß mir in die Augen vor Entsetzen, Grauen wieder. Was tun? Was tun jetzt? Ich setzte den Wagen zurück und parkte korrekt in der Lücke. Durchs offene Fenster hörte ich sie schluchzen.
Ich kniete mich neben sie nieder, sagte: »Komm jetzt, du holst dir den Tod. Hast du dir was getan?« Es schüttelte sie. Ich half ihr hoch. Wie lange sie wohl gewartet hatte. Das Weinen schüttelte sie, ich faßte sie unter und konnte auch meine Tränen nicht mehr zurückhalten. Sie schrie leise neben mir. Ich fing ihr Zittern immer mehr ein, bekam's auch, überall. Sehen, Hören, alles setzte aus. Denken?
Endlich war die Tür zu. Die Angst war weg. Lisa warf sich in einen Stuhl, wimmerte leise. Fahrig in den Mantel gegriffen, über die Arme gezogen: Angedunkelt musterten die nassen roten Bahnen die Hände! Ich schlug ihr die Nagelfeile aus der Hand: Löchrige Haut innen an den Gelenken: »Du Depp. So geht's doch gar nicht.« Ich führte sie ins Bad und wusch ihr die Hände, Pflaster aus dem Schrank: »Pappt's!«
Ich nahm eine Flasche Wein; zwei Gläser. Mir brannten die Augen, trocken nun. Der Tisch zwischen uns. Die Gläser voll. Formlos trinken. Die Köpfe gestützt. Dann naß geschüttelt: »Warum hast du denn ein Verhältnis angefangen? Ich war auch nicht immer treu. Seitensprünge. Aber jetzt ein Verhältnis? Warum?« Sie schrie leise. Immer wieder.
Anfangs konnte ich nichts sagen, ich sah sie an. War froh, daß ich atmen konnte. Der Hals war zu. Kein Räuplein zog eine Bahn durch mein Stübchen. Dann doch auch einmal ein Wort: »Aber es ist doch gar kein Verhältnis!«
Sie stutzte, tonlos rannen die blitzenden Tropfen auf der fahlen

Haut: »Und warum gibst du mir nicht deinen Schlüssel?« – »Ja, eben deshalb nicht!« Sie schluchzte wieder. Nein ich wollte nicht. Allein wollte ich bleiben. Es drückte im Bauch. Drückte nach oben. Das Feuer war schon entfacht, die heiße Luft blähte den Ballon. Mitleid. Mit ihr, mit mir selbst. Die vier brennenden Augen. Irreal, daß ich auf dem Schemel saß. Nichts bedeutete etwas. Schmerzen. Einen bösen Haufen Schmerzen hatten wir schon zusammengeworfen. Fetzenweise schwebte er im Raum, die Wände verschwammen. Gläsern grau weitete sich der Raum, endlich gekrümmt.
»Meinst du, mir genügt es, dein ständiges kleines Verhältnis zu sein?« Sie hatte sich aufgerichtet und mich gefragt. Ich sah sie an. Was dachte sie sich denn: »Was denkst du denn?« Ich schrie – schrie plötzlich. Hätte sie am liebsten geohrfeigt. Wurde schwerer, raste ins Grau, weit, schnell in die graue Krümmung, drehte mich um mich, rasend gefangen von Zentrifugalkräften, sah ihr Gesicht wieder, mit den aufgerissenen Augen mitgeschleudert – dann krachte die Gummihaut auf, pflopp – bumm, zerriß sie dumpf, das Wasser ergoß sich über die Staumauer, floß bergwärts, riß den Lärm mit, die mächtigen Wallungen im Tal, ich zuckte, schwamm, erzählte ihr die Verletzungen, die Stiche, die Müdigkeit beim Einkassieren der Alltagsgemeinheiten, warf Steine auf die Trümmer ihrer Launen, den vergangenen, sie ragten aus dem Strom, erzählten von Lisa und mir, teilten das Wasser in linke und rechte Ströme, es war mir wurscht, so erzählte ich eben, daß auch ich lieber richtig vögeln wollte, als diese Aufhüpferl mit ihr, sah über den Fluß zurück, war mir überhaupt sicher, endlich keine Wechsel mehr bei Weibern auszugeben, – so an die dreißig Jahre eine Mutter zu haben sind ein für allemal genug. Satt habe ich den Scheiß. Allein will ich endlich sein. Tun, was mir gefällt. Nicht um Erlaubnis fragen, Rücksicht nehmen. Grund! – Plötzlich stößt die Arche, rumpelt, dreht sich, verkantet und hängt: Ebbe – Ich sitz auf dem Teppich, seh nichts, es glitzert und blitzt: Dann hör ich Lisas Weinen, Wimmern – weit weg ist das Glöckchen des Lammes auf der Alpe. Ich höre es noch am Abend draußen: Muß ich's holen? Schifahrer fetzen über die Matten, Lisa schreit unter den Stahlkanten: No sport, sie will keine Diana sein, wirft den Speer weg und geht nachhause. Unterwegs fängt das Nationaltheater Feuer, Bibliotheken versanden in flachen Seen aus Jauche. »Und ich«, sagte sie: »Meinst du, Deine Rein- und Raus-Übungen waren das Höchste für mich. Und meine Arbeit, und mein Erfolg?« Dann sitzen wir beide auf dem hohen Gipfel des Fudschijama, ringsum die Abfälle und die Scheiße von Hun-

derttausend Besuchern im Jahr – , aber das Eis ist trocken, und die Sonne scheint.
Erst am Morgen gingen wir ins Bett. Durch die hellen Springrollos sickert der ausgeschlafene Tag. Hell sieht ihre Haut dann aus in der Bettnische. Und wir vögeln wie Weltmeister und mögen sogar wieder ein wenig an unseren Öhrchen knabbern: »Aber so wie früher wird's nie wieder werden! Hörst du! Wir müssen auseinander. Es ist alles anders geworden. Vorbei. Plötzlich sind unsere Brüste durchsichtig, nur noch ein kleines Plastikschild liegt rum, unter dem sich niemand mehr verstecken kann.

Der Wagenmeister grüßte inzwischen bereits, wenn ich auf den Parkplatz fuhr: »Nicht für Angestellte«, windflügelten seine Arme mit den großen Händen, warfen den Kopf über den Kragenrand mit Selbstbinder – boing. Er gewöhnte sich dran. Trotzdem fehlten mir schon wieder zehn Minuten zum Termin. Gelernt – , jetzt nicht laufen, dem Jucken nicht nachgeben. Ruhig zur Pforte hochsteigen. – Gelassen grüßen: »Mahlzeit!« Weitere Stockwerke gelassen hochsteigen, atmen, dann einige Schritte tun bis vor die Tür des kleinen Sitzungszimmers. Einen Moment durchatmen: Hand auf der Klinke.
Das Zimmer war leer. Ich ärgerte mich. Konnte diese Ignoranz nicht verstehen. Akkurat heute. Eine alte Telefonliste lag am Fensterbrett. Daneben der Apparat. Die Mütze des Wagenmeisters wanderte über den Hof, verdeckte leicht die Konturen des Eimers in seiner Hand. Unwillig dehnte sich schlotternd die rote Gummischlange aus seiner Hand nach hinten. Peitschte gezackt in den toten Winkel des Fensters. Ich klingelte die Leutchen an. »Jetzt waren diese Arschlöcher nicht mal alle auf ihren Plätzen!« Also die Fünf wählen. »Hallo, ja können Sie's bitte ausrufen ... ja, ins kleine Sitzungszimmer, gut!« Mit zwei Händen zog der unten im Hof jetzt am Drachenschlund: »Na komm doch um die Räder!« Der Lautsprecher riß mir den Kopf vom Fenster. Himmel, krächzt die Anlage. Der Pappdeckel, den Kollegen davorgeheftet hatten, versagte langsam seinen Dienst, als Infarktklappe: Herzkrank müßte man sein. Dann wär's bald vorbei! Ich trommelte gegen den Kunststein des Fensterbrettes: Aha, Pielsticker's BMW war zum Waschen dran! Besser der, als die eingebaute Vorfahrt mit Fadenkreuz daneben.
Was hatte Pielsticker gestern früh gesagt, als ich ihm den Bericht der Baustelle vom August gebracht hatte: »Sie müssen

nicht immer jedem erzählen, was Sie denken. Denken Sie morgen mal dran!« Ich schüttelte den Kopf, weil ich wirklich nicht draufkam, wie er es gemeint hatte: die Sitzung des Betriebsrates jetzt, oder die Betriebsversammlung am Nachmittag oder so politische Diskussionen, volltrunken wie im Biergarten damals? »Wer von der damaligen Runde nur damit hausieren gegangen ist? Blöd! So oder so, blöd.« Ich rieb mir das Handinnere am Eck vom Fensterbrett. 'nen goldenen Fahrradlenker ham ma damals im Labor dem Ottfried geschenkt. Mit Goldbronze gestrichen. Richtig schöner Gesundheitslenker. Mit mir hatte er später nie mehr gesprochen.
Es dauerte wirklich noch eine Viertelstunde, bis alle dann da waren. Zähne fletschen: »Niemand hat's vergessen gehabt, oder??« – Mit der Axt sollte man ... Scheiß Mehrheit, satt und faul – Sie schweigen. Siegfried war als einziger rasch hochgestürzt: »Dann ist die Sitzung eröffnet! Neues? Die letzten Tage?« Er sah sich um.
Sie saßen da und schwiegen und sahen vage in meine Richtung. Höllerer hatte kurz aufgehört zu hüsteln. Meine Fingerkuppen rieben und drückten auf die Augäpfel. Durch das Zehnfingergeflecht fragte Siegfried: »Bist du der Sache von Erika Gemberg nachgegangen?« Er lächelte gespannt. – Eine Woche ist's her. Da tatest du verlegen, du Hund! – Ich warf das inzwischen abgegriffene Kuvert auf'n Tisch.
Zerfetzte Papierlippen wippten um das Kuvertmaul: »Ich hab Post bekommen!« Er schob den Papierrachen noch ein Stück weiter von sich. Ich wagte zwei Finger und zog das geklappte Formular raus:
Obendrüber stand vorgedruckt:
Benachrichtigung des Betriebsrates über
darunter war ›Kündigung‹, unterstrichen.
Ich hatte Siegfried angesehen. Sein Kopf war auf den Zeichentisch hingeworfen, sein Gesicht verrutscht: »Das machen die nur wegen uns. Hörst du! Nur wegen uns!« Seine Hand sank wieder zurück neben sein Gesicht. Es war Montag mittag. Er hatte am Morgen seine Post geholt und war gleich mit geheimnisvollem Gesicht auf die Baustelle rausgefahren.
Erika Gemberg, 1944 geboren. Breslau: »War's da noch Festung? Oder ist sie schon 'n Russenmädel. Ach Scheiß.« –
»Aber eigentlich haben wir's doch geahnt. Oder?«
Wieder zog seine Rechte nach oben und schwang über die daniederliegenden Haare: Die Lehne des Rollstuhls ächzte, der Splint schlug in der Haltebohrung.

Vorgedruckt wieder: »Eine Weiterbeschäftigung ist für den Betrieb unzumutbar, weil:
1. Wiederholtes Betrunkensein während der Dienstzeit, trotz mehrerer Mahnungen.
2. Nichterledigung dringender Arbeit, trotz Mahnung.
3. Nichtbefolgung von Anordnungen der Geschäftsleitung.
4. Eine Beschäftigung als Baustellensekretärin ist nicht mehr tragbar, da sie Außenkontakte pflegen muß.« –
»Sie arbeitet auf dem Entlastungsring, nicht?« –
Sein Kinn wälzte sich auf den Tisch: »Los vier, Nordumgehung!« – »Straßenbauabteilung? Kennst du die Leute?« Er schnellte hoch und warf sich zurück: »Kaum! Können wir uns irgendwo unterhalten, in Ruhe!« Er sah unruhig durch den großen Raum. Die Kollegen waren bis auf Wolf alle draußen: »Wir müssen doch was tun!« – »Mittags ist es in der Kantine zu voll. Fahren wir ins Dorf, ich weiß eine ruhige Wirtschaft«, sagte ich.
Die Lochscheibe kann nur schneller nach vorne gezogen werden. Rückwärts läuft sie immer gleich langsam. Viel zu langsam. Im Kalender rumstreichen, ändern: »Scheiß Sigi!« Der Hörer rutscht unter dem Ohr weg: Beim Bücken der Blei aus dem Maul: Bis zum 31.12. im übernächsten Jahr sind es noch etwa 849 Kalendertage. Das sind wohl 605,5 Arbeitstage. Dann sind die Schuppen da draußen fertig. So oder so. Selbst auf'm Satellitenfoto siehst kaum was von den Betongebirgen hier. »Verdammt.« Gott sei Dank war die Brille nicht am Boden zerbrochen: »Wo ist denn jetzt der Bleistift.« Über der beschlagenen Brille taucht das bärtige Gesicht von Dieter auf. »Du hast Glück, daß du aufs Amt des ersten Vorsitzenden verzichtet hast!« – »Hast du ein Tempotaschentuch?« Er sieht mir dann wieder klar, doch ratlos durch's Fenster: »Ach, laß doch, hab ja wirklich keine Zeit, außer für dieses Klump da draußen!«
Ich parkte, ging über das Baustellengelände, das hier draußen großzügig angelegt war, zur großen Bauleitungsbaracke. Über der Türe war unser Firmenzeichen angenagelt. Drinnen traf ich Bernd: ein Kerl, mit dem man auskam. Hatte hin und wieder mal im Betrieb ein Wort mit ihm gewechselt. Nach der Weihnachtsfeier ein Bier zusammen getrunken. Ich traute ihm, deshalb war ich zuerst zu ihm gefahren. Er mochte so 33 sein. Bernd kam über den Kies. »Kommt ihr aus den Büschen?«, fragte ich.
»Sie wollen Erika kündigen?«, fragte Bernd rundheraus. Ich zuckte die Schultern. Ich war hinter ihm her in ein kleines Zim-

mer der Baracke getreten. »Ich muß eine Stellungnahme zusammenkriegen, weißt du, da ich sie aber selbst kaum kenne, muß ich mit den Leuten sprechen, die mit ihr zusammengearbeitet haben. Was denkst du über sie? Erzähl doch mal!« – »Sie wurde für mein Projekt damals eingestellt. Als sie sich vorstellte, war der Boss mit ihr zu mir ins Büro gekommen. Rund und fest und stabil war sie damals. Fast pausbäckig stak sie in ihrer blauen Latzhose. Nein, nicht wirklich dick. Der Boss ist damals noch einmal allein zu mir zurückgekommen, bevor er ihr fest zugesagt hat. Klar, hab ich gesagt, wir kommen schon aus, es muß ja nicht immer ein junges Mädchen sein. Mit 35 ist man doch noch beweglich.
Es ließ sich nicht schlecht arbeiten dann, mit ihr, ganz am Anfang. Das Büro einrichten. Alles einteilen. Und plötzlich denkst du dir nichts dabei: Hast du noch nicht abgelegt? Es war ganz unmerklich losgegangen. Erika bequemte sich immer seltener zur Ablage. Zweimal schafften wir uns immer größere Plastikwannen an, für die aufgelaufene, erledigte Post. Damit fingen die ersten Auseinandersetzungen an.
– Warum ist die Post noch nicht draußen?
– Wann rechnest du das endlich?
– Bitte mach doch, tu doch usw.
Immer häufiger dann ihre Ausrufe: Das ist zuviel! Bis wann? Nie! Das schaff ich nicht! usw. Dabei lief damals alles normal. Ja, das wurde immer schlimmer. Aber«, Bernd setzte den Tonfall ab, »aber solange wir zusammengearbeitet haben, und wir haben das Projekt ja ganz durchgezogen, ging es noch, wenn auch nicht immer sehr gut.«
Bernd hatte schneller gesprochen zum Schluß. Jetzt hielt er inne. Wieder sah er zum Fenster hinaus. Dann, etwas leiser, ruhiger, fügte er noch hinzu: »Manchmal, da fuhr ich sie nach dem Büro heim. Meist, wenn es später geworden war. Ich fragte sie dann immer so ein bißchen aus, weil es mich interessierte und sie mir leid tat. Wir sahen ja alle, daß sie in der Klemme war. Sie weinte dann immer. Es ist die alte Leier. Ihr Alter war nicht so wie sie ihn sich wünschte. Hat sie als junges Mädel geheiratet und abgerichtet. Muß auch mit dem Vögeln dann nichts Richtiges mehr gewesen sein. Na ja, er war ja auch wesentlich älter.« Bernd schwang sich zu einem wegwerfenden Grinsen auf: »Dann kam der Alkohol dazu, weißt du. Und da merkte ich immer genau, daß sie nur diesen einen Kerl will und sonst nichts.« Bernd schwieg wieder für eine kleine Weile, sah mir ins Gesicht. »Du weißt ja selbst, daß sie noch mit ihm zusammenlebte, als sie schon geschieden war.

Da hatte er sie noch besser im Griff, wenn ich es richtig sehe!«
Bernd schwieg endgültig. Wir sahen uns an. Durch die leichten Wände der Baracke hörten wir den Lärm der Baustelle deutlich. Irgendwo mußte ein Arbeiter pennen. Ein Bagger hupte immer wieder, damit ihm der Kerl seine Last abhängte.
In die Leere hinein fragte ich leise: »Würdest du mit ihr wieder eine Baustelle machen wollen?« Bernd sah mich weiter unentwegt an: »Wenn ich alles bedenke, auch was ich so in letzter Zeit mitbekommen habe, nein, nur ungern. Da müßte ich mir einiges überlegen. Natürlich muß man immer fragen, welche Baustelle, mit wem und so weiter. Als zweite Sekretärin könnte es unter Umständen gehen. Ich weiß nicht, da müßte ich wirklich drüber nachdenken. Weißt«, setzte Bernd noch nach, »sie ist schon schwierig, auch im Büro. Da stapelt sich zum Schluß die Arbeit bei dir. Du hast ihr was zum Rechnen hingelegt oder so. Und das liegt und liegt, du brauchst es wieder, es ist nicht fertig. Du hast fünfmal an sie hingeredet, es kommt nichts. Aber sie kommt so gegen 9 Uhr und geht um 4 Uhr wieder. Jede Stundenabrechnung am Monatsende wird da zur Märchenstunde bei ihr. Aber das wäre wurscht, wenn die Arbeit stimmen würde.«
Ich lächelte ihn entschuldigend an: »Du hast ›nein‹ gesagt, auch wenn du dann versucht hast, dich drum zu drücken.« Bernd sagte nichts mehr, er nickte nur unmerklich. »Säuft sie eigentlich?« Bernd zuckte die Schultern: »Ich weiß nicht, wie das heute ist, aber damals nicht. Manchmal trank sie zuviel, immer wenn der Alois da war. Alois, unser Fahrer, der ja ewig den Kanal voll hat, der trank immer mal wieder mit ihr, der kam ja jeden Tag, wahrscheinlich nur deshalb. Ich habe das immer mal wieder verboten. Aber was half's? Dafür trank er auf unsere Kosten in der Kantine. Später dann hatte Erika ihm seinen Asbach immer in den Kaffee geschüttet, damit es niemand sah. Aber sie soff nicht wirklich. Wir trinken ja alle zuviel. – Apropos. Willst du ein Pils?« – »Ja, doch.«
Langsam gingen wir rüber in die kleine Küche. Wir holten zwei Flaschen aus dem Kühlschrank, öffneten sie und gingen ohne Gläser wieder zurück in den Nebenraum. Dort unterhielten wir uns noch ein Minütchen über unsere Baustellen. Ich trank das Bier rasch! Bloß zurück!
Noch zweimal stahl ich mir die Zeit für diese Ausflüge. »Willst du nicht noch mal eine Baustelle mit ihr machen?«
Mit den Armen rudernd, flüchteten sie schleunigst.

»Ja, freilich kann das jemand anders noch mal versuchen. Ich nicht. Hörst du. Ich nicht?« – Alles umsonst? – Jede Menge Mitleidiges hörte ich mir an, Erniedrigendes. Das Bier schmeckte immer bitterer nach den Gesprächen, wenn ich zurückkam.
»Ja, was werden Sie nun der Geschäftsleitung schreiben?«, fragte Höllerer. Mir war, als ob er lächelte, während seine Hand sich vom Tisch hob. – Ich?; zwei U-Boote gehen im Wald spazieren. Sagt das hintere zum vorderen: »He. Du!« Antwortete das vordere: »Wieso gerade immer ich?« – Wie ein Primaner das Tischbein zwischen den Füßen wetzen: »Sie sind doch ein Witz. Mensch. Ein fauler dazu. Fragen Sie mich doch lieber zuerst mal, was Erika Gemberg selbst sagte!« Siegfried legte mir die Hand auf den Unterarm: »Laß dich nicht provozieren. Ganz ruhig!« – Bist selbst ein fauler Jochgeier.
Die Handballen drücken das Lid, bis das Weiße im Augapfel bricht: »Ich hab mit ihr im Krankenhaus telefoniert. Sie sagt, es wäre alles nicht wahr. Aber praktisch ist es so, daß keiner der Kollegen mit ihr wieder eine Baustelle machen will.«
Der Qualm steigt dicke hoch. Auch mein Zigarillo glüht in eigenem dicken Smog – zwischen Hüsteln dann: »Na, also?«, fragt Siegfried. »Sie geht sowieso zum Rechtsanwalt!«, berichtete ich widerwillig. »Sagt sie!«, sichert der alte Höllerer ab. »Ja!« Ich nicke und lege den Brief vor, den ich entworfen habe.
Ich hatte den Brief am Vortag aufgesetzt. Am Nachmittag war ich in den leeren Sitzungssaal gegangen, hatte die Füße aufs Fensterbrett gelegt. Draußen, direkt vor diesem Fenster stieg der Kieshaufen sieben Meter hoch an. Stellte man den Stuhl ans Fenster und lehnte sich zurück, so sah man nichts als den aufsteigenden Kies. Kaum, daß Gräser inzwischen Wurzeln geschlagen hatten. Niemand ging zwischen diesem Kies und dem Fensterglas. Die Schere im Kopf, bange am Arsch: Differenzieren bitte, auf Ausgewogenheit der Stellungnahme achten, aber grundsätzlich, nun ja, da mußt du zustimmen, da mußt du »ja« sagen. Also sag ich ja. Ja. Ja, aber das mag ich nicht. Also wenigstens was für die eigene Seele. Das geht so nackt nicht. Des Kaisers neue Kleider. Also am Schluß doch noch einen unnützen Satz:

Wir bitten Sie aber aufgrund der besonderen Gefährdung von Frau Gemberg und der hier dargestellten Situation, Ihre Entscheidung noch einmal zu überprüfen.

Mit freundlichen Grüßen

Hab ich nun den schwarzen Peter oder die? Und wenn sie abrutscht?

Die strittigen Punkte in der Versammlung nachher kannten wir: »Sind wir uns einig?« Höllerer hatte noch gar nicht angefangen, neben dem Rauchen das Husten zu vergessen. Lilo wiegte nachdenklich den aufgestützten Kopf auf festem, nacktem Arm: »Alle drei Tage kommen seit einem Monat die Projektleiter angewetzt, zählen meine Pläne, verweigern mir eine Radiermaschine, kritteln rum ... ich weiß nicht. Bin ich schlechter geworden?« – »Du meinst, Schikane?« Die Unterlippe schlüpfte mir zwischen die Zähne. Sie zuckte die Schultern: »Ham andere auch ähnliche Erfahrungen gemacht?« Mir schürfte mein linker Vorderzahn immer noch in der Lippe, ich zog sie auch nicht weg: »Keiner!«, sagte Siegfried seufzend. »Na, Hans, dann leg doch mal auf'n Tisch, was kommt heut nachmittag, mal mal'n bißchen Strategie.« Ich tat's mit den üblichen Gegenstimmen am Schluß! Angenommen.

Wir saßen oben auf dem niedrigen Podium: der Betriebsrat. Wenigstens blickten wir drüber. Oder einige von uns. Siegfried in der Mitte: Und der Schmus lief: Eröffnung, Begrüßung: Das Wort hat Herr Büchner, der es tatsächlich auch nahm und für 'ne Viertelstunde nicht mehr hergab: Trockenen Auges blickten wir alle in die Gegenwart, blinzelten schüchtern mit ihm in die Zukunft: O welch ein Wagnis! Aber: Ham 'mas erst gestern gemacht, mach mas heit a. Wir müssen an unseren Erfolg glauben! Hoffnungsvoll schauten die Hunderte zu, wie er sich setzte. Höllerer hüstelte wie zu sich selbst, und niemand wollte sich anfangs zur Aussprache melden. Nicht wie gehabt, fragte ich ihn nach einigen Details, die im Wirtschaftsausschuß schon behandelt worden waren. »War ja erst letzte Woche!« Zufrieden nickte Siegfried, beklommen erhellten sich die Zigarettenspitzen vor den Mündern: »Wo gibt's denn das? Die reden ja richtig übers Geld. Oh, das schmeckt dem Alten bestimmt nicht!« Es war sehr still, als Büchner den Saal verließ.

Ich hatte nur drei kleine Zettel mit Notizen vor mir auf dem Tisch. Die nahm ich nacheinander vor den Mund und blies drüber: Zu scharfen Wolken wirbelte der Pfeffer auf: Berichterstattung. Euer Arbeitsplatz ist durch die neuen Arbeitsverträge besser! Und: Wir haben vor zwei Monaten ... Die Kündigung ist zurückgenommen ... Es gibt nichts Langweiligeres als gestrige Erfolge: Sie sind gebongt, Junge, komm ja nicht wieder damit, na wird's wohl! Aber es blieb ruhig. Vorm Einschlag einer Granate zischt es immer etwa eine Oktave höher, wie bei

entfernterer Flugbahn. Ich hatte das Antwortschreiben der Geschäftsleitung auf unseren Brief vorgelesen: Und der Betriebsrat wird um die jährliche Gesamterhöhung aller Gehälter gemäß Bautarif vor die Einigungsstelle ziehen. Meduse, die freischwimmende Form der Quallen, nesselt tierisch ihre Arme in der hohen See – nur bei Angst gebärt sie ungeschlechtlich ihre Zellen und wuchert.
»Wir werden mit dem gleichen Mittel gegen den Betriebsurlaub ankämpfen. Hier sind wir mitbestimmungsberechtigt, da gibt es kein Vertun!« Der Hall wand sich in tausend bunten Fähnlein um die erschreckten Arme in der Höhe – betend suchten die gereckten Zeigefinger die Blitze von oben abzufangen: Auffangspitzen.
Die Angestellten sind von Natur aus weise Helden. Konsequent traten alle deshalb vorderhand für unsere Arbeit ein: Ja, zu mehr und sicherem Geld. »Und Urlaub will ich nehmen, wann es mir paßt.« Nach der Kunstpause fingen die Rechner zu zittern an und verdammten leise sprechend alle Zwietracht dieser Welt: »Wissen wir, wie das Büro wirklich dasteht? Haben wir nicht genug Streit schon überall in der Welt, von Süd bis Nord, vom Keller bis ins Chefgeschoß?«
Nein zur Einigungsstelle. Verständnis für Büchners Sorgen. Einer der Prämienberechtigten hatte eine Liste in der Hand, mit Unterschriften, die die Abwahl von Siegfried und mir unterstützten! »Herzeigen, Namen vorlesen!« An die zehn der besser bezahlten altgedienten Projektingenieure sprangen verstört auf, entwanden ihm das Blatt: »Nur nicht auffallen, sich nie zu was melden – alte Barras-Erfahrung!« Und schon gar nicht zur eigenen Gemeinheit stehen.
Die Versammlung geriet zum Tumult. Siegfried sah mich an, auch Lilo – die anderen sahen weg: »Was weiter?« – »Abstimmen! Abstimmen!« Die Leute stritten sich unten im Saal. Ich stand auf: »Der Betriebsrat als Ganzes ist autonom. Was hier läuft, läuft nicht, wir haben hier in der Bundesrepublik noch die Freiheit des Gewissens und kein imperatives Mandat. Wir gehen unseren Weg.« Kopfschütteln auf hoher Ebene links neben mir. »Das kannste nicht machen!« Höllerer drückte irritiert die Zigarette auf dem Tischtuch aus.
Na, wenn ihr unbedingt wollt – Abstimmung ohne Bindung für uns. Siegfried zählte. Lilo auch. Ich ließ es.
Es war ein Kampf der Zeichner gegen die Ingenieure, der neuen gegen die alteingesessenen Büchnerleute. Die unproduktiven Koofmichs besorgten's uns. Ganze acht Stimmen fehlten. Der Präservativ hätt nicht platzen dürfen, ungeliebte Men-

schenkinder alle: Was hatte da vorhin in der Sitzung der eine gesagt: »Ich hab auch meine Schelln gekriegt, das hat noch keinem geschadet.« Genau die Seelentrümmer lagen im Saal zur Besichtigung: »Überhaupt keine Angst hab i und Rückgrat auch nicht.« Die Kollegen, die für uns gestimmt hatten, blieben auf den Sitzen, ruhig meist. Im Saal sprangen die Gehirnamputierten bis zur Decke, ich gab noch 'ne markige Erklärung in die Schwabinger Dult. Und dann leise: Die Versammlung ist geschlossen.
Sie kamen im Schulterschluß zu Siegfried an den Platz: Höllerer und die anderen zwei Hosenscheißer: »Wir müssen uns an die Abstimmung halten!« Siegfried sah sie nachdenklich, beruhigend an! Lehnte sich zurück mit plötzlich sehr kurzem Hals.
Einen Scheißdreck werden wir tun, das geht uns überhaupt nichts an. Ich schrie meinen Ärger über die Tische. Sollten sie es doch alle hören, die noch im Saal waren.
Dann sah ich Max nach vorne kommen. Langsam, gewichtig. Ich packte die Akten zusammen, gab ihm die Hand: »Du, ich muß noch weg!« So oder so, ich wollte mir die Hucke einfach allein ansaufen heute. Aber sooooo!

Die weißgestrichenen Hartfaserplatten hatten eigentlich eine porige Struktur. Doch das Licht der hellen Leuchtstoffröhren egalisierte alle Unebenheiten. Diese stinkigen Billigplatten. Bis vor kurzem mußten wir jeden Morgen vollständig lüften und uns draußen zehn Minuten die Füße vertreten. Mit Formalin werden an sich Insekten konserviert – wir weinten nur. Jetzt, nach Monaten, war's raus, fast jedenfalls, ich roch's halt bloß noch. Marion kerzte im Maschinensesselchen. »Hast du Angst, daß du einen Gärtnerbuckel kriegst?« Ihr kurzes blondes Haar wuschelte über den grünen Blusenkragen; sie sah mich an, zog die Braue über dem rechten Auge hoch: »Mir reicht die Sehnenscheidenentzündung einmal im Jahre völlig. Und jedes Jahr vor Ostern die Massagen gegen die Schmerzen im Rücken: Du, da lachst du nur beim ersten Mal!« Sie sah wieder auf ihr Blatt. Blusengrün vor kunststoffoliv: Die kleine silbrige Kugel sprang, sich drehend, gegen das weiße Feld. Wie Schmutzspuren im Schnee reihten sich die Zeichen, zwei, drei, in der Sekunde: »Wieviel Anschläge schreibst du?« Ohne hochzusehen, rückte ihr Kopf ärgerlich nach hinten. »Mehr als zweihundert?« Ließ ich nicht nach. »Locker!« Sie blieb einsilbig.
Die Wärme des Ofens tat gut so früh. Meine Beine baumelten runter, das Abdeckgitter ertrug geduldig meinen Arsch. Ich

paßte auf, daß mein Sack nicht zu heiß bekam. Trotzdem zog es an der Schulter wegen des Fensters: »Scheißbaracke!« Ich legte die Jacke um, garrottierte mit den Händen nochmals die Kaffeetasse.
»Blondinen hab ich immer für ein bißchen dumm gehalten, aber wenn ich so überlege, bisher waren alle Sekretärinnen, die was taugten, blond bei uns!« Ihr fein gezogenes Stupsnäschen nieste nicht mal: »Hättest du dir nicht seit gestern abend 'n besseres Kompliment ausdenken können. Nächstes Mal schreibst dir dein Zeug selber, früh um halb sieben!« Erschrocken legte ich ihr die Hände auf die Schulter, küßte in ihr Geschneckeltes: »Du denkst doch nicht, ich hätte dich nur deshalb gestern eingeladen!« – »Doch, und gebumst!« Sagte sie unfreundlich. Ging ihr doch so früh der Wein noch nach?
Seufzend blies ich ihr den Raum mit meiner Unschuld voll. Marion riß die erste Seite aus der Maschine: »Da!« Freundlicher schon sagte sie es in meine prophylaktische Trauermine: »Warum hast du die Blätter nicht schon früher fertig gemacht. Wir könnten noch im Bett liegen!« Ich nickte, zog mich wieder auf den Ofen zurück, während sie einen neuen Bogen einzog. »Pielsticker hat mir erst gestern die letzten Daten für die Vorlagen zur heutigen Sitzung gebracht. Meinen Teil hatte ich schon lange so weit!« Ich versuchte, meinen Ärger drinzubehalten. Muß sie nicht noch sehen. War ja auch Scheiße. Ach, du Heiabettchen du. Ich lehnte mich an die Nacht vorm Fenster. Nicht mal den Schnee draußen sah ich. Kühl legte sich die Scheibe auf meinen gereckten Nacken, trotz der Haare kroch die Wärme auf und davon. Runde Autoaugen umflogen manchmal die Baracke mit nagelnden Dieselmotoren. Die Geräusche verloren sich im Schnee. Noch lag die Baustelle wie der gefesselte Gulliver draußen in der Nacht.
All die Fährten auf dem weißen Blatt mußte ich verfolgen: Himmel, das kann nicht sein? Mehrkosten DM 826 421,48 gesamt damit im Bereich der Fußbodenheizung? Ich zog meine Unterlagen her, nahm die Vorhaut des Filzers weg und stieg auf dem Durchschlag der Fehlerroute nach: Sechs plus, wenn das nur die einzige Verirrung bleiben würde.
Stahltypen zerdroschen unermüdlich feingeleimtes Papiergefüge, DIN A 3, zum Verkleinern als Übersicht, offen klar die Zahlendetails im DIN A 4, Oskars gleicher Marsch gab den Rhythmus wie beim Rudern. Schlag, Schlag, Schlag ...
»Weißt du eigentlich, daß über dich ein Dossier vorliegt?« Unverändert gruben sich die stählernen Hochreliefs rhythmisch ins Weichweiße. »Was?« Ich suchte links die Brille, um sie mir

ins Gesicht zu stülpen. »Die haben irgendeinen Bericht über dich! Beim Bauherrn, ich mein', beim Bund irgendwie. Monika hat mir's erzählt!« Klar grenzte sich der Blusenrand wieder vom Oliv der Maschine aus, und lug, und trug, und lug, ... »Beim Militär meinst du?« Der Blusenkragenrand zwängte sich zwei, drei Zentimeter nach oben und zurück: »Ich weiß nicht! Monika sagt, den hätten die Finanzbauer angefordert, schon lange, aber er reicht nicht, um damit was gegen dich zu machen!« Tapp, tapp, tapp, der Hahn geht über den Hof, tapp, tapp, er hat schwarze Scheiße am Fuß, tapp, tapp, Schnee liegt auf dem Hof, tapp, tapp, ... »Kannst du nicht mal aufhören mit dem dämlichen Schreiben!« Sie schwang auf dem Fünffüßer herum: »Du willst doch, daß ich bis um neun zur Vorbesprechung fertig bin!« Sie sah unfroh mit rundem Mündchen auf mich. »Tut's dir leid, was gesagt zu haben?« Ich steckte die Daumen hinter meinem Rücken in das heiße Abdeckgitter: »Du, es ist wichtig für mich zu wissen, was läuft.«

Das war der blöde Spruch von Büchner. Vor so langer Zeit – kaum was betoniert gewesen war damals: »Sie sollten keine politische Diskussion mit ihm anfangen ...« So also war ich aus dem Planungs-Jour-Fix gefallen, und Pielsticker kam selbst alle zwei Wochen zum Termin: Die Schnauzerenden wuchsen gebogen in die Mundwinkel, schmal nur öffnete sich die blau gestrichene Tür: »Ich will einfach den Kontakt zur Baustelle nicht verlieren! Und ... Und ... zu zweit müssen wir doch wirklich nicht rein.« Golden schwebt das Laub im Oktober von den Rebstöcken. Es war an einem letzten warmen Herbsttag gewesen, als er das so gesagt hatte. Wir waren beim Mittagessen im Biergarten gesessen, die Sonne schien noch mal warm durch die schon lichten Bäume.

»Wer ist Monika?«

Verwundert sah sie mich an: »Die Sekretärin von Büchner. Ich kenn sie von der Schule!«

Ich nickte mich erinnernd: »Aha!«

Eisgraue Büsche hatten sich über seinen Augen gebogen, waren dick verwachsen geruckt: »Mit so was fahren Sie?!« Hatte es nicht verwunden, daß einer ohne Schlips seine Sekretärin des Abends ins Auto bugsiert. Hätt's wohl selbst sein wollen. Der hatte ja auch später gesehen, daß ich sie abholte. Ob er es angefordert hat? Seine feindurchädderten Nasenflügel schlugen immer mal ihr Pfauenrad, wenn er mich sah. Alter Depp.

Unsicher sahen mich die Planer an, noch bevor die schwere Tür des Sitzungszimmers zugefallen war. Sie richteten sich auf, wollten hinter mir nachsehen, spähten nach dem, der nicht kam. Wie dicke Teppiche lagen Bündel von Originalplänen auf dem langen Tisch: »Machen Sie heute das Koordinierungsprotokoll?« hatte Helm gefragt, nach 'ner Weile. Büchner hatte ich schon Wochen nicht mehr gesehen. Gut, auf Weihnachten, mit dem ganzen Büro. Das halbe Lokal hatte uns gehört. Große Feier. Wollt sich wohl nicht mehr sehen lassen hier mit mir! Aber auf der Baustelle war's wie immer. Da hab ich eben nichts gemerkt. Lief alles normal mit den Bauleitern der Firmen, in der Koordination jeden Mittwoch. Team sollen wir sein: »Sie sind der Erste Mann im Team. Wo soll einer Erster sein, wenn's kein Team gibt? Die Zentrale entscheidet doch alles, und das Team nimmt zur Kenntnis. Also richtet sich jeder nach den höheren Anweisungen. Was immer das ist. Und wenn's noch so blödsinnig für die Baustelle ist oder dem Team schadet, ach so, verflucht, das gibt's ja gar nicht.

Auf der Glasplatte standen vier große Schnapsgläser. Bräunliche Pfützchen verstarben auf den Böden. Dickes, schweres Glas: Faustkeile bei Wirtshausschlägereien: Der Geübte nimmt den schweren Boden und schlägt mit kurzem Ruck die Ränder an der Tischkante funkelnd scharf – die Amis hatten's immer mit Bierflaschen gekonnt. »Aha, sie mögen immer noch Whisky!« Das Aroma lagerte noch in der Luft – ich gab ihm die Hand: »Bin nur kurz rein, weil ich gerade im Büro bin – gibt's was Neues! Ich hab mir die Kostenaufstellung angesehen, haben sie fein gemacht.« Er nahm das zwanzigseitige Bündel vom Glastisch hoch, trug es auf seinen Schreibtisch zurück: Pfützchen auch auf dem Deckblatt. »Wir haben gerade darauf getrunken, daß auch die Kosten so schön passen!« Es hört überhaupt nicht mehr auf zu passen! Ich grinste.

»Wir müssen vor dem Bauherrn den personellen Unterschied: Bauleitung – Oberleitung – klar darstellen: Deshalb fehlt bei den endgültigen Exemplaren der Verfasser und Ihre Unterschrift – aber auf das kommt's ja auch nicht an, oder?« – »Ach, Eitelkeiten bedeuten mir nichts.« – Unterlippe vorgeschoben, lässig mit der Hand wedeln. – Er begleitete mich hinaus. Die Zähne saßen fest verkeilt, die Augen zwickten sich klein. Ich holte die Fausthand zurück, die vorhin noch so locker über die Eitelkeit hinweggewinkt hatte.

Und alle haben sie wahrscheinlich die Sauerei gewußt. Alle. Nur ich nicht. Zum Schießen. Wie eiskalt ist dein Händchen? Wenn ich kalte Füße hätte, müßte ich jetzt zum Pissen: »Marion – wie lange liegt das Papier bereits vor?« Noch ein-, zwei-, dreimal machte es klack aus der Maschine ... klack ... dann sah sie mich an: »Seit Ende Oktober oder so. Aber es steht ja nichts

drin. Sagt Monika. Nicht genug, hat sie gesagt. Aber dich will der Bauherr irgendwie nicht. Jetzt warten sie alle.« – »Auf was?« Sie zuckte die Schultern. »Auf irgendwas, was weiß ich?« Ihre zwei Hände nahmen neben ihren Knien auf der Stuhlkante Platz: »Und du hast von allem nichts gewußt? Bist doch sonst überall mit der Nase vorn!« Sie kicherte. Ganz rot und spitz fuhr ihre Zungenspitze raus und netzte über die Lippe.
»Na, komm, wir müssen fertig werden!« Das Papiergeraschel zwitscherte aufgeregt weiter: »Also doch zum Tisch fürs Korrigieren. Platsch verschwitzte die Hand das dünne Durchschlagpapier: »Jetzt laß doch bitte den Tisch endlich ruhig! Ist ja nicht zum Aushalten.«
Durch die weißgrahmten Vierecke flog der Strauß voll Baulärm ins Zimmer: Marions Maschine paßte sich an: Tack, tack, tack, tack, tack, raatsch, ein neues Magazin tack, tack, tack, ...
Es klirrte furchtbar, als ich die neue Kaffeekanne aufsetzte. – Mensch meine Hände. – Aufmunternd gurgelte die Maschine mich an: »Na, mach schon!« Ich war allein in der Küche und hielt das Sideboard, damit es nicht wegflog.
Der weißgestrichene Rahmen flog auf mich zu, die Scheibe machte einen Knacks, sprang aber nur. Kühl lief ein Film Kondenswasser vor meiner Stirn zusammen. Auf der Seite gab's meine Baustelle nicht. Grauweiße Wellen waren im schmalen Lichtschein des Küchenfensters erstarrt: Kleine Schneeverfrachtungen, baudreckgepudert ...: da hilft kein Pudern und kein Schminken, die ... Maschine röchelte: Kaffee fertig. Wieder besah mich das preußenblaue Küchentuch, weiß berahmt, kein Lichtlein, kein Sternlein noch, unschuldig rein. Bis der Tag die Baupiste enthüllt, samten hat sich die braune Brühe über die Ränder geworfen, schwarze Spritzer mittendrin: die Leiche im Schrank.
Marions Blick tunkte Dank ins Herzchen: »Kaffee! Fein.« Ich besah mir die acht Seiten, die sie schon fertig hatte: »Wir sind doch alle Arschlöcher! Kennst du den, der jetzt noch im Bett liegt und trotzdem irgendwann diese Kostenrechnung und diese Terminübersicht in der Sitzung verteilen wird?« Sie nickte fröhlich: »Aber der schläft jetzt auch nicht mehr!« Ich lächelte: »Aber bis jetzt, egal ...!« – »Aber wenigstens heißt's im Betrieb: Die Baustelle von Herrn Schabe! Vergiß das nicht!« Ich klemmte den Arm zwischen Tisch und Kopf ein: »Na und?«
Milch und Ruß spie die Nacht aus. Wir sahen wieder durchs dunkle Fenster. Zwischen den Fichten drüben versteckte sich das Nachtblau bis auf weiteres.

Mit Hut wäre die Figur berühmt geworden. – Wir haben's ja – schlug sich der braune Anzugstoff voluminös um die klapprige Figur. Gewohnheitsmäßig bückte sich der Lange unter dem blauen Türsturz weg. Purpurn muschelte seine Mundpartie – hatte wohl am Morgen alle Pickel ausgedrückt –: »Bist früh dran, achte grad vorbei. Magst 'n Kaffee?« Er schüttelte die wenigen empörten Haare, daumte in Richtung Küche. Ich nickte. Marion hatte nur kurz die Hand gehoben: »Guten Morgen, Wolf!«
»Willst du dir nach dem Urlaub die Baustelle ansehen? So früh, noch vor der Sitzung?« Er nickte, trank erst mal das Bier an: »Hab kaum geschlafen. Aber ich glaub, ich bleib doch hier!« Er hielt den braunen, kalten Glaszipfel zwischen den Beinen am Besucherstuhl fest. »Du hast dich entschieden!« Er nickte wieder, bevor er trank: »Hab doch gar keine Wahl!«
»Meinst du, du schaffst das hier. In der Gruppe. Mit dir sind wir fünf.« Er zuckte die Schultern: »Wird schon! Trinkst einen mit!«
Uns war allen danach. Vorsichtshalber holte ich die Gläser und goß sie voll.
»Eine eigene kleine Baustelle krieg ich nicht für mich allein. Wegen der paar Stunden, wo ich vielleicht mal nicht erreichbar bin, tun die rum. Und was meint der Herr Betriebsrat: Soll ich kündigen oder warten, bis sie mir kündigen?« Er sah mich an: »Also bleib ich mal hier!« Er langte zittrig nach der Flasche. Die entkorkte Flasche neigte sich noch mal der Waagrechten zu, aus dem vibrierenden Loch schwappte es noch mal in Richtung Glas. Er nahm die Linke dazu, preßte die Bodenkante auf den Kunststoff des Schreibtisches ... Schwa ... Schwaa ... Schwapp. »Dir auch?« fragte er. Ich schüttelte meinen Kopf. »In zwei, drei Jahren leckst du die Spritzer auf, wirst sehen, wenn du so weitermachst.« Er sah Marion kaum an, sie hatte gegen das eigene Tack, Tack, Tack, Tack gesprochen, oder war's doch schon ein Dong, Dong, Deng, Deng, Deng?
Stickluft wurde aus meinem angehaltenen Atem. Wie ein Schweinsrollbraten saß ich in der Falle. Dann lachte er, kaum gekränkt. Zitternd brachte er das Glas hoch: »Schlucki die Wuz. Donk.« Das Glas landete im Regal – leer. Ich blies die Luft raus: »Sag mal, und du denkst, du kannst es nun doch mit so vielen Leuten?« – »Ich probiere es!« Er kippte den Stuhl gefährlich auf die hinteren zwei Rollen. »Technisch kann ich 'ne Menge! Und auch anders. Du weißt es!« Ich nickte: »Ja, ja. Bist du eigentlich bereits geschieden?«
»Ja«, schrie er auf: »Die Alte ist ab!« Er lachte laut. »Und der

Teufel soll mich holen, wenn ich mir je wieder so ein Luder zulege.« Er greinte hörbar.
»Was war das letzte Woche für'n Unfall? Man hört ja allerhand?« entschlüpfte es ihm: »Was hört man denn schon. Soviel kann das nicht sein. Ein Spezialgehänge ist gerissen. Damit sollte eine gepanzerte Baueinheit vom Bund eingefahren werden. Hatten ausnahmsweise mal alles selbst organisiert, bis auf den Hunderter-Mobilkran, den hatten wir ja für die Träger der Halle bereits auf der Baustelle. Das Gehänge wurde mit der Baueinheit mitgeliefert. Geht uns nichts an. Materialfehler vom Werk. So kam die ganze Scheiße runter. War früher ohne zu klagen im Einsatz das Biest. Ist in einen Gerüstturm rein, schlug alles kurz und kl... das reimt sich, aber so war's. Zwei Tote, einfach erschlagen vom Material, vier liegen in Großhadern. Hätte noch viel schlimmer kommen können.« Wolf sah auf: »Viel schlimmer? Zwei tot?« Ich nickte: »Im Turm haben oft zehn und mehr gearbeitet. Die Kripo war da. Klar. Auch die Berufsgenossenschaft und die Gewerbeaufsicht. Da kann auch der verantwortliche Bauleiter nichts dagegen tun. Material!« »Wieviel ist denn da runtergekommen? Ne Tonne?« – »Viel mehr! Ganz sicher! Kannst dir den Wust noch draußen ansehen!« – »Na, dann geh ich mal!« Inzwischen konnte er seine Hände in den Hosentaschen lassen: »Nein wirklich, sieht nicht wie Wichsen aus!«
Zwischendurch waren alle gekommen. Es war knapp vor neun. Um halb elf sollte die Bauleiterbesprechung »unseres Hauses« sein. Am Nachmittag um zwei Uhr fing die Bausitzung an – Jour Fix mit allem Lametta. Nachdem Wolf draußen war, nahm ich mir doch noch einen: »War ja wirklich egal.«
Ein Kuß von Marion – garniert mit der Sirene zur Brotzeit. Ich legte ihr die Hand auf die Schulter. »Danke.« Ich hatte keine Lust zu arbeiten.
Auf dem Gasofen sitzend, markierte ich Arbeit. Las in den schon längst durchgelesenen Seiten. Raschelte damit. Wieder zog die Wärme in mir hoch. Trotz des Tages mußten die großen Strahler draußen noch brennen. Blau klumpten niedrige Wolken: Das ist doch kein Schnee! Vorsichtig längte sich die Nacht wieder aus den Fichten. Marion legte plötzlich ihre Hand auf mein Knie, stand neben mir: »Schößlein drängt zum Feuer. Allein, zum Golde drängt doch alles, nur der Schoß, der drängt zu dir!« – »Das hab ich schon mal besser gehört!« – »Wird's Nacht?« Die Wolken wuchsen aus den hohen Fichten rüber! »Das gibt'n Gewitter«. – »Jetzt mitten im Winter?« Sie zuckte die Schultern. »Schau doch selbst!« Ihre Haut war mir

lieber. Sie drehte und wand sich: »Spinnst du, hier am Fenster!«
Wäre nicht Siegfried ins Zimmer gekommen, ganz sicher hätt ich ihre Bluse aufgekriegt. Er sah aus wie sonst und sagte doch: »Du, ich muß mit dir reden!«
»Tu's doch, tu's doch!« Was grünt so grün, wenn Marion erblüht.
»Geht's nicht hier?« Siegfried legte ein, zwei, dann drei Dackelfalten auf. »Eigentlich ist's egal. Um halb elf leg ich es sowieso offen. Aber dir als Kollegen, vom Betriebsrat, wollte ich es vorher sagen. Ich habe mich mit meiner Frau besprochen. Ich habe gekündigt, weißte, ich geh nach Hamburg, in ein Büro von einem früheren Professor von mir, vielleicht kann ich dort promovieren, hier ...« Unentschieden steckte seine Hand einen kleinen Claim ab: » ... lern ich nichts mehr!« – »Doch, versteh ich!« Ich tat zustimmend. »Jetzt mußt du wirklich am Bau arbeiten, kannst nicht nur Pläne bunt anmalen, sondern trampelst in Gummistiefeln auf der Baustelle rum. Versteh ich wirklich, du. Und was sagt Pielsticker dazu?«
»Erwin? Der hat auch Verständnis dafür. Wir sind auch einig, wie ich eher rauskann. Erwin ist sehr anständig.« Er setzte sich auf den Stuhl, den Wolf vorgewärmt hatte. Kaum hatte sein Arschloch Bodenberührung, entfielen die Dackelfalten, freundlich griff er nach der grünen Flasche in ihrer Lache. Wir tranken. Ich noch den Rest Bier drauf. Es war doch wirklich wurscht. »Egal! sagst du immer, Siegfried – egal und sowieso!«
Draußen war die Nacht implodiert. Stockfinster trieben sich die Wolkenbrüder um die Baracke. Einzelne silberne Flöckchen verführten Toren, sich hinauszuwagen. Noch drückten sich große Pausen zwischen Blitz und Donner. Sprachlos scharten wir uns ums Bullauge vor diesem wolkigen Chaos. Dann trampelten die schweren Männer wieder geduckt von der Baustelle, Nahmen die Nachzügler, die die Brotzeit überzogen hatten und in Eile nun an die Arbeit wollten, wieder mit zurück in die Baracken. Korn an Korn rieb sich das Eis, fliehend der Erde zurauschend. Goldene Stromfinger zuckten in die Gerüste, rüttelten an den Mauern, rissen Spalten ins Großmuttertuch: Der heilige Caterpillar selber warf sich über unsere Baracke, knackte, schob, Siegfried war an die Tür zurück. Schmatzend tauchten Billiarden weißer Schüsse in ihre Schneelöcher. Himmlischer Schrot, laß uns den Asbestzement ... Das Büro blieb trocken.
Noch immer saß ich angelehnt auf dem Ofenrost. Stemmte

mich gegen den Boden, die Nässe der Scheibe sprang beim Donner von der Seite auf meine Baracke. Schmutziggrau rockte prasselnd das Blau! – Das Seebeben in der Kloake – U-Boot ahoi – La Paloma auf Feindfahrt – Krakatau – Junge, komm bald ...
Zero: Die blaue Blume Supermans fährt mir aus dem Raketenarsch – Millimeter, Zentimeter – erhebt sich doch das Ungetüm – beschleunigt im Quadrat: Das Stahlgitter bleibt tief unter dir – ich seh den Feuerstuhl gegen den Himmel rasen: Der Helm killt ins Genick – das Hirn klickt aus. Die Angst schlägt neben mir in die Holzdecke, hart gedeckter Merkur: Ich schrei wie am Spieß. Und wieder spinnt der Fallschirm, immer an der Leichenstelle, du Aas, die Leine! Der kleine, reiß, drück, ich seh schon jeden Halm der Wiese, ich will noch nicht abnippeln, Kuh, mach Platz, ich platz ganz sicher. – Ikonices als Jüngling verkleidet, streicht unter mir durch – he, du. Und hopp ein Pferd im All, und fest verdübelt reißt er mich aus dem Sturzflug in die Waagrechte rein: Die Tragflächen peitschen die Meteoritenschwärme – reißen an den Federrändern ein, die kleinen Hornissen reiben mir die Haut auf, alle Glasscherben jener Welt stürzen auf Orion – Ikerices, Ikorius. Er dreht sein rostiges Gesicht zu mir nach hinten, lächelt und hat plötzlich einen silbernen Palmenzweig in der Hand, fächelt sich sonnigen Goldstaub ins Gesicht: Carneval – die Girlandenstäbe mit den Penisköpfen eilen von den Hauseingängen weg, den Gondeln nach, treten in die blanken grinsenden Löcher – die feiernden Gäste schütten den Champagner nach, es schäumt vulkanisch auf: Dicke Bretter vom Gerüst schwimmen auf der überfluteten Piazza San Marco. Mit jeder Welle schlagen ihre Enden die Steinstufen des Campanile: Dong, dong, dong, ... Warm wird das Wasser, unterirdisch glüht die Heizung darin, weich schlagen die Wellchen permanent zum Rhythmus: Dong, dong, dong ... Leise wallt das Wasser, sacht, der Goldjunge taucht wieder auf, die Flügel sind im Wasser zusammengefilzt wie nasse Pariser aus Kautschuk rosè, er tropft und hat plötzlich das Gesicht meines Bruders: Da nimm. Ich nehm die Drahtenden in die Hände, und er dreht den Kopf auf dem Trafo an der Heizung. Vibra-Sex für jede Frau. Die Rumbakugeln verlöschen in den Händen. Auf dem Faß vor Verkäufersbauch drehen sich die kleinen Pelztiere um und um und patschen ununterbrochen in die Hände. Die Trommel schlägt. Der Bär, er dreht und dreht, kennt er doch die heiße Platte über dem Feuer, den Heizer, der an seiner Nasenleine zieht. Feuer. Gebratene Bärentatzen, Old Shatterhand, nach vier Wochen wieder rausgegraben, welch

köstlich ... der Geruch. Hi. Hi. Hi. Sam ... Ohne einen Laut beginnt der Kampf gegen den anderen nächtlichen Späher am Feuer der Sioux, sein Bowiemesser war ihm entglitten, aber noch hält er mich eisern fest an Händen und Füßen.
Und dann sticht das erste Geräusch ins Hirn. Eine Tür fällt zu. Geräusche. Fahl weitet sich die Tinte, du mußt nicht mehr so am Ventil ziehen, die Luft kommt langsam wieder, du weißt, wo oben ist, langsam die Flossen anschlagen, noch zwei Meter hoch zum ersten Dekompressionsaufenthalt im Hellen: Scheinwerfer aus.
Deutlich hör ich Worte. Ich sitz in meiner Gehirnflüssigkeit und höre Worte – da: Die reden über mich. Aber was? ... Kann's packen ... dauert ... eiken sie al da ... oben ...
Es zieht mich lang, die Blase um mich dehnt sich. Draußen ist auch Welt. Entlang meines Rückgrates tobt der Schaltknüppel eines alten Porsche. Meine Eierschale vibriert zum Zerspringen, stoßweise drücken die Dampfventile die Luft plötzlich in die Lungen. Auf einmal merk ich die Schwungräder und Stößel – abgestreckt rumpeln Beine und Hände weit draußen. Es reißt und zerrt wie im Gestänge der Lokomotive, des Rüttlers, der ich bin. Ich spür das Stoßen und Strampeln und ungleich wuchtiges Rotieren.
Der Vorhang geht auf, ich seh die flauschige Struktur des weißen Tuches vor meinen Augen. Weiß plötzlich, daß ich auf dem Bauch auf einem Bett liege. Bin mir klar, daß meine Extremitäten fremdem Willen gehorchen, merk auch, daß Herz, Lunge, Bauch, die Muskeln am Hals alle tun, was ihnen gefällt, gehorchen fremden Herrn. Ganz cool schau ich mir selbst zu. Eine rechte Hand bewichst einen unsichtbaren Riesen ekstatisch: Mir sollte es auch mal jemand mit dreihundert Anschlägen machen. Es schleudert den Körper, in dem ich sitz und guck.
Nach einer halben Stunde bringe ich die Hacken zusammen, die Hände fest verschränkt lieg ich auf der Seite, in großen, schnellen Zuckungen zitternd. Ganz ruhig bleiben, lieber kleiner Rachitikus. Die Cigarette arbeitet kräftig unter wechselnder Stromstärke direkt im Kreuz. Auf den Rücken legen kann ich mich nicht. Der Arsch tut weh.
Daraufhin untersuchen mich der Arzt und die Schwester noch mal: An der Hose nischt und drunter das eingebrannte Gittermuster vom Gasofen: »Schwester – Salbe und 'ne Windel.«
Hat doch glatt der Blitz eingeschlagen. Flog irgendwie mit der Gasleitung von draußen bis zum Po: »Bist'n kleiner Arschkriecher, duuu!«
Gehn lassen wollten sie mich nicht: Zur Sicherheit beobachten.

So lag ich auf der Seite, scherzte zittrig mit der netten Schwester. Gemeinheit. So nette Schwestern für die Bundeswehr, die grabschen doch jeden, sollten sie doch die ... die ... Na ja. Ich will niemanden beleidigen. Meine Hände hielt ich in den Achselhöhlen fest. War auch gut so. Hätten nur was Fickriges angestellt. Mein Kreislauf jagte auch noch an den falschen Stellen rum: Das hält der Reißverschluß nicht lange – ein Baum wie nie. Glaub ich jedenfalls. Wer weiß?
Es war gut Mittag, als ich langsam wieder zu Bewußtsein gekommen war. Mindestens bis abends sollte ich bleiben. Hunger: Sonst noch was?
Gegen drei trank ich ein Bier und einen Schnaps. Weiß nicht, mir schien, von diesem Zeitpunkt an ließ das Interesse von Schwester Herta an mir fühlbar nach. Na, vielleicht täusch' ich mich auch. Gegen fünf war's mir zu langweilig, ich wollte weg.
Nett vom General, mich besuchen zu kommen. Hatte den Medizinmann dabei, auch den Adlatus vom Oberregierungsbaumeister. Er berührte mich am Arm, noch erlte das Laub ganz wespig in mir. – Bringt Glück, wie beim Buckel von Gnomen. Braucht jeder Krieger. Aber ein General? Ist der wirklich ein General?
Dann schickte er die Schwester raus. Er legte die Fingerkuppen der gespreizten Hände aufeinander und sagte: »Tock!« Damit war die Distanz eingeschossen, es schwirrte von ferne: »Sie müssen wissen, uns gefällt Ihre Arbeit, aber mit Ihnen haben wir irgendwie Schwierigkeiten. Schwer auszudrücken. Nicht, daß wir konkret was gegen Sie hätten ... « Er lächelte: »Wenn ich es mal ganz salopp ausdrücken darf, ein freundliches Schwarz auf der Seele, gut, es muß nicht gleich eine Kohlenstaublunge sein! Es möchte schon sein ... ! Aber« ... Sein Gesicht schmeckte paarmal an verdorbenen Fisch ... »ein richtiger Roter!« – »Wir ... sind da ganz ehrlich! Wir von der Truppe jedenfalls!«
Jetzt wurde aber sein Amtmann recht rotbackig.
»Ja, und nun der Unfall der letzten Woche! Das hat Aktenstaub aufgewirbelt. Berichte mußten geschrieben werden. Schuld ... ja, ja. Sie nicht, der verantwortliche Bauleiter auch nicht. Materialfehler, ja, aber, das sehen Sie so, aber die Öffentlichkeit? Kurz und gut, ein Sündenbock ist das Gebot der Stunde. Oft genug hat die Beamtenschaft, der treue Staatsdiener sich in diese Rolle aus Loyalität pressen lassen!« Die Andacht für die Heerscharen gefallener Oberstleutnante, Amtmänner und Inspektoren schnürte das Antlitz der beiden Besucher zu.
»Und jetzt haben Sie einen solchen bedauerlichen Unfall ge-

habt, Herr Schabe. Sie brauchen einen Erholungsurlaub. Sie sind nervlich gar nicht in der Lage, den Streß als Führungsmann einer solchen Baustelle auszuhalten. Sie haben jetzt Erholung verdient. Sehen Sie, wie vorzüglich bis jetzt alles gelaufen ist. Die Armee hätte es nicht besser organisieren können. Das heißt was, wenn ich so was sage.«
»Was kann ich Ihnen schon tun hier. An meinem Platz, verraten, was an wen? Das ist doch zum Lachen! Was denken Sie denn von mir!« Ich mußte zu sprechen aufhören. Ich brachte es nicht. Zitterte noch mehr. Das Adrenalin der Wut blockte die Luft.
Milde strahlten die vielen kleinen Streifchen und Blinkerchen der Uniform. »Nein. Nein. Wir wollen nicht an Ihre Ehre. Gewiß nicht. Junge, wir haben mit Herrn Büchner gesprochen. Es wird sich auszahlen. Für Sie und das Büro. Junge: Sie fallen nach oben. Was denken Sie? Wir lassen doch niemanden fallen. Nur den längeren Urlaub ..., das müssen Sie tun. Bei Bezügen natürlich. Lassen Sie es sich noch mal durch den Kopf gehen! Und noch was: Kommen Sie nicht mehr hierher. Wir wollen das dann nur noch im Büro bei Herrn Büchner regeln. Ihre Sachen können Sie doch holen lassen.
... Sie haben's gut getroffen ... Junge, ich meine, Herr Schabe. Wirklich.«

Plüschetage

Die Schweißtropfen schlugen innen an die Scheiben der Sonnenbrille. Wild zackten davor die Bergsilhouetten aus, verzitterten ins Blau des strahlenden Tages. Mit zurückgeworfenem Kopf sah ich die beiden den letzten Hang herunterschwingen, der Liftschlange zu.
Den Schianzug öffnen; Handschuhe runter; den Schweiß aus den Brauen streichen: Es brannte in den Augen.
In geschwungener Linie drängten sich die Menschen zum Engpaß vor der Einsteigstelle. Jeder hat seine eigene Art zu drängeln. Auch die Liftschlange gehorcht dem physikalischen Gesetz von Flüssigkeiten in der Kurve: Die äußeren Teilchen müssen schneller sein. Also hatte ich mich ganz rechts aufgestellt und stapfte in der schnellen Spur mit. Dieter und Pielsticker sprangen rasch in die abgeblockte Spur.
»Das ist ein Tagerl!« Auch sie dampften, zogen deshalb rasch die Mützen hoch: »Puh, bloß auf mit dem warmen Zeug.« Hier an der unteren Station des Lifts stand die warme Luft zwischen den schneebedeckten Bergflanken. Das gab's eben erst jetzt, ab Mitte Februar.
»Dabei ist das ein Nordhang!«
Die beiden lächelten nachsichtig, als ich das leicht zerknautschte Päckchen aus der Anoraktasche zog: »Die vielen Leute haben auch ihr Gutes. Zeit für eine Liftspreizen!«
Ich zog vorsichtig an der Roth-Händle, tut sonst weh nach der Abfahrt, ich schnauf da ganz heftig. Lachend: »Die Summe aller Laster ist Null!«
Auf den letzten paar Metern wird's immer interessant: Auf dem Bügel des Schleppliftes haben zwei Platz. Dieter sah zu den zwei Frauen vor ihm – gehören die zusammen? Ich zählte mal durch, von vorne waren es noch elf – fünf Paare und... und schon stellte sich vorne einer so in die Spur, daß keiner mehr auf seinen Bügel konnte. Der Liftboy schrie ihm nach: »Kannst oder magst net mit Menschen reden!« Einige der Wartenden schimpften. Andere sahen geradeaus. Versonnen träumte Dieter den Berg rauf: »Vielleicht haut's 'n raus!« Ich nahm die Stöcke schon in die Linke, zog mich an der Absperrung vor zu Dieter, soll doch Pielsticker sich mit der Familie hinter uns arrangieren. Da rutschte eines der Mädchen im letzten Moment vom Bügel, stand unsicher neben der Spur, ihre Freundin streckte verdutzt die Hand nach ihr aus, fuhr aber schon bergwärts. Das Mädchen sah ihr verblüfft nach, hob die Hand. Ich nutzte meinen

Schwung, stapfte ganz schnelle an ihre Seite, drängte sie in die andere Spur, der Boy schob uns das Holz untern Arsch; vorsichtshalber griff ich sie um die Taille. Erschrocken ruckte sie auch beim Anfahren ganz steif: »Sie werden doch nicht davon wollen!« Ich lächelte in ihr unsicheres Gesicht, dann fuhren wir in der Schneise zwischen den Bäumen bergauf. Erst nach zehn, fünfzehn Metern ließ ich sie langsam aus. Sie war viel jünger als ich gedacht hatte, vielleicht neunzehn oder zwanzig. Ihr Haar hatte sie aufgesteckt und in der großen Mütze verstaut. So genau weiß man ja nie, was in den Schiklamotten steckt, aber sicher war sie kräftig, ohne fett zu sein, schon eher fest: »Sind Sie von hier?« fing ich das Gespräch unverblümt neugierig an.
»Einen schönen Tag noch!« Sie rutschte vom Bügel und eilte auf ihre wartende Freundin zu. Sie winkte noch mal zurück, während ich versuchte, den ziehenden Bügel möglichst elegant loszuwerden. Gleich danach waren die beiden oben angelangt.
»Einkehrschwung?« fragte ich durstig.
»Gute Idee!« Pielsticker nickte.
Dieter zögerte: »Jetzt schon!«
»Wir fahren doch schon fast drei Stunden!« bestimmte ich und zog die Spur zum Babylift, der uns rauf ins Terrassenrestaurant beförderte. Tablettgeschiebe auf Nirostablech vor der Kasse. Vorsicht mit den glatten Stiefelsohlen auf der Nässe! Die Essenszeit war vorbei. Also gab's Platz an einem freien Tisch direkt an der Scheibe. Draußen auf der Terrasse saßen nur wenige. Hier oben am Bergkamm zog es doch. Dieter hatte sich eine Suppe mitgenommen. Pielsticker ein Weißbier. Obligatorisch vor mir: ein Bier, ein großer Obstler.
»Jetzt stinkert der uns schon wieder ein!«
Ausgeruhter zog ich den Rauch tief ein: »Haben Sie den Wegweiser nach Triest gesehen?«
»Wo?« Dieter ließ den Löffel mit dem Wurststuck wieder in die Suppe nieder. »Am Ausgang der Gondel. Einer der Europa-Wanderwege führt vom Bodensee übern Venet hier nach Triest. Nur ein Schiß für'n Deutschen. Fünf- oder sechshundert Kilometer noch. Steht drauf!« Hatte ich drangehängt.
»Wo geht der weiter?« fragte Pielsticker interessiert. Ich zeigte mit der Hand hinaus: »Da über den Kamm, Venetberg, immer am Grat entlang, etwa am Abstieg nach Imsterberg, geht's dann rechts ins Pitztal, und immer weiter dann. Quer rein! Ist im Sommer sehr schön. Ich geh manchmal von hier nach Arzl. Das geht übern Kamm ins Pitztal, geradeaus. Ein ungeheuerlicher Schlauch, aber wirklich schön. Übern Grat, durch den

Fels, links Erika, rechts Alpenröschen, Blaubeeren dazwischen!« Dieter rechnete: »Sechshundert, dreißig am Tag, in zwanzig Tagen in Triest! Das geht eigentlich. Drei Wochen Urlaub.«
»Genau nach Plan! Tagesetappen werden in die Karte eingetragen, Regentage gibt's nicht, und bei Konditionssteigerungen werden die Tagesziele weiter auseinander gewählt. Alles mit Leistungskontrolle. Blutdruckmessung!« ergänzte ich ernst.
Pielsticker trank vom Bier.
Der Nichtplanet verglitzerte die getönte Scheibe vorm Tisch. Oben im verschatteten Bereich sah man den schmierigen Film aus Fett und Tabakrauch. Im Geglitzer verliefen sich die weißen Ränder der getrockneten Rinnsale von außen abgelaufenen Tropfen. Langsam zog die Kondensspur eines Flugzeuges von der linken Ecke der Scheibe ins milchige Gefunkel.
»Haben Sie sich die Sache mit der Laimer Baugesellschaft überlegt?«
Ich nickte zu Pielsticker hin: »Überlegt schon! Aber mir ist nicht alles klar. Das alles hört sich freilich gut an, vernünftig auch. Aber wie die einzelnen Dinge zusammengehören? Das sind für mich noch einzelne Stücke, Bruchstücke, ja, aber noch kein fertiges Puzzle!« Mein Augenaufschlag und die Hände zeigen, was ich meinte: »Können Sie es mir nicht zusammenstekken?« bat ich.
Pielsticker hielt sein Glas mit beiden Händen. Obwohl ringsum das Lokal sich geleert hatte, sprach er leise: »Die Laimer gehört seit vielen Jahren zur Neuen Versicherung. Sie wurde vor über zehn Jahren wegen irgendeiner Baumaßnahme gegründet, und seitdem lebt sie nicht und stirbt sie nicht. Führt ein Schattendasein als Grundverwertungsgesellschaft der Neuen. Genaugenommen macht sie nur Verlust. Da sitzen fünf oder sechs Direktoren, Prokuristen und Sekretärinnen und bewachen das Papier. Die wollen alle bezahlt werden. Dabei hat die Versicherung ja nun wirklich wunderschöne Verbindungen. Wer, wenn nicht sie, weiß, wo gebaut werden soll oder wer bauen will. Und das hat sogar die Versicherung gespannt, daß die Verluste hausgemacht sind. Also suchen die jetzt frisches Blut, Know-how, um die Gesellschaft auf Trab zu bringen. Und wir, also das Büro, sollen dieses frische Blut sein. Kapital und Können. Die Versicherung hat zugesagt, daß wir die Gesellschaft so umbauen können, wie es notwendig ist. Neue Leute sollen die alten bis auf einen Direktor ablösen. Der Direktor wird Geschäftsführer, genau wie der von uns gestellte.
»Direktor ist eh nur ein interner Titel, oder?« warf ich ein. Piel-

sticker nickte. »So ist's. Und er soll eigentlich nur die alten Klamotten betreuen und die Verbindung zur Muttergesellschaft halten!«
Wir sahen uns an. Tranken schweigend.
»Sie hätten freie Hand. Das Büro bekommt in der Gesellschafterversammlung eine der zwei Stimmen, die andere die Bank.«
Ich nickte, trank noch mal und sah wieder auf die Scheibe. Das Flugzeug war verschwunden, nur der Kondensstreifen klebte zerbröckelnd auf der Scheibe. Das Geglitzer war etwas gezogen, dafür sah ich, wie ein Teil des rotgestrichenen Seilrades vom Babylift sich drehte. Endlos. Alle Dutzend Sekunden legte sich ein Bügel in die Kurve.
»Und wie hängt das mit Neustadt-Süd zusammen?« Wir sagten immer noch so, obwohl es längst einen offiziellen Namen dafür gab.
Er sah sich wieder um: »Ganz einfach. Die Bundeswehr und die Finanzbauverwaltung arbeiten nebeneinander. Die wiederum ist – wie alle anderen Bauverwaltungen auch – mit dem Freistaat sehr verquickt. Ja, nun, und die Versicherung ist manchmal wie eine feine kleine Privatbank mit allererster Kundschaft. Nun, sie bat auf diesem Weg, neben anderen Wegen, um Tips – wir suchen ein junges dynamisches Team! – Naja. Das ist wohl nicht ganz Stil des Hauses. Aber so kamen sie auf uns!«
»Auf Büchner!« Den Kopf geschüttelt. »Und kein Freimaurer, keine Partei, kein Club hat damit etwas zu tun?«
Er zuckte die Schultern: »Ich weiß es wirklich nicht!«
»Und was hat das nun mit mir und Neustadt-Süd und dem Unfall zu tun?«
Jetzt grinste Dieter: »Du bist doch sonst nicht so langsam!« Ich schürzte die Lippen und sah Pielsticker an.
Der rieb sich das Kinn: »Dem Bund ist es einfach unangenehm, in der Sache geradestehen zu müssen. Jetzt. Wo alles noch ganz heiß ist und das Unglück mit eigenem Material passierte. Er sucht eine Möglichkeit, vorläufig aus den Medien zu kommen. Später sieht dann alles anders aus. Und Sie könnten dabei mithelfen.«
Dieter drängte: »Aber das weiß er ja.« Er wandte sich an mich: »Du spielst doch schon seit ein paar Wochen mit. Also noch mal: Der Bund kann jetzt noch nicht für den Unfall geradestehen.« Er grinste wieder: »Männer mit Mut zum Sterben! ... Die haben doch schon beim ersten Zeitungsbericht in die Hose geschissen. Du weißt doch: Erstens soll der Bund nicht

ins Gerede, und zweitens taucht doch jeder General zuerst mal ab, damit die Verantwortung an ihm vorübergeht!«
Ungelenk, mit eingeknickten Beinen rumpelten wir über die rutschigen Kunststofffliesen dem Ausgang zu. Vorher noch mal zum Pipi. Verdammte Montur, ich kann's doch nicht zum Fuß warm runter lassen! Aus abgestützter Schräglage über dem Pißbecken quälte sich Dieter: Der Schuh läuft sonst halt voll.
Überm Grat schwang sich die Luft zu einem kühlenden Wind auf. Der grelle Tag versuchte, die Augen hinter der Sonnenbrille herauszukratzen. Pielsticker keuchte, als er sich bücken mußte, um den Fangriemen um den Schuh zu legen. Von oben herab, auf die Stöcke gestützt: »Schibremse ist schon erfunden!« Der Blutstau verlor sich wieder aus seinem Gesicht, als er stand: »Es kann Ihnen gar nichts passieren. Sie dürfen ja alles sagen – aber eben erst zum Prozeß. Und das dauert und dauert. Schließlich sind Gericht und Staatsanwalt auch nur Behörden. Sie werden sehen, der beginnt nicht vor Ende des Jahres. Wahrscheinlich nicht mehr in diesem Jahr. Und bis dahin: Keine Aussage. Und dann ist Gras über die Sache gewachsen, und Sie können dem Ganzen den richtigen Verlauf geben!«
»Fahrlässige Körperverletzung mit Todesfolge ist kein Pappenstiel!« Die Sonne strahlte bis in den Anzug rein, der Schweiß biß unterm Stirnband im Haar. Endlich war auch Pielsticker fertig. Er schob sich an in Richtung Abfahrt: »Sie denken zu kompliziert, um fünfzehn Ecken. Nehmen Sie Herrn Nehring. Er hat keinerlei Bedenken. Schweigt wie Sie. Sie haben doch immer mit Politik zu tun gehabt: Der lange Atem – heißt es dort nicht so?«
Zwei Schwünge runter, um den Babylift rum, dann die Schleppliftspur kreuzen. Einen Bogen und rein, runter in die Schußspur, ducken, klein machen ... Es war Neuschnee von der Nacht vorher noch, fast Pulver. So leicht rauschten die Schi drüber, griffen, alles unter Kontrolle; unten in der Mulde drückte mich das eigene Körpergewicht in die Knie und hoch. – Ah, Dieter war oben rum und schon vor mir: Nach, den krieg ich noch!
Und ein Tanz ist das doch. Irgendeiner hatte gesagt: »Die Bauleiter hätten das Gehänge prüfen müssen!« Und der Nehringer sagt nichts dazu. Der erste Mann der Rohbaufirma sagt: »Ich sag nichts dazu.«
Und die Staatsanwaltschaft bereitet genau in die Richtung den Prozeß vor. Und wenn sie sich doch mit den Zulassungen, den Vorschriften beschäftigt? Dann erfährt der Staatsanwalt ja, daß wir nichts dafür können?

Nach dem kleinen Sprung tat sich ein langer weiter Hang auf. Umsteigschwung. Kurz, kurz und weiter. Drüben ist mehr Sonne bei Dieter, nein, nein, hier ist's steiler, also rein, immer der Nase nach. Pielsticker ist ja weit oben noch. Na, wie immer.
Solange wir nichts sagen, bleibt der Staatsanwalt in der falschen Spur. Sagen alle. Koordinierte Arbeit heißt am Bau so was, Integriertes Planen und Bauen. Einer schafft an, und der andere tut's zur gleichen Zeit. Also in einem Jahr sagen wir dem Gericht: Ätsch! Ätsch! Wir haben nichts mit den Gehängen zu tun! Freispruch? ... Und die Beamten der Staatsanwaltschaft haben noch mal ein Jahr Zeit, oder mehr, nach neuen möglichen Schuldigen zu suchen.
Schau, schau, da versucht er doch noch vor mir in den Zieher reinzukommen. Na, warte. Und rief runter, ja, den Buckel noch. Geht das in die Schenkel. Puuh. Schwitz ich trotz Wind, ah, der Lifthang. Und gleich vorne schräg anfahren. Mensch. Ohne Anhalten, die ganze Strecke. Ich glaub, mich knutscht ein Elch. Die Schenkel. Schenkel ...
Nein. Bis dahin kümmert's kein Aas mehr, was auf der Baustelle war. Wann, vor fast drei Jahren? Ein Unfall? So, so. Fünf Zeilen in der Süddeutschen, nur 3 in der AZ, weil am selben Tag irgendwo auf der Welt Sex und Crime zusammenfallen: Schäferhund vergewaltigte einbrechende Nonne oder so.
Unten am Schwung vor der Liftschlange war das nackte Eis hervorgekommen. Blank abgeschabt. Da ich es übersehen hatte, lag ich rücklings drauf und rutschte auf die Wartenden zu. Dieter war auf mich aufgerutscht, er schwankte über mir, und wir schrien vor Lachen. Pielsticker sah lächelnd zu. Er war viel konditionsschwächer und ein Stück zurückgeblieben. Den Schnee abklopfen, Stirnband runter. Mensch, die Hitze. Die Sonnenbrille war auf der Nase geblieben: Abwischen. Schneekristalle schmolzen im Schweiß.
»Sagen Sie, wer hat denn eigentlich das Gehänge geliefert?«
»Der Bund!«
»Ja, und an den Bund? Was ist denn das für ein Fabrikat gewesen!«
Pielsticker zuckte die Schultern: »Woher soll ich das wissen!« Er sah mir voll ins Gesicht: schon von der Sonne angegriffen. »Wir sollten uns einfach um die Sache nicht mehr kümmern!« –
»Schau, deine Freundin!« Dieter wies den Hang hoch. Ärgerte ihn also immer noch, daß ich schneller gewesen war.
»Da kannste noch was lernen. Hübsches Arschi.« Und hopp und hopp, und hopp und ... auch sie schmierte übers Eis ab,

sitzend kam sie dann vor unseren Schispitzen zum Stehen: »Ei, was macht ihr denn heut abend?«
So wie ich Platz freigab, dehnte sie sich immer weiter aus. Jetzt war ich draußen, und sie hatte drinnen das gesamte Bett eingenommen. Die Finger tief in die Matratzen gekrallt, das Gesicht ins faltige Lakengewühl gepreßt: Kräftig und wie angespannt hatte sie den Platz okkupiert!
Ich stieg über die Kleidungsstücke von uns, die den Teppichboden des kleinen Zimmers überlagerten. Runtergestrampelt und liegengelassen! Häufchen auf Häufchen, aus irgendeiner Höhlung schlängelte sich das Bein einer warmen Strumpfhose, verlor sich am Bein des Stuhles – wieso ist der umgefallen?
Wenn ich mich anlehne, drückt mich der Deckel an den Schulterblättern. Wenigstens jetzt nicht beim Pinkeln stehen müssen.
Jetzt bloß nicht in den Spiegel gucken. Meine Augen glühen immer so dick und rot. Wenn ich alt bin, hab ich sicher ganz dick gefaltete Tränensäcke.
Hab ich nicht! Überhaupt! Was macht mein Kopf überhaupt hier? Haupt. Kopf. Überm Hals ist der Kopf: Kopflos – dann könnte er auch nicht mehr weh tun. Wenn's Arscherl brummt, is's Kopferl g'sund.
Die Sanitärzelle war ja furchtbar klein. Ich ließ das kalte Wasser über die Stirn laufen. Vom Thron aus brachte ich locker den Kopf ins Waschbecken. Dauert seine Zeit, bis es kalt kommt.
Die Industrie müßte Topf und Duschkabine integrieren. Den Ablauf etwas größer für die Großteile. Ausklappbare Sitzgelegenheit oder im Stehen wie im Süden. Das spart bei einem 60-Betten-Hotel, o nein. Rechnet sich zu schwer, 100-Betten-Hotel, 100 m^2 Fläche, das sind so, nun zweihundertfünfzig, zweihunderttausend oder so. Gespart.
Ach. Scheiß – Milchmädchenrechnung. Apropos. Mädchen. Ich wusch *ihn* und trocknete auch noch ein bißchen dran herum. Hatte ja Ränder, der Gute.
Zuerst waren wir in der Kneipe, oben, gleich nach der Abfahrt hängengeblieben. Speckplatteln und Obstler. Dann war der letzte Schibus weggewesen. Bis das Taxi kam, einen Liter Roten, Frau Wirtin, bitte. Mensch, die beiden wohnten doch ganz woanders. In Landeck. Zams, du Nabel zwischen Landeck und Imst. Ach, ich Arsch. Himmel, Arsch und Zwirn: »Wir sind noch immer in Zams!«
Drinnen brütete ein grau-gelbes Halblicht. Gelb waren auch das Paar Schischuhe an der Tür. Umgekippt. Über den kleinen

Tisch gebeugt, zog ich die Vorhänge aus Wollstoff von den Fenstern.
Ach, die Sonne schon wieder. Mitten in der dicken Lichtsäule vorm Fenster stand ich und sah auf Zams. Eine Straße, zu groß geratene Häuser mit Satteldach: Tiroler Stil. Gerasterter Ausschnitt: weißes Gitter aus geklöppelter Spitze: Das gepflegte Innere eines Fenster bedarf eines Stores. Ein Auto mit Schi auf dem Dach fuhr vorbei: ?? Gestern war doch Ab- und Anreise in Vorarlberg und Tirol. Heut ist Sonntag, mein Jung. Irene drehte sich auf die Seite und öffnete nur kurz ein Auge. Sie war wirklich schön.
»Des is a Hatz!« hatte sie noch am Lift gesagt, als ich erzählte, daß wir aus München hierher zum Schifahren kämen. A Hatz! O Haupt von Blut und Wunden. Der letzte der zehn Obstler mußte schlecht gewesen sein. Die dickste Orgelpfeife brummte mir genau zwischen den Schläfen. Und kein Platz mehr im Bett. Ich ließ mich auf den Stuhl sinken. Ihre kräftigen Arme und Beine hatte sie weggestreckt. Die Backen grinsten mich an: Wie spät es wohl war. Eigentlich müßte es noch reichen. Die Zeit. Zeit zum Lieben. Urlaub hab ich doch. Noch. Heute noch. Morgen ist Montag. Wir hatten wenigstens unsere Schuhe im Auto gehabt. Die Mädels waren den ganzen Abend in den Stiefeln geblieben. Ach ja, da waren sie doch. Gleich nach der Tür hatte sie sie abgestellt, hatte sie in der Hand die Treppe raufgetragen. Oh, mein Kopf. Und Pielsticker hatte bezahlt. Schon in der Kneipe oben am Schibus, das Taxi runter, den Mädels das Essen auch. Mensch, haben wir aufs Blech gehauen. Wie mein grünes Schizeug verknüllt rumliegt. Ich sollte wohl aufstehen. Ob sie umfällt, wenn sie mich alten Knacker dann sieht? Im Tageslicht. Versoffenes Haupt. Die beiden wohnten in Landeck. Waren da zu Hause, hatten sie erzählt. Wir hätten eigentlich nach Imst müssen. Da waren auch Zimmer zu zahlen. Naja, ist nicht mein Geld. Zahlt die Firma! Mach ich doch! Warum nicht?
Lilo wird sauer sein, wenn sie plötzlich im Betriebsrat allein auf progressiv machen soll. Lauter Schisser, die nachrücken. Kündigungsschutz? Ach was! Die Chance kommt doch nicht wieder. Geschäftsführer! Kein Baustellendepp mehr. Krawatten? Ach, Rollis werden's auch tun.
Steinbock, Zams. Gemütliche Stub'n, bürgerliche Küche, Zimmer. Und hier kannste versumpfen. Noch war kaum was los draußen auf der Straße. Seit Weihnachten hatte ich gewartet. Für den Winterurlauber: Schneefall und glatte Straße, dazwischen Aufheiterungen – St. Anton, Ischgl, Samnaun, Nordkette. Schirummel, Tirolerabend, Obstler und Jagertee. Zams

liegt zwischen Landeck und Imst, Imst. Größer vor allem. In der Post.
Aber jetzt soll ich wohl wieder was tun für mein Geld. Wenn's bloß nicht so um die Augen drücken würde!
Den Wirtschaftsausschuß kannst'e dann vergessen. Kann doch gleich der Höllerer reingehen. Versteht doch keiner was. Traut sich keiner was. Morgen ist Montag. Pielsticker hatte uns alle mit großer Geste eingeladen. Rauh abgewunken. Naja. Büchner kann immer 'ne Story erzählen. Was er will. Ach, geht mich doch nichts an. Ab jetzt. In zwei Stunden ist man in München. Zweimal hab ich hin müssen, seither. Morgen ist Montag. Tagelang konnt ich nur noch auf'm Bauch liegen. Sonst hat mir der Blitz nicht geschadet. Jedenfalls gehör ich dann nicht mehr zum Büro. Laimer Baugesellschaft. Kurzzeichen LBG. Drei Buchstaben. Gut. Hübsch. Ob sie aufwacht, wenn ich sie streichle? Ihre Bäckchen, eines der hübschen Tittchen, das unten vorguckt. Mensch, komm, laß die Augen zu. Ich komme doch schon. Und ER auch. Mach bißchen Platz. Wie gut du hinterm Ohr riechst. Ab ersten Dritten dann also.
Versteinerten Gesichts schepperte der Kasten aus Messing hinter dem Zifferblatt. Dann löste Musik das Rattern ab. Schonkost. Ich war schon halb wach gelegen, hatte das Geräusch erwartet. B 3-gemäßes wurmte sich mir ins Ohr. In fünf Minuten würde er wieder sanft gemahnen. Na, gut, halb acht ist eine christliche Zeit. Barfuß tapste ich über den Teppich. Die Hausschuhe standen im Flur: daß die Fliesen immer so kalt sein müssen. Zähne putzen erst nach dem Frühstück? Ach was, bis dahin ist die Lust weg, der Tag hat dann angefangen. Und ich soll noch mal ins Bad! Klar hat der Zahnarzt recht. Kurz in die Küche, um die Kaffeemaschine anzuwerfen. Feine Erfindung das, der Pulverkaffee war meinem Magen nie gut bekommen.
Friseure packen einem immer an der Nase beim Rasieren. Unangenehm, so an der Nase geführt zu werden. Auf, und nach der Seite. Lernen Friseure das heute überhaupt noch?
Fast zehn Jahre hatte meine Backenhaut kein Licht mehr gesehen. Ich zog sie vorm Spiegel ein Stück vor: Gut gehalten! Ich drückte einen grünlichen Seifenkegel aus der Tube in die feuchten Buscheln des Pinsels. Neue Klinge in den Hobel. Um Mund und Nase hatte ich den Rest feingestutzt stehenlassen: Charmant, das hatte mich um Jahre verjüngt. Duschen, zuerst warm. Gute alte Gewohnheiten darf man nicht aufgeben: Die Brille in lauwarmem Wasser mit Seife waschen. Kein Sandkorn gräbt Kratzer ins Glas, das Plastik wird nicht unansehnlich.

Schade, daß die Türen des Spiegelschränkchens nicht breiter waren. Irgendwo teilte mich immer ein schwarzer Strich der Länge nach, schnitt kleine Hälften ab. Aber meine Brille saß gut. Nicht mehr ausschließlich der Silberdraht von früher. Eine helle Plastiktraverse oben, unten der Goldbügel. Markant. Meine Brauen kamen trotzdem noch gut raus. Stark. Ich gefiel mir frisiert: Trägt die Versicherung Toupet oder Glatze? In ein paar Jahren wird's wohl soweit für mich, wenn's nicht zu spät sein sollte.
Der Kaffee war gut. Milch rein, bis eine Farbe wie gebrannter Ton entsteht. Häppchen von Wurst und Käse. Joghurt. Auf dem Tisch lagen noch die Unterlagen der neuen Wohnung. Die Laimer hatte einem guten Kunden der Bank geholfen, sein geerbtes Miethaus in der Römerstraße zu sanieren. Beste Lage heute in Schwabing. Rentenhaus hatte so was vor dem ersten Weltkrieg geheißen. War gut in Schuß gewesen, die Hütte, hatte nicht mal vollständig entkernt werden müssen ... Solides Mauerwerk, die Balken noch gut. Nicht, daß wir da wirklich Geschäfte gemacht hätten. Viel zu klein war das Projekt für die Firma. Aber der Besitzer hatte gute Verbindungen. Da zahlen sich Verluste mit Zinsen aus. Später.
Zwölf Eigentumswohnungen waren zum Schluß verblieben ... Gut zugeschnitten. Die oberste Wohnung hatte ich mir gekauft, vom Plan weg, wie alle anderen Kunden auch! Ich biß noch mal in den Schinken. – Ohne Schulden biste doch nichts! Und meine Konditionen dafür! Ich zog den Katalog näher an die Tasse. Wir hätten gar keinen Katalog mehr machen müssen. Als der raus kam, waren die Wohnungen schon weg. An der Quelle mußt du sitzen. Ich hatte mir die vorgetäuschte Mansarde gut überlegt. Schallschutz. Wärmeschutz, extra Einbauten – und ich kannte alle die Handwerker: Rechnungen durften sie schon schreiben. Abschreiben, mein ich. Affig, so ein Kamin. Selbst der, den ich gezeichnet hatte. Höchstpersönlich. Aber was fürs Herz ist er doch.
Die zweite Tasse – Tasse? – Tasse ist gut! Einbrockhafen war das, was ich da für mich zum Frühstücken angeschafft hatte – ich drückte die Stücke rein. Mehr gibt's nicht am Morgen. Sonst rumpelt der Kreislauf am Nachmittag. Aus dem Katalogpapier spitzte eine weiße Ecke. Ah. Der Brief. Nachts war ich heimgekommen, hatte die Post noch geöffnet, die von der Zugehfrau immer auf den Tisch gelegt wurde. Und da war er dabeigewesen. Ich zog das Papier am Zipfel ganz heraus: das Urteil – ein Freispruch. Schriftlich ist's immer viel schöner. Das Geborenwerden, das Einziehen des heiligen Geistes und das Heiraten.

Na. Da hab ich noch nicht soviel Erfahrung. Jedenfalls arschglatt – wie geleckt der Freispruch. »Das schriftliche Urteil wird Ihnen zugestellt!« hatte der Vorsitzende oder wie er immer hieß, gesagt. Ohne Wenn und Aber: Keiner war schuld. Nicht der Oberbauleiter der Arbeitsgemeinschaft, nicht ich. Der Saal war fast leer gewesen. Paar Typen zum Aufwärmen, im Januar – klar. Die graue Uniformfigur – natürlich mit Wasserträger neben sich.
Alles ganz ohne Bauverwaltung. Freundlich gespaltete Lippen auf allen Seiten der Tische: Shake hands! Satter Münderglanz, wie nach einer Schlachtplatte: Wammerl und Kraut. Es war gelaufen wie prophezeit: ruhig – ohne Presse. Das werden zehn Zeilen in der Gerichtsumschau. Das war gegessen! Also gut. Jedem war geholfen. Das holzige Papier zum Stoß der vielen ungeordneten Schreiben gedrückt: auf Lochen und Ablegen warten im Kästchen, vielleicht hab ich am Wochenende Zeit.
Ich knutschte im Stehen noch mal an der Tasse, rollte eine Scheibe Schinken zusammen und stopfte sie in den Mund: »Zusammenräumen brauch ich nicht, die kommt ja gleich. Nur die paar Sachen in den Kühlschrank! Topmanager müßte man sein. Vorn einer, dem man die Arbeit schafft, hinten einer, der einem Ballast wegräumt, kein Autofahren mehr, nicht mehr sich selbst mit allem befassen müssen. ganz Kopf, Entscheidungen fällen, abwägen. Die Tür fiel hinter mir zu, und ich zerrte noch an der Jacke, in die mein Arm nicht wollte.
Der Kopf des Garagenmeisters verdeckte die Uhr an der Wand. Jeden Tag denselben Umweg zur Bank. Gesehenwerden. Pünktlich. Eine Institution mußt du im Betrieb sein. Zehn vor neun. Also auf die Minute. Der Mann hinter der Scheibe hatte den Kopf grüßend gesenkt. Eine Viertelstunde brauchte ich ins Zentrum. Exakt. Mein Apartment lag doch günstig. Soll ich's überhaupt aufgeben? Heirate ich einmal? Dann eine Jungfrauenfalle haben – ganz geheim. Doris Day und irgend so ein Typ damals, in dem Film. Der hatte ein Bett, das sich automatisch ausfuhr, der Schlüssel drehte sich von selbst, Musik ... Das Gitter war ganz nach unten gefahren, ich nahm den Fuß von der Bremse, langsam schob die Automatik den Wagen in die Tiefgarage.
Hier vorne lagen die normalen Parkplätze, gute Kunden, bessere Angestellte. Die Zufahrt zur automatischen Regalgarage trennte die hinteren Plätze ab. Ich stoppte auf meinem, lächelte wie jeden Morgen. Mein Parkplatz war etwa in der Mitte des zweiten Garagenteils. Vorne fingen die sandfarbenen Golfs an, von denen ich noch nie die Fahrer gesehen hatte, mußten vor

mir kommen. Nahm aber an, daß es Jüngere, frische, dynamische oder so ... waren, dann kamen die neun weißen Audis 100, als Abschluß dann mein dunkelgrüner Audi 200, die blauen BMW der Siebenhunderterreihe – zogen sich von mir weg nach hinten, bis zur Daimler-Hierarchie, die beim 450 anfing, der 600er aber wurde nur noch gewaschen. Ich ging zum besonderen Aufzug. Feierlichen Schrittes: Für den rechten Lift gab's den Schlüssel nur bis einschließlich zum Audi 200: Darunter gab's nur den allgemeinen Lift im Treppenhaus vorne.
An der zugehenden Teleskop-Tür vorbei sah ich auf die anwesenden Fahrer, einer band sich die Gummischürze am Waschplatz um, einige der Sicherheitsposten räkelten sich hinter der Scheibe des Aufenthaltsraumes: Langeweile und Kartenspielen bei Strafe verboten.
Auf der Innenseite der Teleskop-Tür hatten sich Generationen von Hausmeistern bemüht, die typischen Kratzfiguren auszubessern. Auszubessern? Wohl nicht unbedingt der richtige Ausdruck. Da wurde die Innenseite jeden Monat neu lackiert. Zwei, drei der Direktoren oder Vorstandsmitglieder mußten immer Nägel in den Hosentaschen mitführen oder offene Messer: Ja. Sicher, aber nicht dafür.
In meinem Fach liegen paar nichtssagende Mitteilungen, die der Bote sowieso noch rüberbringen würde. Rundumschläge, die mit: An alle Direktoren, Geschäftsführer etc. etc. begannen. Wie kommt das Zeug bloß in mein Fach. Eine Ausführungsbestimmung, entworfen von der Organisationsabteilung und ganz hoch oben abgesegnet, war dabei – bei Briefen dürfen die Namen der Verfasser nicht mehr ausgeschrieben werden, maximal zwei Buchstaben sind dafür in Zukunft zu verwenden. Wahrscheinlich hatten die sich ausgerechnet, wie viele Anschläge das pro Tag bei hundert Schreibkräften spart. – Mensch, haben die Arschlöcher nichts anderes zu denken? – Ahja. Doch. Eine Information über Verhandlungen über einen Großkredit: Eine Brauerei will eine neue Abfüllanlage und Lagertanks etc. bauen. Controlling durch die LBG??? Drei Fragezeichen hatte der Alte eigenhändig hingekritzelt. Wieso Fragezeichen. Wir können alles. Gleich mal Material zusammenstellen lassen. Studieren lassen. Lassen. Ich schnalzte leise mit der Zunge.
Das zentrale Sekretariat der Direktoren war schon voll besetzt. Den Stunk hatte ich noch miterlebt, als nur noch die Vorstandsmitglieder ihre persönlichen Vorzimmer behalten konnten. Uiuiui. Die hatten die Gesichter hängengelassen, daß man im Flur draußen noch drauftrat.

»Stimmung heute?« Fräulein Neubauer lächelte fröhlich: »Bestens, morgen abend ist Feierabend und Urlaub!«
»Schifahren?«
Sie strahlte heftig: »Ja, nach Lech, das erste Mal!«
Ich nickte wehmütig: »Schön dort. Bin Weihnachten dort gefahren. Nur paar Tage. Zuwenig Schnee!« Ich drehte die Hand bedauernd: »Jetzt liegt genug drin.« Hatte auch nur die zwei Feiertage Zeit gehabt. Arbeit! »Schönen Morgen noch!«
Dann verließ ich die drei Fräuleins und die zwei Frauen, die mit ihren Chefs aufs persönliche Vorzimmer warteten. Angegraut waren zwei schon davon. Naja. Unrecht waren sie alle nicht. Unten vor dem Aufzug traf ich den Alten. Fast hager stand er vor der Tür, als ich hinaus wollte. Freundlich grüßen. Er lächelte, ließ die Hände in den Taschen. Seit er die grauen Anzüge trug und die hellen Krawatten – »Im Winter, verstehen Sie das?« hatte die Neubauer flüsternd gefragt vor einiger Zeit –, traute sich keiner mehr in so was rein. Alle trugen nunmehr endgültig Blau bis Anthrazit. Die gleichen schlanken Binder, nur gedeckt! Als ich das Einrasten der Tür hörte, lachte ich kopfschüttelnd: »Alles blaue Mäuse. Mäuse. Maus und Mäuseriche, ein See von Mäusen hier!«
Unser Geschäftsführungsbereich hatte die gleiche Ausstattung wie die Direktorenebene der Zentrale. Ausgefachte Eichentüren mit Gewänden, der feine Strukturputz im Flur. Die Fensterleibungen ebenfalls mit Eiche verkleidet. Der braune hochflorige Teppich lag auf allen Böden. In den Büros die Textiltapete. Nobel. Auch die Mitarbeiterbüros waren ordentlich. Aber das Treppenhaus! Die Bank sollte wirklich dem Vermieter auf die Eisen steigen – oder ihm die Sanierung spendieren. Wie im asozialen Wohnungsbau! Im gemeinsamen Vorzimmer saßen die zwei Mädels. Ab acht mußte jemand dasein. Wir stehen nicht zu spät auf.
»Was Besonderes heute?«
Sie schüttelten beide ihre Köpfe. Fräulein Lösch blätterte vorsichtshalber noch mal die Wiedervorlage durch: »Nein. Nichts!«
»Er ist schon da?« Ich deutete auf die rechte Tür. Dort drinnen saß Oesterle, der von früher noch amtierende Geschäftsführer. Sollte froh sein, daß er hier war, drüben säße er nicht in der Direktionsebene: Die Töchter rangierten immer eine Stufe tiefer bei der Mutter. Im Klartext: Er saß in der Prokuristenkantine. Ach, was heißt schon Prokurist bei der Versicherung, bei der es ernannte Beamte, Oberbeamte, Beauftragte, Oberbeauftragte und noch anderes Kroppzeug gab.

Die Schönauer ließ die Locken wippen: »Ja, vorhin gekommen.«
Die Mädels hatten wir von draußen geholt. War einfach alles zu engstirnig drüben, verdirbt die Leute. Sind nicht mehr zu gebrauchen. Ich ging durch die Tür in mein Zimmer. War schon richtig, daß wir raus waren aus dem großen Laden. Konnten hier viel freier manövrieren, auch auf dem Markt draußen, hieß nicht sofort »Das sind die von der ›Neuen‹«.
Ich telefonierte vom Schreibtisch rüber zu Oesterle. Er wußte auch nichts Neues. Die Brauereigeschichte erzählte ich ihm knapp. Würde sie sicher auch so erfahren. Dann Frick rufen, die Sache erklären. Frick war gut. Hatte sicher bis morgen mittag eine kleine Übersicht da. Einfach, um mal in die Gespräche nächste Woche einsteigen zu können. Frick und Donaubauer hatte ich vom Büro mitgebracht, dazu die fünf Neueinstellungen – die Mannschaft machte sich. Orientierten sich alle zur Laimer, nicht an die Großverwaltung der »Neuen«.
Ich legte die Hände auf die gemaserte Schreibtischplatte und stemmte mich streckend gegen den Sessel. Iso-metrie! Mehr Bewegung wäre gut. Na also. Fangen wir an. Ich tippte am Lautsprecher: »Fräulein Lösch, haben wir Kaffee da?«
Mit dem Kaffee brachte die Lösch einen großen braunen Umschlag herein. Noch geschlossen. »Hat der Bote gerade gebracht! Ist vom Senior!« wußte sie, ohne reingeguckt zu haben. »Die Alte hat schon angerufen, sie sollen's nicht gleich weitergeben. Sie hat eine Rechnung vergessen.«
Ich sah sie an: »Naja, Frau von K.«, sagte sie fast schuldbewußt.
»Ja, schon gut!« So hatte ich sie gar nicht ansehen wollen. Eher schon so, wie ich ihr nachsah, als sie zur Tür ging. Sie lächelte noch einmal, bevor sie die Tür schloß.
Ich breitete die Rechnungen auf dem leergeräumten Schreibtisch aus. Die Zeiten mit den Arbeitsstößen auf dem Tisch waren vorbei. Endgültig. Alles Ausgaben für das Haus, das die Bank dem Senior auf Lebenszeit zur Verfügung stellte. Dem Senior. Sah noch gut aus. Siebenundsiebzig sollte er sein. Noch war er der Vorsitzende des Aufsichtsrates. Sein Sohn war der Alte, der Vorstandssprecher. Auch nicht mehr lang. Nächstes Jahr sollte der Alte nachrücken. Für Vorsitzende gibt es keine Zwangsgrenze zur Pensionierung.
Ah ja. Lack hat sie gekauft. Grassamen. Nägel die Menge aus dem Haushaltsgeschäft. Wahrscheinlich hat sie fünfzig Tuben Uhu vergessen aufzuschreiben. So war die Frau. Und so was hat die Aktienmehrheit! Diese Abrechnung jeden Monat war ihr

Job. Mit Leib und Seele wohl. Ich unterschrieb blind, wie seit fast einem Jahr jeden Monat, und ließ auch Platz für Nachträgliches. Das sollte die Lösch machen. Sag ich jetzt was, ist die Mutter sauer. Ich mach nur die technische Prüfung. Ja, auch rechnerisch. Wieso eigentlich ich, persönlich. Sie wäre sauer, wenn ich's Frick machen ließ: Hier beleidigt sie der Chef noch persönlich. Beim Buchen wissen die Leutchen ja auch Bescheid, müßten ja selbst prüfen. Sagen aber auch nichts. Erst die Treuhand macht einen Vermerk. Wenn sie's sieht. Ein Wollstöffchen als Bauunterhalt. Da mach ich mich nicht heiß. Bezahlt wird alles. Drei Mille. Ein Klacks: »Was wird die Treuhand zur Abrechnung vom letzten Monat sagen? Wir hatten das Haus vollständig aufgegraben und Fundamentplatten angesetzt, den Keller oberhalb der neuen Fundamentplatten abgeschnitten und die ganze Bude um 17 einhalb Grad gedreht. Technisch ja ganz toll. Jedenfalls scheint jetzt für die Mutter die Sonne eine halbe Stunde länger ins Wohnzimmer. Über zwei Mio hat der Unsinn gekostet, für eine halbe hätten's wir auch umgebaut. Aber dann hätt' sie Handwerker im Haus gehabt: »Und die Bilder muß ich auch abnehmen? O Gott, o Gott!« Wenn ein Leonardo für fünf oder sechs drin hängt und ein Dali, den sie schrecklich findet – was soll's dann! Ich steckte die Zettel wieder zusammen und legte das Kuvert in die Postmappe. »Amen.«
Frisch aus der Schublade auf den Schreibtisch: »Noch so 'n Ding zum Selbermachen!« Ich klappte die Mappe auf und nahm das Exposé heraus. Arbeitstitel: LBG – Das Jahr der Umstellung. Das hier war eine Rohschrift. Ich warf die ganze Mappe auf die freie Holzplatte: Nur in einer kleinen verschlossenen Mulde lagen der Füller, 2 rote Filzer, 2 grüne, ein Drehbleistift und ein Radiergummi.
Ich warf mich im Sessel zurück, sah durchs Fenster auf die andere Straßenseite. Meine Mutter war mit ihren Eltern in der Gegend ausgebombt worden. War alles kurz und klein in der Barerstraße gewesen. Zwischen den Schutthaufen, die Straße war nur noch zweieinhalb Meter breit, und da noch die kleine Bahn für den Schutt mittendrin. Schäbig wieder aufgebaut das alles. Gut der Schellingsalon. Die Osteria kannste aber vergessen – teuer geworden, aber dafür geschmacklos.
Im Zimmer war hinter meinem Schreibtisch die dunkle Schrankwand aufgebaut. Vorne, zur Eingangstür, der gläserne Tisch mit dem großen Keramikascher. Links die drei Fenster in der Wand. Guter Platz, hier ganz hinten. Adolf der Große war Stammgast drüben gewesen in der Osteria. Gespräche mit dem

Duce. Bella Italia a Monaco. Wo geh ich heut zum Essen hin? Nein, nicht ins Prokuristencasino. Man muß sich zwar dort mal sehen lassen, um nicht vergessen zu werden. Aber heute? Ich zog die Mappe doch wieder näher. Zum Lachen. Frick und die Lösch hatten für mich die Liste mit den früheren Projekten, den neuen Vorhaben jetzt, die Aquisitionen und den laufenden Stand zusammengestellt. Ich hatte mir die Umsätze, die Kosten von der Buchhaltung geben lassen und diese Rohschrift gefertigt. Immerhin. Doppelter Umsatz, nächstes Jahr sicher noch mal eine Verdoppelung, die absehbar ist, und praktisch die gleichen Kosten wie vorher. Sehr erfreulich! Auch die Geschäfte der Neuen spüren Rückwirkungen unserer Aktivitäten.
Und ich schwör's, ich glaube es ganz sicher, auch Oesterle schreibt einen Bericht. Vielleicht sogar für unser zuständiges Vorstandsmitglied.
Die Auswahl macht's. Mein Bericht geht zum Vorstand. Der oder die anderen auch. Büchner gebe ich meinen auch, klar. Diskussion im Vorstand der Neuen. Dann Gesellschafterversammlung. Ein Jahr ist's am ersten März. Einen guten Monat noch. Ein Jahr ist lang genug als Prüfung für den Gang der Geschäfte. Und das steht in dem Bericht für den Vorstand: »Umgepflügt und kurzgemäht. Sechs Großprojekte sind unter Dach und Fach. Davon drei begonnen. Und das ist erst der Anfang. Dazu die kleineren Sachen. Sieben Mio in Trudering. Achtzehn in Pasing. Für Augsburg und Eichstätt sind wir im Gespräch. Das ist doch was!«
Sorgfältig las ich den Text durch. Langsam. Tippfehler waren zu korrigieren. Sätze umzustellen. Die chronologische Gliederung war auf jeden Fall richtig: Vorgefundener Stand – Maßnahmen – Ergebnis zum Februar – Beurteilung und Voraussicht. Ich lächelte über meine Hand, die so geschickt das Schreibtischtürchen öffnete und die Flaschen mit den Gläsern rausstellte: Wasser und einen klitzekleinen Martell. Gewohnheit und Anpassung: Das Zeug bleibt nicht auf dem Schreibtisch stehen. Gerade der letzte Teil war von Delikatesse. Optimismus, aber keinen Überschwang. Noble Zurückhaltung, wie es sich für eine große Gesellschaft gehört. Keine zu großen Erwartungen wecken – aber jeder muß es lesen können: Wir sind die Größten. Besten. Schnellsten. Also weiter an dem Textbrocken schmirgeln. Und wenn's nur ist, daß andere abschreiben können.
Erschrocken quälte sich die Lautsprechermembran hinter den Schlitzen der Mahagoniplatte: »Herr Helm ist da!«
Pünktlich, pünktlich! Das alte Schwergewicht. Mappe zu und rein in die Schublade.

Seine Zigarette glomm heftig über den prallen Ordnern. Ein gewisser Leitz hatte den Pappdeckeln den Namen gegeben.
– Mit was doch alles Millionen zu machen sind! –
Er schnaufte: »Immer noch kein Lift im Haus!«
Unbekümmert bediente ich mich aus seiner Schachtel:
»Eigentlich haben Sie schon aufgehört?«
Er tarnte seine unbewegliche Miene mit einer Rauchwolke:
»Schon Jahre! Mein Arzt glaubt's nur nicht.«
»Und wie sieht's aus?« Er schob das Gutachten weiter nach vorn. »Wir sind das gesamte Leitungsnetz abgegangen. Alle Wohnungen, alle Verteilungen, alle Kästen und Zähler. Das ursprüngliche Netz, auch das schon ›auf Putz‹ montierte, ist an allen Ecken und Enden erweitert worden, ergänzt – kaum eine Phase nachgezogen, einfach weitergestückelt. Mal eine schwache Litze, ein Lichtkabel, dann auch einen größeren Querschnitt, quer und längs. Selbst von einer Wohnung in eine andere. Irgendwann, irgendwie! Zum Teil nicht mal Schukodosen, selbst die Brücke zum Minus ist nicht ausgeführt. Meistens jedenfalls. Nicht normgerecht. Nicht VDE-gemäß!«
»Herr Winter, Grüß Gott.« Seine massige Gestalt krümmte sich halb aus dem Stuhl zum Neuankömmling. Shake-hands. Ohne die Ordner von den Knien zu nehmen, zog er das Halstuch nach.
»Und ihr Gutachten?« Der Neuangekommene schürzte die Lippen, während er sich setzte, über dem spitzen Kinn: »Das sieht ja böse aus! Eine Energievernichtungsanlage ist das. Allein die riesigen Rohrquerschnitte – die Menge Wasser, die da fließt. Die alten Kessel. All der Murks, gleich nach dem Krieg!« Unwillkürlich sah ich in der Ecke nach, in die er mit Abscheu starrte: – Nein, doch kein Gekotztes drin!
»Resümee: Für die Elektroinstallation gilt: Wenn Sanierung, dann alles vorschriftsmäßig, das heißt, alles raus, alles neu rein und unter Putz. Oder ähnlich ... Ja?« Der Ingenieur Helm nickte wortlos.
»Und die Heizung muß auch raus? Neue Rohre, neue Radiatoren, neue Fenster, neue Brenner und dazu noch alles neu im Sanitärbereich: Fliesen, Wanne und Waschbecken und Scheißhäusl. Oder?« Schmal saß der Ingenieur Winter auf der Stuhlkante, auch er nickte nur.
»Na also!« Ich zog die drei Ordner her – die Zusammenfassung ist das Wichtigste. »Wo ist sie?« Helm zeigte sie mir gleich. Wußte sofort, was ich suchte. Drei, vier Seiten lang schwieg ich. Ich hatte es geahnt: »Wo?« fragte ich kurz. Winter schlug die zwei Ordner auf: »Ganz hinten!«

»Finden Sie es nicht schneller?« Er wühlte nervös. Zuerst kam Sanitär. Dann Heizung. Den Sums hatte ich schnell begriffen. Noch ein bißchen schweigen. Blättern, die Brille raufschieben, die Augen reiben, blinzeln. »Kaffee?« Ich sah ihm jetzt ganz schnell, ganz voll ins Gesicht. »Ja, ja!« Sie nickten. Knöpfchen drücken. Zwei Minuten durchschweigen. Vorm Fenster war's auch nicht heiterer. Die Löffelchen rieben an der Porzellanglasur. »Ja, meine Herren, Sie haben sich viel Arbeit gemacht!« Ich zog aus der Regalwand hinter mir noch mal eine Leitzdividende: »Wir auch, das heißt mit den Architekten und Statikern! Sehen Sie, mit Ihren drei haben wir nun vier Gutachten über die sogenannten Eisnerblöcke aus der Zeit der Jahrhundertwende vor uns. Alle ordentlich und genau gemacht. Mit Wenn und Aber aufgezeigt, daß die Häuser stehen, ungünstig im Zuschnitt sind, ganz normale Leute jetzt drin wohnen ... und auch in den nächsten Jahren drin wohnen. Sehen Sie, soweit sind alle vier gleich. Soweit. Über die Bausubstanz aber als solche ist in der Zusammenfassung der Architekten und Statiker klar gesagt, was Sache ist: Die Kellermauern sind am Verrotten. Da haben wir nichts relativiert!«
Ich legte hier nochmals eine Pause ein, schlürfte den Kaffee – schöne Gesichter macht ihr jetzt, na, – »Kurz und gut, die Gutachten sind okay, die Zusammenfassung aber muß Flagge zeigen, wenn das Projekt ein Projekt werden soll. Wir können der ›Neuen Augsburger‹ nicht erzählen, daß sie schöne Wohnungen besitzt, das weiß sie selbst, und daß sie diese noch schöner machen kann, auch. Sie will als Bauherrin sanieren. Neue Bebauung, oder wenigstens doch entkernen, muß unser Fazit sein! Ist das zuviel verlangt? Sie wissen doch, wo wir hinwollen!« Jetzt Kaffee nachschenken und noch mal voll in die Augen sehen: »Diese Häuser sind doch in Wirklichkeit gefährlich. Sie wissen es doch! Warum schreiben Sie es dann nicht?« Winter war zurück an die Stuhllehne gerutscht. Er grunzte.
»Sie müssen die Zusammenfassung nur redaktionell umbauen.«
»Wollen Sie nicht doch einen Martell?«

Er war eigentlich zu alt. Einundfünfzig, noch sieben Jahre bis zum vorgezogenen Ruhestand, noch zwölf zur früheren Rente, bis zu seinem fünfundsechzigsten noch vierzehn Jahre! Obwohl, die sieben Jahre würde er immer bleiben. Noch mal einen Wechsel – das wäre schon sehr mutig. »Ungekündigt«, hatte der Mann geschrieben. Und seine bisherige Arbeit war genau die Laufbahn, die ich brauchte. Ob er überhaupt so lange

durchhalten würde? Ich drückte den Knopf für die Lösch. »Er wartet jetzt 10 Minuten?« fragte ich.
Sie nickte: »Knapp!«
»Hat er sich gleich gesetzt?«
Wieder nickte sie: »Ja, gleich. Auf den vorderen Polstersessel. Er ist auch zweimal aufgestanden. Einmal an die Vitrine und einmal ans Fenster.«
»Über was haben Sie gesprochen?«
»Zuerst über den Betrieb hier, die Projekte auch. Und dann wollte er rauchen! Machte es aber nicht, als ich erzählte, daß ich aufgehört habe. Ja, übers Rauchen und die Gesundheit haben wir gesprochen!«
»Dann haben Sie sich gut unterhalten?«
Sie zuckte die Schultern! »Ja!« Sie wollte schon gehen, als mir einfiel: »Hatte er eine Mappe oder so was dabei?« Sie verneinte: »Nur ein Planing book oder so was.«
»Und wo hat er den Projektumschlag vom Stuhl hin?«
»Zu mir auf den Schreibtisch. Er hat den Titel gelesen!«
Ich nickte. Stark, der Knabe: »Hatte er einen Mantel?« Wieder nickte sie: »Ja, und er hat den Bügel an der Garderobe genommen!«
»Schicken Sie ihn mir rein, bitte?«
Das Foto hatte wenig ausgesagt. Er war nicht so groß, wie ich erwartet hatte. Schlank. Das Foto war wohl zwei oder drei Jahre alt. Oder vier. Na ja. Er saß schräg vor mir, hatte den fensternahen Stuhl genommen.
Er erzählte zwanglos von seinem Werdegang: Architekturbüro, geschäftliche Oberleitung, Projektsteuerung, Bauträger.
»Sie wollen nicht doch noch mal Architektur machen?«
Er winkte lachend ab: »Flausen. Jugendliche Flausen. Wissen Sie, irgendwann will jeder mal was verdienen. Und mit Stricheziehen ist nichts verdient.« Er zeigte ein paar Zähne aus lückenloser Reihe: »Wissen Sie doch auch!« Seine linke Braue fiel wieder auf Normalniveau.
»Apropos. Sie haben in Ihrer Bewerbung keinen Gehaltswunsch genannt. An was denken Sie?«
Er schürzte die Lippen, so daß der Mund ein bißchen röter und nässer schien, um die Augen legten sich listige Furchen quer: »Fünfundneunzigtausend!« Nickte wiegend. Fast hätte ich den Atem eine Sekunde angehalten.
Stolzer Preis: »Was haben sie jetzt?«
Die Lippen spalteten wieder sein Gesicht quer: »Bißchen weniger. Wer will sich nicht verbessern!« Noch immer hielt er meinem Blick stand.

Zustimmend nicken. »Klar, aber für die Hälfte krieg ich auch einen brauchbaren Mann!«
Er echote leise, ohne Unterton: »Brauchbar!« spitzmauserte dann seine Schnute.
Ich ließ es mal. »Sie waren vor längerer Zeit bei Hauser?«
Er stieß sich im Stuhl nach hinten. Sein Gesicht fiel zurück: »Das waren die Münchner Zeiten! Olympisches Fieber! Gold und Silber! Und bei Hauser? Das war Bauen brutal! Daumenschraube drüber und zuziehen. Jeder muß verdienen, aber alles unter Kontrolle. Termin und Preis. Damals war eine Milliarde noch eine Milliarde!« Er schmeckte im Munde nach: »Hier ließ es sich leben!«
»Sie arbeiteten die letzten Jahre nicht mehr in München. Sie möchten aber zurück und hier eine Wohnung nehmen?«
Und den Fehler erkannt und schon am Auswetzen: »Wenn's interessant ist und der Aufwand sich lohnt!«
»Sie haben schon gegessen? Darf ich Sie einladen?«
Sein Spalt klappte zu. Er nickte. Volltreffer: Um eine Sekunde zu spät hatte er meine Geste, ihm aufzuhelfen, abgewehrt: »Danke. Danke!«
Draußen dann schon wieder elegante Knackigkeit: »Wiedersehen, meine Damen!« – Wetten: Der bringt Blumen das nächste Mal. Muß mit der Lösch reden, soll nicht alles erzählen, außer, was sie soll.
Seine Eleganz hatte auf mich abgefärbt: Konnte doch der Kerl von Kellner noch freundlicher und zuvorkommender sein wie sonst: Augen wirste machen – aber nicht übers Trinkgeld, du Lump. Mario. Er hatte das Lokal gekannt. War nicht so bombastisch wie die Osteria, hätte ihn auch zu sicher oder mißtrauisch gemacht – auch 'ne interessante Reaktion. »Der hatte damals grad die zwei Lokale! Und heute?«
»Das größte Pizza-Imperium weit und breit. Da Mario!« Es war noch immer das gleiche helle Lokal, fast die gleiche, zu große Speisekarte: »Sie nehmen auch einen Campari?« Der erste Schluck muß die Seilschaft knüpfen – und rüberziehen: »Wir haben ein Projekt, das das Laufen lernen muß: Altenheim, Kindertagesstätte, Klinik – der Träger ist ein eingetragener Verein – recht unerfahren, Idealisten. Da heißt es Zuschüsse beantragen, Finanzplan aufstellen, Planungsteam betreuen, Verhandlungen mit Bezirk und Freistaat führen. – Können Sie?«
Er nickte leicht, ohne mich aus den Augen zu lassen: »Und?«
»Grundstücksverkehr! Dieser Bereich liegt bei Herrn Oesterle, dem zweiten – das kann er sehen wie er will – Geschäftsführer!

Durch Sie muß dieses Gebiet aktiviert werden. Sie müssen wieder in Fühlung kommen mit den früheren Bauherrn!« Ich sah an seiner grauen Bügelfalte runter zu den hellbraunen Schuhen: »Das können Sie doch!«
Er hatte es erfaßt: »Die Stelle liegt zwischen Ihnen beiden?«
Unverschämt: »Gibt's noch'n Geschäftsführer?«
Gezielt den Kopf wiegen: »Nur zwei ... Die LBG kennt jede Menge potenter Bauherrn: Wir müssen sie überzeugen, daß sie bauen wollen! Aus einer Adresse ein Projekt machen.«
Er sah durch die große Scheibe in die Ferne des Hofes: Stühle stapelten sich um Tische unter fest verschnürten Folien: »Irgendwann ist Sommer! Aktenarbeit und Kondolenzbesuche. Stimmt's?«
»Klinkenputzen und Grundstücke aus alten Akten kramen, auch aus den eigenen. Die LBG muß ganz aggressiv auf den Markt kommen!« Dann bestellten wir.
Über allen Tischen war Ruh. Die verspeisten Mittagsmenüs lähmten die Frauschaft. Kaffeewolken lümmelten durch den Flur: »Mahlzeit!« Die Lösch sah kurz auf, trug hinter mir die Kanne rein. Eine Couch muß her, und zwar rasch! Die Tür schmatzte in der Falle. Dumpf schwappte der Wein im Hirn. Die Postmappe durchsehen. Dafür reicht's noch. Abzeichnen? dazu auch noch. Die Augen wurden dicker. Mensch, reiß dich zusammen. Sich belobigen. Am Eingangsstempel kringelte ich ein, wer welches Schreiben bekommen sollte. Kostenschätzung: Nachher noch mal durchsehen – oder Donaubauer prüfen lassen. Vielleicht doch selber drübergehen, kein Verlaß auf Architekten. Da ist schon mancher Bauherr ruiniert gewesen. Die Kostenschätzung. Leistung nach Gebührenordnung für Planer von Gebäuden. Zum Künstler reicht's nicht – und zum Ingenieur sind's zu blöd. Ich zog den Rechner raus. Schlafen jetzt. Ich stand auf, zog die Schranktüren auf. Kaltes Wasser ins Waschbecken, Augen kühlen. Muß schon gehen. Aus der Schublade einen der kleinen weißen Wachmacher mit'm Schluck Wasser: Da stand der Kerl im Spiegel vis-à-vis und tupfte sich das Gesicht ab: Kleine rötliche Äderchen sprangen wild auf den Wangenbäckchen rum. – Die Menge? – »Ob's vom Rauchen kommt?« Also gleich mal nachschüren: Der Kessel braucht Dampf. Die Schranktür klemmt auch nicht mehr, guter Schreiner das. Können wir wieder berücksichtigen. Sich dann wieder ins Polster strecken und tüchtig gähnen. Zuerst diktieren oder die Kosten prüfen? Aufs Band oder der Lösch? Was kommt schon gegen einen hübschen Busen an. Außerdem ist's für mich weniger anstrengend! Nach dem Essen sollst du ... tu

ich doch schon, also die Lösch; die Arbeit hält einen doch vom Schönsten ab!

Die restlichen Kanonen der bayerischen Armee ergaben diesen großen Bronzefinger. Krieg-und-Frieden-Penis. Napoleon – dir folgen wir. Vierzigtausend Bayern waren hin, nur dreißig Mille Franzosen. Für einen Russenfeldzug gerade richtig. Ein falscher Fuchzger. Scheiß Kreisverkehr. Wer hat denn jetzt Vorfahrt?
500,– Märklein auf den Kubikmeter umbauten Raum über alles: »Da springst nit weit!« hatte Donaubauer gesagt. Ich hatte es quer gerechnet: Fünfhundert. Das reicht nicht. Und ich war nicht draufgekommen, wo der Hund beschissen hatte! Das muß halt jetzt geprüft werden – von Donaubauer. Verwaltungsgebäude mit zwei Tiefgeschossen, Lagerkeller, Klimaanlage und alles drum und dran. Sechshundert, sechshundertfünfzig vielleicht.
Verdammt, in welches Parkhaus geh ich denn jetzt. Oberanger? Das geht doch politisch nicht. Ich grinste: »Verdammt weit zum Rathaus. Also Oberpollinger?« Na eben.
Ich sollte mir Gedanken zum nächsten Gespräch machen. Gedanken machen. Zum Lachen. Also rüber zum Lenbachplatz. Am Aubergine vorbei – witzig, dort zahlt man bereits fürs Angucken der drei Sterne fünfzig. Stimmt. Es kann nur im Bereich der Garagengeschosse liegen. Wieviel hatten die für die druckwasserdichte Kellerwanne angenommen? Ach, was soll's? Schließlich macht's jetzt doch Donaubauer. Geht erst ganz vorne wieder links. Hab ich's doch schon wieder verschlafen. Epileptisch riß das Ding seinen eisernen Arm hoch. Dafür gibt er sogar die Karte, nimmt nichts. Ach ja. Licht einschalten. Hier ist's düstre Nacht, und oben, da ist Winter. Ohh ... ohh. Meinen Kopf möchte ich heute nicht haben. Ich fand einen Parkplatz und fuhr mit dem Lift nach oben wieder raus und mitten rein zwischen Aktionspreise, Sonderangebote und berufsmäßige Bauernleger samt Opfern. In der Parfümerie hatten sich die Frauen feuerverzinkt. Ein heimisches Gerüchlein wie an der Landsberger Straße. Na. Jeder lebt vom Verkauf. Draußen dann die Fußgängerzone runter: Grade noch pünktlich, im Sauseschritt.
Das Zimmer war kleiner als mein Büro! Auch frisch renoviert. Für den »Hausmaurer« hier eine Dauerstelle, das Rathaus. Wunderbar hoch das Zimmer – aber keine alten Möbel. Schade. Ob die noch irgendwo rumstehen, im Speicher oder unten. Vielleicht gibt's einen Herrn aller Hausmeister hier oder

so. »Herr Bürgermeister, Grüß Gott!« Der Beamte vom Bezirk Oberbayern grüßte zuerst. Ich hatte ihn vor der Tür des Vorzimmers getroffen. Wie hieß der nur? Namen. Oh, Namen. Ein ganz eisernes Gedächtnis müßte ich haben. Schreibberuf. Der Vorstand von der ›Neuen Augsburger‹ saß bereits neben dem Oberstadtbaudirektor – verdammt, was hat denn der Kerl jetzt wirklich für einen Titel. »Als erstes muß ich betonen!«, so dämpfte der Bürgermeister zu Beginn ab: »Wir von der Stadt sind im Moment nicht Ihr richtiger Ansprechpartner. Ein städtisches Grundstück ist von der Sache nicht berührt. Ein Sanierungsprogramm in diesem Bereich gibt es nicht. Im Prinzip könnten Sie ein Baugesuch oder eine Voranfrage stellen, und über die müßte die Stadt dann entscheiden!« Entspannt legte er seine beiden Hände nebeneinander auf die Holzplatte seines Schreibtisches.

Ein feines Lächeln des Wissens durften wir uns alle leisten. Ich öffnete meine Jacke von weichem Leder, mein Wollschlips baumelte über der Hose: »Also, ich darf einmal die Sache darlegen, dann sehen wir auch, warum dieses Gespräch heute von uns gewünscht wurde, warum es notwendig ist. Vorderhand geht es um die Blöcke zur Leopoldstraße. Diese Blöcke stammen aus der Gründerzeit, wurden nach 45 nur notdürftig instandgesetzt, beinhalten heute Wohnungen von minimalstem Standard und sind schwer slumbedroht« – warte, du Hund, dein Lächeln wird Dir noch vergehen. Der Bürgermeister unterbrach mich trotzdem: »Sie wissen, daß sich die Bewohner vor zwei Jahren bei einer diesbezüglichen Umfage sehr positiv über ihre Wohnungssituation ausgelassen haben?«

Nicken und: »Vor zwei Jahren! In zwei Jahren sind es Türken. Genaue haustechnische Gutachten zeigen ausdrücklich« – herzeigen die dicken Wälzer, ein Leitz ist gut für fünfzig Argumente – »eine unhaltbare Situation im Bereich der elektrischen Anlagen, weil akute Brandgefahr und Gefahr in den statischen Baugliedern auf Dauer, was das auch immer sein soll.«

Listig noch: »Ich bin auch sicher, daß keiner der Anwesenden die sanitäre Situation dort auf sich nehmen würde!« Na also. Nun guckt ihr zu Boden. »So oder so muß in Bälde was geschehen. Und Ihr Baureferat« – angucken jetzt, ihn, was, hat der schon wieder einen zuviel? – »sollte da durchaus mal die Bausubstanz prüfen. Stellen Sie sich vor, da passiert was!« – Ja, zuck nur zusammen!

»Und noch eine Sache kommt hinzu: Neben den Blöcken, die gern nach Herrn Eisner benannt werden, über die Seitenstraße hinweg, ist der bisherige Besitzer, der Metzger am Eck, willens

zu verkaufen. Die LBG, die ich vertrete, ist sehr interessiert an diesem Objekt. Es besteht die Absicht, beide Areale zusammenzulegen und Pläne für eine koordinierte Bebauung dort vorzulegen!«
Der Oberstadtbaudirektor sah von einem zum anderen: »Da gehört ein ganz schönes Kreuz dazu. Ein Riesending!«
Ich sah den Herrn der ›Augsburger‹ an. Einverständnis lächeln: »Herr Dr. Stern ist Vorstandsmitglied der ›Neuen Augsburger‹ und ist dort zuständig für Finanzen. Nun, die ›Neue Augsburger‹ steht wohl gerade für ihren Anteil – Schmunzeln rundum – und die LBG, nun ich meine, wir sind bestimmt noch nicht in Gerede gekommen.« – Heiterkeit bei allen –. »Nun, die Gutachten erstrecken sich auch auf die Gebäude über der Straße. Da sieht's genauso duster aus. Das Gutachten wird Ihnen in diesen Tagen zugehen. Hier, dieses eine ist nur ein Vorexemplar« – nicht dumm, dreist, die Zusammenfassungen sind draußen – »für alle Fälle – kurz: Wir wollen bauen. Investieren. Jetzt in dieser Zeit. Das bringt Arbeitsplätze und eine Erhöhung des städtischen Steueraufkommens, das von den Betrieben dort abgeschöpft werden kann!«
»Betriebe?« fragte der Bürgermeister.
»Büros, Läden«, sagte ich ohne Schärfe, da mich Dr. Stern machen ließ: »Auch das Bauen selbst!«
Jetzt schüttelten die Stadtspitzen den Kopf: »Sie wollen Wohnungen abreißen, ohne neue zu bauen? Das geht nicht!« Ich lächelte die beiden an: »Es geht doch woanders auch! Selbst die Stadt hat ganze Blöcke für eigene Zwecke abgerissen, hat für Großbauten von Institutionen Abrisse in Wohngebieten durchgesetzt. Und auch wir wollen bauen! Soll ich Sie an Ihre Projekte erinnern?« Dr. Stern nickte zustimmend. »Stellen Sie sich doch nur mal die Bürgerinitiativen vor. Vom Bezirksausschuß gar nicht erst zu reden. Außerdem stehen dem Ganzen gesetzliche Hürden im Wege: Die Zweckentfremdungsverordnung zum Beispiel!«
Dr. Stern sah mich lächelnd an, ich beugte mich zur Seite: »Was sagt der Bezirk dazu, als Aufsichtsbehörde?«
Hände hoch und Kopfschütteln: »Nichts, die Stadt hat hier schon Möglichkeiten in ihrer Planungshoheit. Wir können und wollen da nicht dagegenstehen!«
»Na also!«
Zögernd sah der Bürgermeister auf den Oberstadtbaudirektor: »Na, was können wir tun?« Erwartungsvoll sahen wir in sein Gesicht.
»Die Stadtgestaltungskommission wird Ansprüche zumindest

bei den Fassaden anmelden, das Entwicklungsreferat wird ein Gutachten vorlegen. Es wäre gut, wenn Sie auf diese Dinge Rücksicht nehmen könnten!«
Dr. Stern schnitt ihm das Wort ab: »Die Fassade ist uns wurscht, solange wir sie nicht vergolden müssen. Ich sage Ihnen: Wir sind bereit, die Hoffassade zu sanieren. Dort zum Hof auch so zwanzig Wohnungen nur zu modernisieren. Der Rest wird neu und gewerblich. – Wollen Sie an der Leopoldstraße Wohnungen bauen? Zahlt uns die Stadt das, was wir dort mitbringen?« Er schnitt die Luft vor ihm mit der flachen Hand durch: »Apropos, den Termin über die neuen Obligationen müssen wir verschieben, fällt mir gerade ein. Wir müssen da in zwei, drei Wochen wieder miteinander telefonieren! Eher geht's bei unseren Herren nicht.«
Der Bürgermeister sah den Oberstadtbaudirektor an! Beide schweigen sie.
»Ja, ich meine, unsere erste große Idee ist dargelegt. Die städtischen Behörden sollten halt in Ihren ersten Stellungnahmen nicht zu weit weg von unseren Vorstellungen sein: Wir müssen doch so ein Projekt ohne gerichtlichen Streit hinstellen können. Wer investiert denn heute noch? Müssen wir nicht alle froh um so eine Initiative sein?«
Wir gaben uns alle die Hand. Nach meiner Friedenskurve kratzte auch der Bürgermeister noch eine: »Sicher will die Stadt eine Investition in ihren Mauern nicht zu Fall bringen. Wir werden uns bemühen, eine Verständigungsbasis zu finden!«
Freundliche Nasenlöcher im Raum verteilt: »Ich schreibe ein Protokoll von heute, dann können sich die städtischen Behörden koordinieren! Ja! Und noch etwas«, ich knöpfte gerade meine Jacke zu und stand deshalb besonders aufrecht, »bitte, Diskretion über das Projekt. Widerstände werden wir alle noch früh genug finden!«

Das weiße Mus lag knöchelhoch zwischen den Fahrspuren und den parkenden Autos. Ohne Programm die Frontscheibe: Die weißen Flocken tanzten auf dem Lichtschirm – dahinter nichts. Von oben: Diffuses aus unsichtbaren Straßenlampen. Die Wagen am Rand versteckten sich vor der Nacht unterm Leichenhemd: handhoch. Einen Parkplatz hinterm Sendlinger Tor, solange die Läden aufhaben? Bei dem Wetter jag ich doch keine Politessen übers Trottoir – na also. Vor dem Sexshop, eine lila Vorderseite, der Hausmeister mit Ohrenschützer und Schneeschaufel – dem fiel sein Nasentropf bereits in andere Wäsche: Hast's hinter dir. Besser so, wie? Eisgraue Stoppeln im Licht

des Streichholzes: »Wo ist sechsundneunzig?« lese ich von der Einladungskarte: Zehn Jahre Architekturbüro E+N. Er zeigte mit dem Stiel die Straße rauf: »An der Ecke!« Im Flokkengetümmel die renovierte Jugendstilfassade. Ahnungsträchtig sieben Stufen zwischen Säulchen. Kleine Rautenfenster in der Tür übern Spitzentanz. Noble Arbeit. Für zehn Mark die Stunde helfen mir zwei schnelldienstige Studentinnen aus dem Schal: Infrarote Garderobe im holzgetäfelten Treppenhaus: Na denn! Und wie bei Muttern keinen Lift. Als sechstes das Architekturbüro ganz oben. Dicke Balken antik aufgereiht, die Holzschenkeln gegeneinandergestreckt: Toll hoch und weit. Giftgrüner, tiefer Boden – nach oben hin in lichten gelbroten Tönen das Holz. Ein geschniegelter Stadl voller Menschen.
Das ganze Treppenhaus hing voll von prächtigen Pappmaché-Zehnern. Auf dem letzten Treppenpodest ganz plötzlich noch eine Mutprobe. Griffelbewaffnet steht die Weißmäntelin im Wege: Quo vadis? Raffiniert das Schaufensterpüppchen: »Haste 'n Lutschfleck unterm Halstuch oder nur die Fuge zwischen Holzkopf und Rumpf?« Da niemand zusieht, ignoriert sie meinen Zeigefinger. Auf der Tür erhobenes Relief vom Bäcker: Zehn Jahre Architektur aus dem Büro Egger und Nuss. Rundum Dutzende von kleinen Fotos mit Gebautem; dahinter wartet Herr Egger. Jovial sich die Hände reichen: »Freut mich sehr, daß Sie gekommen sind.«
»Gott, o Gott, wie lange ist's schon wieder her? Lehrwerkstätten waren das damals nicht! Ja!«
»Fünf Jahre oder sechs?«
»Feine kleine Geschichte damals!«
»Wir müssen wieder was zusammen bauen! Haben Sie nicht was? Die Zeiten sind nicht mehr leicht. Wir bauen auch putzige kleine Sächelchen, wenn Sie so was haben!«
Ich drehte den Handfächer bedeutungsvoll langsam. Er zeigte mir das lange Büffet: vorne saftige Schinken, dahinter kleine Singvögelchen, gebraten und aufgeschichtet. Die Studentinnen hasteten in ihren besten Blüschen zwischen den Gästen: »Rot- oder Weißwein?« Nuss kam auf mich zu. Ein großer, dünner Mensch mit gelben Koteletten: »Du bist ja ganz schön nach oben gestolpert?«
Ich sah ihm in die blauen Augen, lächelnd: »Vielleicht sogar auf einer Rakete geflogen. Wer weiß?« Nuss war'n feiner Kerl. Als ich anfing, war er gerade fertig mit dem Studium. Goldne Zeiten damals, er hatte gleich paar Aufträge zum Zersiedeln von feinster Landschaft aus der Isar gezogen – und wir zeich-

neten für ihn neben dem Studieren Tag und Nacht: »Warst immer ganz fair!«
»Wer ich?« Er lächelte unsicher.
»Oh. Ich hatte nur an den Anfang unserer Bekanntschaft an der Hochschule gedacht. Auch schon wieder über zehn Jahre her!«
Das Würfelspielchen wäre eigentlich gleich an der Tür fällig gewesen. Eine der Vestalinnen auf Abendzeit bemerkte meinen Mangel: »Sie haben gar kein Bild?« Und zog mich durch eine sich verdichtende Menge zu einer großen Zeichenplatte: Kreuzworträtsel mit Buchstaben aus großen Würfeln. Zuerst sich einen aus dem Korb nehmen müssen – dann anfügen: ›S‹ an Zehn Jahre Architekturbüro Egger + Nuss. Einige geistreiche Zöpfe hingen schon runter, wie: KUR und Amen und Marta.
»Muß das sein?«
Unter Lichtblitzen legte ich ein kunstvolles ›es‹ und wollte mit dem Schnellfoto abziehen!
»Sie, das ist aber nicht großartig!« Vorwitziges Gesichtchen, diese angeheuerte Kraft:
»Was sehen Sie denn zum Anlegen?«
»Vielleicht ... Ja, hier geht Samen!« Sie stellte mein ›S‹ um.
Wieder ein Blitz. Ein neuer Gast kam an. »Oh. Herr Oberstadtbaudirektor!« Verschwörerhaftes Augenzwinkern: »Na, was haben Sie zusammengebracht?«
»Mir wurde geholfen!« gab ich zu.
»Was haben Sie?«
»Ein ›E‹«, überlegte er. »Nehmen Sie doch ein Glas!«
Ein Tablett schwamm unterbusig durchs Gewühl. Ich stellte mein leeres auf den Platz eines vollen: »Sehen Sie ... Trauen Sie sich?« Er glänzte listig und legte ›ur‹ von der Kur um und zur Hure zusammen. Das Schnutchen der Animatorin zischelte heftig begeisterten Protest. Der Prominente bekam gleich zwei Fotos. Hinter dem Rücken des Fotografen stieß er mich noch mal an: »Und Sie meinen das ernst?«
»Was?«
»Den Eisner-Block?« Ich nickte: »Ganz gewiß! Irgendwann muß es sein. Die ›Neue‹ hat doch nicht aus Jux und Tollerei jahrelang aufgekauft!«
»Und Ihre Versicherung auch nicht!«
»Meine? Ich habe keine!« lachte ich, »aber wenn sich die Stadt irgendwo querlegen will, warum nicht zwei Straßen weiter. Da saniert einer die miesesten Verlustereien!«

Er hob fragend die Hand: »Römerstraße?«
Ich nickte. Er winkte resigniert ab: »Da steht der Schatzmeister mitten drin!«
»Wer?« Da er keine Antwort gab, dämmerte es mir von allein.
»Das ist kein Name, sondern die Funktion!« Er nickte mir zu, während er bauchige Gläser von einem Tablett holte.
»Danke!« knickste das Mädchen, weil sie es jetzt leichter hatte. Eine gute Aussicht ist einfach eine Frage der Macht.
»Aber unserem Projekt in der Römerstraße waren Sie nicht so gewogen?«
»Schade, Herr Schabe! Daß Sie das so sehen?«
»Herr Schabe. Herr Schabe, Telefon!« Die Sekretärin winkte aus dem Vorraum mit dem Hörer. »Teufel. Was soll'n der Scheiß?« Ich bahnte mir den Weg durch Nadelstreifen: »Wer ist es denn?« – »Bucher oder so!«
»Büchner? Merkwürdig! Haben Sie einen Raum, wo es nicht so laut ist?«
Sie drängte mich in ein Sitzungszimmer. Der Stich hatte mein Kreuz gehöhlt. Der Hörer schob sich grüßend an den Kopf: »Ja, Schabe!«
»Schön, daß ich Sie noch erreiche. Entschuldigen Sie auch, wenn ich so spät anrufe, Herr Schabe. Aber ich müßte Sie morgen vormittag sprechen. Geht das?« Ich nickte. »Ja, wann?« rieb unterhalb des Backenknochens die ersten Bartstacheln.
»Neun?«
»Ist ungünstig, da bin ich in der Bank. Zehn. Geht zehn bei Ihnen?«
»Geht auch. Also zehn. Sie kommen zu mir?«
Ich nickte wieder: »Ja« und legte auf. Rührt euch. Luft strömte hörbar aus meiner Nase: Schnupfen oder Schneuzen. Wo hab ich 'n Tempo? Taschen abklopfen: »Was der wohl hat. Am Freitag noch?« Mindestens tausend Lux hier. Die weißen Wände stachen in die Netzhaut. Angenehm mild die Korktönung und Holzfarbe mancher Modelle, die an den Wänden aufgehängt waren – nicht gewonnene Wettbewerbe. Die Häuser warfen Schatten im Maßstab 1:500. Ich führte mein Weinglas im Raum umher. Dann war es leer, und ich hinterließ es auf einem Baustoffkatalog, der rumlag. Ging weiter an den Modellen entlang. Getrocknete Halme stellten Bäume dar, das Gelände stieg in graphisch sauberen Stufen, weiß überspritzt waren nun viele Modelle, täuschten den Betrachter – ich bin ein Haus, eine Schule, eine Brücke aus Stein, aus Stahl

– alles Pappe, Kork, kein Kreis ist ein Kreis und eine Gerade nicht gerade – schau, show, rauch eine Juno, das Zeug steht als Hecke im Garten ... Auch die Erde ist keine Erde hier ...
Zwischen den Schläfen pulsierte langsam der Wein nach vorne zu den Brauen und wieder zurück. Unschlüssig sah ich auf die gezeichneten Fassaden neben den Modellen: Kästchen übereinander, nebeneinander, ohne Anfang und Ende, stranggepreßtes Alu in passend langen Stücken, wie eine Wurst abgeschnitten. Keim- und moosfrei die asphaltierten Wege daneben.
Und auf die durchsichtige Plastikschachtel geguckt, in der die Anstecknadeln mit den bunten Köpfen lagen: »Was war denn das für 'n wichtiger Termin? Ruft jetzt an!«
Das Sitzungszimmer war eine Schachtel: vier Wände, Boden und Decke. Weiß gehalten. Ausgeleuchtet. So wie die Räume in den gezeichneten Gebäuden. Alles lot- und waagrecht. Mein Backenzahn wackelte immer noch nicht, obwohl ich mich fest mit der Zunge gegen ihn stemmte.
Die Finger übern Hintern verflochten, ging ich wieder durch die Tür: »Danke!« Die Sekretärin lächelte.
Auch auf den Emporen über uns drängten die Leute nun gegen das Holzgeländer. Da er gerade wieder vorbei kam: »Sagen Sie, Herr Egger, warum bauen Sie nicht wieder so was!« Ich deutete rundum drauf! Er zog die Brauen: »Warum nicht?« Zukunftsfunkelnd: »Haben Sie so etwas vor?«
»Ich dachte nur so. Vielleicht! So 'n großes Büro braucht Aufträge! Nicht?«
Er nickte: »Sie wissen selbst, wieviel Futter so 'n Laden braucht, vierzehn Mann am Brett und im Büro vier Mädchen!« Schon halb zurückgedreht: »Sehen Sie, selbst so eine Fete muß zur Aquisition genützt werden!«
Ich durfte laut lachen: »Oder erst deswegen veranstaltet werden?« Er lächelte doch noch unter seinen feinen Brauenbögen, ... – a matte Sach –.
Der gute Nuss schleppte eine rotgekrauste Frau am Ellbogen an: »Kennst du den noch?« Sie lehnte sich entzückt ins schlanke Kreuz zurück: »Wie geht's immer?« Hellblaue Augen schlugen unter den halben Lidern durch: »Edith? Gut siehst du aus!«
»Danke!« kam sie nach vorne. Fest in der Hand ihr Oberarm, auf der dunklen Haut allerliebste Sommersprossen, die von der Stirn wie Sterne zum abgründigen Nabel perlten.
»Ihr seid noch zusammen?« Die Schwurhand mit dem güldenen Reif stieg zwischen unsere Gesichter. »Der vertraglose Zustand

ist aufgehoben!« Er ließ ihre stoffernen Schultern in meiner besten Verwahrung zurück: »Bis gleich!«
»Siehst du noch Uschi?« Ich schüttelte den Kopf: »Man muß aufhören, wenn's am schönsten ist!«
»Kannst du deine blöden Sprüche nicht woanders abladen?« Ihre Hand hielt erschrocken den Gesichtsspalt zu, dann: »Entschuldige, aber ich wollte dich nicht verletzen!«
Beste Gelegenheit, sie verzeihend zu umarmen. »Macht nichts, geht schief im Leben manchmal!« Um Wein zu fassen, mußte ich sie wieder loslassen.
»Du bist immer noch ein Windhund!« stellte sie sachlich fest.
»Du sollst doch so was nicht sagen, du weißt doch, wie weh es mir tut!« Ich mußte sie einfach anfassen: »Außerdem bist du mir doch auf und davon, oder?« – »Papperlapapp!« protestierte sie gegen diese Schmeichelei. Unklug die Liebe, immer noch. Sie drehte sich wieder in die Rückenlage weg.
»Wohnt ihr noch in der Herzogstraße? Das Büro auf dem Küchentisch? So hat's wohl angefangen!«
Die Augen in die Risse zwischen den Bolzen der Balken genagelt.
»Ja, so hat's angefangen! Damals. Nein, wir sind schon vor Jahren ausgezogen. Wir haben ein Haus in Krailling jetzt. Großzügig mit einem Garten.«
»Und zwei Kinder drin. Eine Idylle, nicht?«
Sie suchte noch immer ernst die Balken ab: »Drei! Drei Buben sind's!« Die Balken blieben blau dunstig vernagelt.
Eine silbrige Fliege zog den Mann mit dem schütteren Haar durch die Menge. Am Zimmerflügel lockte er klimpernd die Menschen zur Verdichtung rundum an – auf geht's. Noch schnell 'n Glas her und die rohseidne Taille des Abendkleides neben sich runtergezogen: »Wen habt ihr denn da engagiert?«
»Das ist unser Star«, warf sie mir hin und nannte einen Namen.
»Noch nie gehört! Was macht der denn außer klimpern?«
»Lieder. Hübsche kleine Lieder, die niemandem weh tun!«
Die Füße dankten es prickelnd, als wir endlich saßen. Plötzlich war auch der städtische Baudirektor wieder nah: »Gnä Frau. Gratuliere zu dem Fest!« Dann sang der vor uns von einer Lotte und Sex, und irgend jemand liebte er auch; ich kniff die Augen: »Und dafür hat er den Schallplattenpreis bekommen?«
»Verkauft sich blendend«, wußte unser Größter.

Wir beifällten gemeinsam, der Künstler legte für sein Geld noch ein paar Titel zu. »Das hat er auch nötig, bei dem Honorar!« forderte Edith. In der allgemeinen Hitze rückte ich näher ran. »Jeder muß was tun für sein Geld!« Dann schob sie meine Hand sacht vom Knie.
»Das ist bei keiner Frau der schönste Teil!«
»Welcher denn?« Sie lächelte.
Wenn jedes Kind einen Zahn kostet, dann hatte sie einen hervorragenden Dentisten: »Du siehst gut aus, Mädel, wirklich wahr!«
»Bild dir nur nichts ein!« versprach sie.
»Also mindestens, ich bin besoffen wesentlich intelligenter als diesem Sänger sein Barhocker!« verkündete ich ungeniert und griff mir vor dem letzten Büffetgang noch eine der Brezen in Zehnerform. Sogar Wachteln waren noch da. Edith war mir abhanden gekommen, nachdem ich ihr ins Dekollté versprochen hatte, mal zum Kaffee zu kommen.
»Scheibe Emmentaler noch und die Gurke auch.« Tapfer teilten die Büffetleute immer noch aus: »Lachs noch mal?« Ich nickte und zeigte den Teller vor: »Bitte!«
»Und der Schabe frißt und frißt wie eh und jeh!« Ein Glas in der Hand, lehnte Arndt an einer der Ziegelstützen unterhalb der Empore.
»Sie?«
Seine Lippen zogen sich breit: »Warum nicht?«
»Wenigstens trinken Sie, wie es sich für intelligente Menschen gehört!«
»Was überwiegt bei Ihnen?«
Ich zuckte die Schultern und klopfte mit der gewölbten Hand auf den Bauch: »Fast ein Brauereigeschwür!«
»Sie sind noch bei Herrn Köhler?«
Arg große Handbewegung: »Aber nein. Ist doch nischt verdient als Ingenieur. Sie wissen's doch och: Geld gibt's erst, je weiter du von der Arbeit weg bist. Von der interessanten Arbeit! Bin jetzt Geschäftsführer bei der LBG!«
»LBG! Hochfeiner Laden!« lachte er.
»Und Sie?« Er wich bis auf die Empore hinauf aus. Von zwei Stühlen überblickten wir die große Halle: »Ich bin bei einer Gesellschaft des Bundes. Wir bauen fertige Fabriken, die dann von der Rüstungsindustrie geleast werden! Spart Eigenkapital!«
»Kostet Steuergelder!«
»Rüstung immer!« sagte er. »Hätten Sie Interesse an Baubetreuung, Bauträger, je nachdem?«

»Bei der Größenordnung immer. Der neue Panzer, oder was?«
»Sie sollten sich das mal angucken. Kommen Sie doch mal zu mir ins Büro!«
Wir tauschten die Visitenkarten aus: »Ich schreib noch meine Privatnummer dazu!«
»So ein Zufall, daß wir uns gerade hier treffen! Und Sie meinen, daß Leasing bei der Rüstung immer noch weitergeht?«
»Klar doch. Wir brauchen noch jede Menge von Betriebsanlagen! Wir bauen und planen in den Vermögensgesellschaften des Bundes nach wie vor – ich sage Ihnen, wir haben mehr als fünf große Funktionsplanungen laufen!«
»Das sind mehr als eine Milliarde?« prahlte ich ins Unreine.
»Locker!«
Papier zerriß. Die Flaschen klirrten beim Wegstellen in den Kartons. Die Tabletts verschwanden ungewaschen in den Kisten. Nuss stand nahe der Tür, langsam perlten die Menschentrauben auseinander, um sich vorne zu drängen. Die Holztreppe runter ging's plötzlich recht schnell: Egger half mir unten bremsen: »Ach Edith – eure Treppe müßt ihr entschärfen lassen, als Rutschbahn mein ich!« Ich durfte ihre Wange beatmen. Es zog. Irgendwer hatte Fenster geöffnet. »Wiedersehen!« sagte eine der Studentinnen, die Weintabletts getragen hatte, und zog sich ihr Schürzchen aus. Zu Nuss: »Servus!« Wir gaben uns die Hand. Zum Runtergehen half ich mir mit dem Handlauf des Treppengeländers. Aktion sicheres Haus: Gewendelte Stufen müssen an der schmalen Seite mindestens 10 cm tief sein: »Wenn die wüßten, wie wenig zehn Zentimeter sind. Das sieht man ja schon fast nicht mehr, so klein ist das!«
Die Haustür zog sich schwer auf: Draußen lag auch kein Manna! Kalt und weißlich bahnte sich die Straße unter ihrer Beleuchtung. Drüber dunkel. Arndt kam auch gerade raus: »Kalt!« Wir schlugen uns die Kragen hoch. »Was tun Sie mit dem angefangenen Nachmittag?« Ich zuckte die Schultern: »Mein Wagen steht da vorne. Kann ich Sie ein Stück mitnehmen?«
»Nein, nein, aber meiner steht auch in der Fraunhoferstraße!«
Der Schnee staubte beim Eintauchen und legte sich an die Hosenbeine. Vor Kälte knirschte jeder Schritt. Wortfetzen flogen uns von der Haustür nach: wenn Straßen zu Hallen werden. Mit halb verhangenen Autoaugen kam uns eine weiße Limousine entgegen: Schneehase auf winterlicher Flur. Noch während das Fenster runterfuhr: »He, Jungs, was habt'n heut noch vor

bei der Kälte!« Hölle, Rauch und Bärenwhiskey: Und dieses
Figürchen ist Geschäftssitz dieser Stimme? Arndt hatte sich zuerst gefaßt und mich zurückgehalten.
»Was schlägst'n vor?«
»Ist nicht zu kalt draußen zum Reden und Stehenbleiben?
Für so stramme Typen wie euch heb ich mir immer noch was
Spezielles auf!«
»Das wäre, bitte?« mischte ich mich ein und trat schon mal
einen Schritt näher!
»Du zum Beispiel siehst mir recht gschleckig aus!« Und fuhr
sich mit der nassen Zungenspitze vom Mundwinkel zum spitzen
Näschen.
»Kalt ist's wirklich hier«, gab Arndt zu und kam noch näher:
»Guck mal, außerm Nerz hat die nicht viel an!«
»He, ihr! So geht das nicht!« Zum Teufel mit den Polizisten
dieser Welt. Dick in einen Ledermantel und Hut gehüllt war er
an uns rangepirscht.
»Der Herr Oberstadtbaudirektor!« erkannte Arndt ihn doch.
Unsere Schultern sanken unter seinen Pranken: »Was macht ihr
denn da?«, und er versuchte ein bißchen mehr vom Pelzchen zu
erhaschen.
Rote Glut fuhr ihr ins Gesicht, der schwarze Zigarillo wippte
übern weißen Lack – Asche sank herab: »Hey, lädst du dich
wieder bei Kumpels ein. Alter Nassauer!«
Sie blies die Rauchsäule zwischen uns: »Zu dritt geht nix da
drin!« Sie zeigte auf ihren Wagen.
»Wir wollen's kommod! Kannst du nicht in die Dos'n?«
Sie nickte: »Geht schon. Ist aber teurer. Und eine Freundin hab
ich!«
Er klatschte begeistert in die Hände: »Hervorragend, und
einen Beleg für die Steuer kriegen Sie dort auch!«
Schwalbenschwänze und Saturnmode: »Ich soll ... für
alle ...?«
»Na, komm schon!« lockte diese Glutstimme und drückte auf
den Knopf: Die vier Sicherungspimmel stürzten aus ihrer Türvorhaut, die Pranke an meiner Schulter drückte mich in den
Fond.
Obligatorisch die roten Lampen im Fenster, der breite Kerl hinter der Tür: »Für'n richtigen Puff ganz schön putzig das Ganze.
Wohl auch der Einfamilienideologie verfallen!« – »Halt die
Klappe, solche Glotzer wirst noch kriegen!« Und sie ballte ihre
Hände zur Größe von vier, fünf Stierhoden. »Ist die Jutta
frei?« fragte sie den an der Tür Stehenden, der zustimmend
nickte. »Na, dann da lang!« So führte uns die Kleine an der

Treppe vorbei zu einer Tür: »Habt ihr was für'n Ledertrip über? Jutta hat hier 'n ganzes Studio!«
Irgendein heller Whiskey schnüffelte um die Eisbrocken: »Wohnst du hier? Wir warteten auf Mamis Wohnzimmersofa: »Ich mach oben alles klar«, hatte die erste gesagt und war wieder raus. Alpenlandschaft über unseren Köpfen gerahmt: »Klar!« sagte sie von oben herab und ließ den Whiskey in ihr Glas pritschen, das am Boden zwischen ihren Stiefelspitzen stand. »Hier wohn ich und nehm die kuscheligen Fälle. Ihr könnt aber auch ins Studio! Wie ich dich kenn!« Ihre Lederfransen wippten in Richtung Direktor, gaben schwarze Schlüpferspitzen und Stiefelränder frei.
Wir tranken in großen Schlucken: »Hier ist eure Marianne wieder!« Der Fellfleck flog auf den Stuhl und das wollige Rüschchenbündel quer aufs Rofa.
»Doch, 's Studio wollen wir uns schon angucken!«
»Wie lang wollt ihr denn überhaupt bleiben?« fragte die Längere und räkelte ihre üppigen Maßgeblichkeiten bequemer ins Lederkorsett.
»So zwei Nummern für jeden! Anderthalb Stunden oder zwei. Mehr nicht!« wagte Arndt.
»Viertausend, pauschal mit allem?«
Vor Schreck ließ ich drei, vier Tropfen ins Zeug schießen, stieß schnell vor: »Pauschal mit allem und mit Euroscheck und Beleg – maximal – zuviel! Zwei Mille!«
Log die schwarze Schminke um den Mund: »Mindestens dreifünf.« – »Ach sei doch nicht so!« Zwei flinke Hände wuschelten mir ins Haar: »Spendier uns noch was zu!« und saugte sich mir in den Kragen. »Ein Schmuhzetterl gibt er uns sowieso.« Jutta zog die schwarzen Satinhandschuhe übern Oberarm und zog die Maske vors Gesicht. »Gemma für zwoacht! Z'erst amoi!«
Der Eingang zum Hades war eine schwarz gestrichene Sperrholztür: In Tusche getaucht die Kellertreppe danach – das Studio. Drei, vier Tiefseefische verschwammen mit ihrer Laterne weit entfernt im Dunkeln: Nur ein lederner Schimmer bleibt auf dem Steckbrett ... Große Nägelköpfe tasten sich kühl.
»He!« Arndt deutete nach oben. »In so was jault Tom Dooley noch!«
Der Herr Direktor scherzte: »Ein so schöner Tag! hat der Kneisl gesagt, als sie ihn abholten!«
Jutta klopfte mit dem Peitschenstil rasch in ihre Handschale: »Einer mags mit'm Hals drin.«
»Und das ist eine Bognerschaukel?« fragte ich und zog mich an einem Bock hoch.

»Schaukel sagen wir, na, was ist?« Verlegen setzte sich der Direktor auf den Sarg an der Wand: »Ich bleib hier!« Er kreuzte brav die Hände zwischen den Schenkeln, um sich abzustützen.
Ich schüttelte den Kopf: »Lieber oben!«, noch'n Schluck dazu. »Und du bist kein verdruckter Sado?« Das Spitzenfrettchen nestelte an meinen vorderen Knöpfchen rum!
»Na. Gehn wir!« Arndt schob mich an. Vor schwarzen Treppen erschrecken: Der Zeit entgegen schreitest du hinan. Ich suchte Halt im Tüll. Doch, der war schon vor mir ausgerissen. An der Tür über die Schulter ein Auge zurückgeworfen: Kammgarnröhren falteten sich unter roten Knien, die Träger aufgeklipst, in Kapitulation unter neungeschwänzter Ledernatter.
Im Sturmschritt lagen wir zu dritt überm Sofa, wir fest in ihrer Hand. »Ihr könnt ja gleichzeitig, wenn ihr wollt?« Und zittern und doch sofort sich freiwillig melden! »Du bist doch wahnsinnig, nicht so.« Der rosa Schein wischte über ihre weichen Backen davon, kam verlegen zurück und blieb errötet, um seine Wandquelle gestreut. In Eile überrollten die bleichgesichtigen Stadtbewohner die eingeborenen Roten, saugten sie in Metroschächte mit Eingängen hinter Barrieren spitziger Lanzen, die Bairische Gourmandise.
Durch die offene Tür knirscht's noch immer gleichmäßig. Das warme Wasser tropft von massakrierter Haut: Einmal muß er's noch mal tun. Das breite Schnapsglas steht am Waschbeckenrand mit honiggelbem Bodensatz: Macht stark, so ist er nicht umzulegen, der Kerl. *Er* schnellt wieder hoch, und es klatscht warm am Bauch: »Geht euer Geschiebe noch lange?« Das dunkelrote Licht überdeckt das Rotgesprenkelte auf der Haut ums pumpende Loch: »Und die Haare noch drum rum – sehen wir Männer denn alle so aus? Dann schon lieber 'ne Frau! Die kriegen auch nicht so leicht Hämorrhoiden.«
Mit 'ner Roten Hand in der Lunge am werktätigen Volk vorbei: Einen Blick in die schwarzwienerischen Abgründe. Pingelig genau, parallel: Rotes Gestrieme über flachgestrecktem Rücken und gekniffenen Backen. Aber festes Kernfleisch. Zum Zugukken näher vorgetreten:
Zwischen schwarzem Mauereck und Türblatt spitzt sich das Stiefelleder mit Schwung zum Knie ins Kreuz: Flink fährt die fünfzinkige Satingabel von hinten durch und wieselt hin und her.
»Wart mal'n Moment«, und sie nimmt sich eine Spreitz'n aus meiner Packung und einen Schluck aus'm Glas: »Wenigstens mal ein bißchen durchatmen! Was seid's ihr Manna nur so loch-

gierig? Der war ja überhaupt nicht sattzukriegen. Sauft's, dann seid's anstrengend, sauft's nicht, laßt's einem nichts verdienen. Mach's doch von hinten im Stehen, wenn ich auf'm Tisch lieg. Ist ganz geil. Glaub ma's!« Sie rollte sich träge auf'n Bauch und blieb bequem liegen. Na, Mensch, Büschel, kannst schon was tun fürs Geld!«
Am Treppengeländer langsam hoch und rein in die gute Stube. Ein halbes Dutzend leerer Sessel gähnt die Decke an. Eine kleine Bar mit'm Typ. Vom hinteren Gang ein Geschminktes: »Ei, mein Schatzi kommt!« Geschenkt. Endlich wieder einen Hocker unterm Arsch: »Kommt ihr von unten?« Zwei Männer, die rumsitzen, blicken kurz auf. Wir nicken zu dritt: »Noch'n Whiskey?«
Er stellt die drei Gläser auf die Theke. »Für uns auch!«
Die beiden haben sich zwischen uns wieder aufgestellt. Die Hände zwischen unsere Schenkel: »Ihr habt es ja mächtig nötig gehabt!«
Jutta hat sich einen Mantel über die Montur geschlagen. Jetzt liegen ihre Peroxid-Haare drüber.
Der Kerl schlägt unter der Theke hörbar seine Kasse auf und sieht auf Marianne: »Zwo acht gesamt!«
»Quittung für drei zwo!«, darf ich nicht vergessen. Schließlich hab ich unten schon zwei Schecks in die Strumpfbänder gesteckt. Ich zieh die sieben Formulare raus: »Kann's denn nicht einer sein?« Alle drei schlagen die Köpfe schadensklug seitlich: »Ich gebe einen Schampus aus!« Jutta lehnt sich an die Theke.
Plötzlich gafft uns Schmiere ins Glas: »Wohnen Sie hier?« fragt ein Ziviler uns dumm. Der Rat setzt sich auf eine Bank ab. »Wir sind hier nur auf Besuch!« Marianne schlägt die offene Jacke noch ein bißchen zurück: »Sehn Sie doch, oder?«
Er schlägt sofort zu, daß die Lippe bis zur Nase reicht. »Hey!«, will ich ran: »Geben Sie mir mal Ihren Dienstausweis!«
Er stieß mir nur seinen Atem aufs Auge: »Gern. Morgen abend. Solange nehm ich Sie gleich mit.« Hoffentlich hält das andere Auge es wenigstens unbeschädigt aus. Personenfeststellung, dazu müssen die Uniformierten her. Aus den hinteren Zimmern kommen noch zwei betüllte Damen dazu. »Wir wohnen hier zu dritt!«
»Was schreiben Sie dann da?« faucht der Zivile den Wachtmeister an.
»Aber die sagten doch, daß sie hier zu dritt wohnen!«
»Sie Depp, genau das wollen wir nicht wissen!«
»Aber Herr Weber!« Zuckersüß der Kerl hinter der Theke, wie

Madam Chateau. »Genau deshalb hat das Gericht doch Ihrem Antrag nicht nachgeben können. Wir hier sind alle Gäste!« Seine Hand schwimmt über alle hinweg, außer den drei Günstlerinnen: »Diese drei Lieben. Und sie tun's wirklich nur nebenbei und manchmal. Alle haben den Mittelpunkt ihres Lebens hier!«
Juttas Hand rutscht von ihrem Magen etwas tiefer: »Kein Mensch verstößt gegen die Zweckentfremdungsverordnung. Ich lebe doch auch im Parterre und nicht im Keller!«
»Das geht sie einen Scheißdreck an!« Ein anderer Krawattenmensch mischt sich ein: »Das hier ist doch das Puff, nicht ihr privates Lederstudio unten. Und das ist ein Gewerbe in einer Wohnung. Himmel, Fotze noch mal.« Er wendet sich an den Wachtmeister von vorher: »Haben Sie alle Personalien?« Erschrocken schüttelt der den Kopf, stürzt auf die Tüllgardinen zu, die sich verheißungsvoll um Beinfett schlingen. »Für uns Gäste gibt's noch 'n Schampus!« verkündete der breite Kerl, den sie von der Tür mit hochgenommen haben. Auch die Penner von der ersten Bank rücken näher. Unser Baudirektor läßt sich den Ausweis zurücklangen: Beruf: Diplom-Ingenieur. Mit dem Gesicht noch immer zur Ecke: »Können Sie uns dann ein Taxi rufen?«
»Natürlich!« beeilt sich der Barkeeper.

Big Lift. Paar Stufen davor. Mensch. Wenn ich so blase, dann stinkt's bis ins Vorzimmer. In der Bank haben sie mich sicher vermißt. Aber heute bin ich lieber länger liegengeblieben. Die Schläfen. Das Pochen hinter den Augen. Atem anhalten beim Begrüßen! Die Stechuhr neben dem Aufzug stierte grimmig geradeaus: »Mich kannste am Arsch lecken. Meine Karte frißt du nimmer!« Im Schacht schlug das ausgeleierte Rad gegen die Eisenschiene. Licht drängte am Türfenster von links nach rechts. Na also.
»Guten Morgen.«
Drinnen standen paar Kollegen. Auch Lilo, sie hielten vorsichtig die vollen Kaffeetassen beim Rucken des Aufzuges. Von den kleinen Lachen am Boden stiegen Kaffeeschwaden auf: »Hoffentlich gibt's oben einen!«
»Wie geht's?« Nicken und zurückfragen: »Und euch? Viel Arbeit, wie?«
Zweites Obergeschoß. Dann mit Lilo allein:
»Und im BR?« Die Handfläche klappte nach unten und schlug gegen das Kabinenplastik: »Die tun was sie wollen. Höllerer und Co. reden und reden. Scheißspiel!«
Trost für sie: »Mach's gut!«

»Bleib sauber!«
Na dann bis ganz hinauf.
Die Türklinke mit der Hand wärmen, bis der Atem ganz flach geht. Generationen bereits: Ruhe vorm Gefecht, noch mal anhalten, bevor ich reingehe und um Gehaltserhöhung bitte oder was es immer war: »Bitte zum Chef!« Ich suchte mit den Schuhen nach den Eindrücken der Tausenden, die hier noch mal kurz innegehalten hatten. Ging mir doch fast genauso. Immer noch. Fast.
Die Sekretärin war allein: »Guten Morgen! Fräulein Röper schon im Wochenende?«
Sie nickte: »Wir teilen es uns ein, wenn's geht. So oft wie wir abends hier sitzen!«
»Klar, ist doch richtig! Ist Herr Büchner schon drinnen?«
»Ja, er wartet schon! Wollen Sie Tee? Kaffee hab ich schon reingebracht!«
»Nein, danke!«
Sie drückte auf ihre Taste, während sie mir zulächelte: »Herr Schabe ist da!«
Ich konnte reinkommen: »Guten Morgen!«
Auch Pielsticker hatte eine Tasse in der Hand, in der er rührte. Sie saßen vorne am niedrigen Couchtisch in den Sesseln von Leder.
»Bitte!«
Ich ließ mich ins Sofa gleiten: »Kaffee?« Ich nickte, nahm mir auch Milch und ersäufte sogar ein Stück Zucker. Mein Löffelchen kratzte Kurve um Kurve in der Porzellanschale.
»Herr Schabe!« Büchner hatte kurz von der Brühe aufgesehen, »gestern war ich bei den Herren von K. Sie waren beide da, Senior und Junior. Um's kurz zu machen – Sie wünschen die vorzeitige Lösung ihres Vertrages zum ersten Dritten, also noch etwa einen Monat Zeit, um die Geschäfte zu übergeben.«
Das Sofa kippte einfach nach vorne, und ich stemmte mich in den dicken Teppichflor. Schnell die Tasse weg. Die Lehne schiebt nach vorne, drückt mich. Ich weiß, der Boden steht, nur das Möbel will mich ausspucken. Ich weiß, ich sitz auf'm Sofa, und die Füße stehen auf dem Teppich. Den Druck mit den Händen auf den Knien gegenhalten!
»Mensch, was braucht das für'n Kreuz. Reden ist Gold, Junge!« Die Kette rumpelt über die Nackenwirbel, zieht den Kopf hoch: Jetzt seh ich wieder auf die morgenstraffen Gesichter. Old Spice gezogen. Tabakgeduftet. Der Hals und abwärts: Body Lotion. Wenigstens hab auch ich heute schon mein Scherflein für die florierende Pharmaindustrie beigetragen.

»Hat dieser Rauswurf etwas mit meiner Arbeit zu tun?«
Das Silberlöffelchen paddelt anmutig durch die knöcheltiefe Flut. Büchners Nase kreist von links nach rechts:
»Es sind Dinge, Vorkommnisse außerhalb Ihrer Arbeit, oder des Umfeldes dazu, um diesen bürokratisch-politischen Begriff zu gebrauchen! Mehr kann ich dazu nicht sagen, weil ich nicht mehr weiß!«
»Soll der Laden denn dichtgemacht werden?«
Erschrocken schießen die Lider unter den Brauen hoch:
»Nein. Die LBG läuft doch bestens!« Feuerlilien und weiße Chrysanthemen im Arm, ein dicker Strauß: »Nein. Nein. Die Gesellschaft hat sich über unsere Erwartungen hin entwikkelt!«
»Und Sie haben bereits zugestimmt?« Das Sofa hatte einen Moment nicht aufgepaßt, und ich hatte ein paar Zentimeter zurückgewonnen. Die rutschfesten Handflächen aufs Leder – na also.
»Es wurde nicht abgestimmt. Ich kann mich dem Wunsch doch nicht entziehen!«
»Aber die beiden haben doch auch nur eine Stimme!« Der Löffel legte sich flach über den weißen Porzellanrand, wanderte mit ihm zum Tisch, ich fühlte das Wasser in die Kehle steigen – verdammt, runter, runter.
»Sie sehen das zu radikal. Wir wollen doch auch weiterhin miteinander auskommen. Da müssen wir auch Rücksichten üben.« Die dunkelblaue Jacke schlug über dem hellblauen Hemd zusammen: »Alle weiteren Sachen besprechen Sie bitte mit Herr Pielsticker.«
Viereckig waren die Fenster, durch die der frische Wintertag hereinstieg. Durchsiebt in Hunderten von viereckigen Maschen des Stores. Die Tür war viereckig. Der Vorraum: »Hallo!« Im Treppenhaus hatten Quarzkörner den Strukturputz durch das Hinterlassen von offenen Kriechgängen geschaffen: vom Putzbett des Maurers gedrückt. Wie aufgeschnittenes, wurmiges Holz.
Pielsticker setzte sich hinter seinen weißlackierten Schreibtisch. Ungehindert hatte sich der Tag golden-blau, fenstereckig über die Platte geworfen.
Die zehn Finger verwurmten sich ineinander auf der Platte.
»Dann tun wir, was wir müssen! 'n Schnaps?« Der Schatten der Flasche deutete übern Rand raus, verlief. Und heute die feingeschliffenen Gläser: Wie'n Zug aus der Zigarette nach langer Zeit fing's im Zeh zu kribbeln an, und übers Hirn zog sich die Gummiwärmflasche nach hinten: »Soll ich wieder hierher ins Büro?«

»Da würden Sie ja wieder mit der Versicherung zu tun haben!«
»Aber ich bin hier Betriebsrat ...«
»Gewesen! Sie sind nicht mehr Mitarbeiter im Ingenieurbüro. Nein, und auch später an exponierter Stelle nicht. Sie können nicht mehr bei uns arbeiten.«
Der dunkle Schnauzer streckte sich wieder in Ruhestellung. Über den Schenkeln rieb ich den Schweiß in die Hose. Das Cellophan riß krachend den hellen Tag überm Tisch entzwei. Fahrig zerfranste ich den Rand zweier Zigaretten: »Geh halt raus! Himmelarsch und Kaiserschnitt!« Die Roth-Händle schon im Mund: »Darf ich heut überhaupt – ausnahmsweise?«
Er selbst hatte den Ascher sogar rausgeholt, noch mal eingeschenkt, auch für sich.
»Eigentlich geht es ja bis zum Quartalende! Finden Sie es überhaupt fair? Über vier Jahre alles getan fürs Büro – alles!« Zahnschmelz schuppte über seinen Nagel. Der Zeigefinger krümmte sich weiter, glänzte vorne feucht. Er sah mich an. Wegen dem vielen Licht mit großer, heller Iris:
»Sie bekommen das Gehalt bis Ende Juni weiterbezahlt! Als Prämie. Schließlich haben Sie gute, sehr gute Arbeit geleistet. Wir und die LBG haben Ihnen viel zu verdanken!«
»Ja? Und warum soll ich denn dann gehen?«
Er zuckte die Schultern: »Eine Entscheidung, die nicht hier gefällt wurde!«
»Die Ihnen allen Geld kostet. Vielleicht sogar auf Dauer. Wer wird denn mein Nachfolger: Hat da einer versprochen, mehr ranzuschaffen?«
Der Schnauzer fuhr halbrund: »Darüber ist überhaupt noch nicht entschieden! Da bin ich sicher!« Seine Lippen umschlossen wieder den Krümmling.
Die Arme auf seiner Platte breit ausgelegt, mein Gesicht in den Händenblüten gewiegt.
»Sagen Sie, kann es sein, daß Siegfried seine Chance in Hamburg zugespielt bekommen hat vom Büro und seinen Verbindungen. Als der zufällig nachlas, daß Siegfried in Berlin studiert hatte!« Zu hoch hatten sich meine Stimmbänder verstiegen. Es krächzten die letzten Worte.
Das Metall schlug aufeinander, die Lanze rutschte auf den Bügel. Sporen geben und sich einspreizen. Seine Ellbogen standen fast zusammen, näher als die Gelenke an der Tischkante: »So 'n Quatsch! Wir haben den Siegfried Hübsch nicht gern verloren! Er war 'n guter Freund. Ich hatte zu ihm ein sehr persönliches Verhältnis ...Vor dem Militär drücken, Demonstrationen,

Apo, jetzt Hausbesetzer, Türken und so weiter und so weiter ... Ist es ein Wunder, daß sich da mancher Chef ... Ich weiß schon, Sie denken an die Einstellung von damals, weil wir uns da anders entschieden haben. Ich meine, gut, Herr Büchner mag die Leute nicht so, aber so weit ... nein! Nein!«
Und die Lüster wurden hochgezogen, der Saal erstrahlte in hellstem Glanz. Unter Fanfarenstößen schritten in schimmernder Wehr die siegreichen Helden. Hoffentlich tropft kein Wachs runter. Auf den Nagel dreißig Sekunden ganz fest gebissen und dann von vorne draufdrücken: Der Schmerz zerfetzt für Sekunden den ganzen Schnapsnebel im Hirn. Wenn der Schmerz nachläßt: »Kann ich noch einen haben?«
Sein Oberkörper verließ die Tischferne, lehnte sich an die Tischkante: »Bedienen Sie sich!«
»Sagen Sie, kann bei meinem Fall irgend etwas Ähnliches sein? Vielleicht auch eine Verwechslung – Sie erinnern sich an den Mitarbeiter hier, der jahrelang kein Visum für die Staaten bekam, weil im CIA-Computer sein Name einen Sperrvermerk hatte nur wegen falscher Schreibweise eines Kommunisten!
Oder hetzt jemand gegen mich? Oder weil ich mal Betriebsrat war? Irgendwas muß es doch sein?«
Sandwüsten glitzerten unter der Sonne quarzig. Hellweiß dreht sich seine Glatze, ungebräunt wegen der Bemütztheit beim Schifahren: »Aber nein!« Sympathisch das braune Gesicht: »Die K.s sollen gesagt haben: Er scheint nicht zu uns zu gehören! – Mehr weiß ich nicht. Jetzt hab ich eh schon zuviel gesagt!«
»Na ja. Oder die Geschichte mit dem Prozeß ist ausgestanden. Fall erledigt. – Oder?«
»Sie sehen das alles viel zu bitter!«
»Ich? Nein, ganz und gar nicht!« Die Krähenfüße furchten sich tiefer um meine Augen. Der Narr mit dem verschnittenen Mund: Ein Narr, wer immer lacht: »Lassen Sie Fräulein Lösch anrufen? Daß ich heute nicht mehr komme? Ja! Am Montag wieder, dann ist eh schon Februar und zum ersten Dritten: Pico bello sauber, klinisch rein, aseptisch nach deutscher Hausfrauenart: Mein Schreibtisch!«
»Wiedersehn? Ja sicher! Wie? Doch. Doch. Der Mann bekam sein Visum. Später, viele Jahre später. Der Mann war Bulgare, lebte aber bei uns im Exil, und der andere nicht. Der lebte noch in Bulgarien. Als dieser andere nach einem Prozeß hingerichtet wurde, wegen irgendeiner Säuberung oder Korruption oder was Kriminellem oder was weiß ich; jedenfalls stand der dann mit richtigem Namen nochmals in der Datei.
Nein, nein. Gemerkt hat's da immer noch keiner. Erst, wie wie-

der ein anderer Exilbulgare mit ähnlichem Namen falsch geschrieben wurde, der schon mal ein Visum hatte und der den Generalkonsul hier in München gut kannte ...«
Ja klar. Denk-Kästchen, Bauchbinden, Parteiabzeichen ... Fürs eine gibt's das Rote Kreuz und im Film das Happy-End.

Draußen

Drinnen verstrahlte der Schnaps. Um die Schläfen die Garotte: Ach, Mensch, zieh doch endlich zu. Die niedrig über der Straße hängende Sonne stürzte in die wunden Augen. »Der Wagen muß aus dem Garagenhof raus! Bloß die Nerven behalten. Hans. Hans. Also zurück. Cool – sagen die Leute von heute. Die Jüngelchen. Ganz eiskalt mußt du sein. Wie 'n Gletscher. Grönland sag ich. Ich sage nur Grönland. Die meinen, sie kommen mit cool aus. Daß ich nicht lache!«
Breit feuchtete das Wasser hinter dem gelben Leder her: »Den Vierhundertfünfziger haben Sie am liebsten?« Vor dem Fondfenster schlug der Wasserschweif im rechten Winkel einen Haken: »Ist schon das schönste Auto von allen!« Die Rechte des Chauffeurs hob sich und zeigte zu den Autohecks hinüber, die nebeneinander in den Garagen staken. Dann drückte er seinen Daumen in die enge Regenrinne, schob die Tropfen langsam vor sich her, nach hinten.
»Gute Fahrt!«
– Wohin? – Sitzen bleiben! Haben Sie etwas zu verzollen? Matrei, Brennerbad, Gassensass. Als Hans in der Gassensass. Da wäre jetzt Sonne oben. Auf dem Hühnerspiel! Für jeden scheint einmal wieder die Sonne. Einfach weiterfahren. Die Leere des Magens entwich scharf nach oben. Doch nicht weiterfahren? Tiefer Süden. Nach hinten lehnen. Das entspannt den Magen. Ach, laß doch sein. Aus. Also auf den Parkplatz. Da ist der Wagen verräumt. Zirkus Roncalli stand hier lange – letztes Jahr. Nur tags bewacht.
»Grüß Gott!«
»Ja, bis zum Abend!« Schon wieder einen Fünfer. Am Morgen kannste die Pariser hier tütenweise sammeln. Amateurmeile.
Außerdem gab's hier den Jazzkeller.
Ich drehte mich zu dem ehemaligen Kasernentor, das als letztes Relikt der Türkenkaserne noch stand: Leibregimenter der bayerischen Könige! Die Leiber waren hier kaserniert gewesen. Türkengraben, Türkenstraße, Prinz Eugen? War's der? Alles Scheiß. Eingeebnet heut, von Schutt und Kies: Jetzt lag das weißkalte Wintertuch drüber. Tatüdadi – Achtung Autofahrer – auf den bayerischen Landstraßen ist mit Schneeglätte zu rechnen! Bitte Vorsicht!
Rita hatte gesagt: Da riecht's nach Urin im Jazzkeller! Wir waren nur einmal hingegangen. Außerdem mochte sie meine Ko-

teletten nicht, die ich damals hatte, am Anfang vom Studium, damals.
Und jetzt könnte ich im warmen Büro sitzen! Scheiße! Rechtsum! Aber rasch! Abtreten, marsch zum Poolbillard! Schach!
Hier hat's der Graf Oskar dem Adolf schon heimgezahlt: »Fürs Anhören Ihres Schmarrns müssen's mir das Essen schon zahlen. Punktum!« An zweien der erhöhten Dreibandtischen war schon Betrieb. Gleich neben der Ausgabe stand ein Tisch mit Rundblick: »Bitt schön!«
»Ich brauch was zum Essen!«
»Das sieht man!«
Sie war eine gemütliche Person, in weißer Bluse und schwarzem Rock: »Sind Sie Jugoslawin?« Ihr blonder Haarturm fiel nach vorne und zurück.
»Und ein Bier.«
»Sie sollten vielleicht doch einen Kaffee vorher ...?«
»Bier!«
»Eine Halbe, Eier, Speck und Brot!« murmelte sie, während sie schrieb.
»Für Sie hat die Köchin eine Suppe extra warm gemacht!« Sie schob die hohe Tasse mit der Gulaschsuppe über die Tischplatte. »Wie das?«, überrascht versuchte ich, in ihr Gesicht zu sehen. Aber ihr Busen überdachte mich.
»Die Köchin hat Sie durchs Fenster gesehen!«
»Dann brauch ich auch keinen Spiegel mehr!«
Sie ging zur Fensterwand: In der Lichtglocke ordnete ihr Scherenschnitt die Stühle, brach die Strahlensäulchen zu Trümmern, die Staubteilchen umrundeten heftig zitternd ihre handliche Silhouette.
Das beschlagene Glas kam erst nach den Eiern und dem Speck: »Jetzt haben Sie schon was im Bauch!« Sie setzte sich für einen Moment gegenüber auf den Stuhlrand: »Verdruß, schon so früh?«
Ich schnaufte: »Verdruß? Das ist kein Wort!«
»Sie sind nicht verheiratet!« stellte sie fest.
Ich grinste mühsam: »Kein Liebeskummer!«
Sie lachte leise: »Ein Mann braucht eine Frau. Ein verheirateter Mann ist viel ruhiger!«
»Woher wissen Sie denn das?«
Breit spaltete sie das Gesicht: »Ich seh's bei meinem!«
Sie ließ die großen Zähne länger zwischen dem dunklen Flaum sehen. Also doch gefärbt, die ganze Pracht drüber.
Mit Muttern einfach Essen gehen heute: Freitag. Freier Tag.

Hoffentlich hat die Lösch alle Termine abgesagt? Brrh. Was geht's mich an. Dummer Angestellter bis zum Ende: Die Ehre des Ingenieurs. Mittag essen. Ich könnte sitzenbleiben und weiteressen. Essen. Immerfort. Schon ewig nicht mehr mit Muttern weggewesen; Scheiße, könnt doch nichts erzählen. Im Winter nach dem Schlittenfahren hat sie mich immer ins Bett auf der Couch in der Küche gesteckt. Heißer Kakao.
»Noch 'n Bier!« Der weiße Turm neigte sich bedenklich. Hier haste auf Sand gebaut.
»Nehmen Sie doch lieber eine Portion Kaffee!«
Das einzelne Tiegelgeschepper pegelte sich zum Lärmwurm: Kopftuchsprachig ritt ein halbes Dutzend Frauen drauf. Soßengerüche wehten aus dem offenen Küchenfenster, fingen sich in den grünen Vorhängen, die plötzlich neben den Fenstern aufgereiht hingen. Die höhere Sonne hatte ihre Flimmertropfen vom Fenster weggeschlürft: Durchdringlich nun die Dämmrigkeit im hinteren Teil des Wirtshauses. Über den grünen Filzen waren Leuchten angegangen: gelbe Monde über schattenlosen Kugeln. Dunkelhaarige Gesichter schnitten ihre Lichter, ruhig über der Quere schwebend: zustoßen, sich zurückziehen. Leise Rufe. Spieler sich erkennend, das Anstoßen der Figuren im Holzkistchen, bevor sie aufs Brett gestellt wurden.
Sie mußten vom Himmel gefallen sein: »Schau dir den Penner an. Spielen statt arbeiten!«
»Lilo, ... Gerd!«
»Du hast's gut. Sitzt hier rum!«
Müde fiel meine Hand wieder über die Tischkante nach unten: »Jeder, wie er's verdient: Und ihr? Was macht ihr hier?«
»Wir wollten uns mal ungestört über den Betriebsrat unterhalten! Hier kommt bestimmt keiner vom Büro rein!«
»Konspirative Sitzung!« Es schmelzte richtig salzig auf der Zunge.
»Na ja, wir zwei wären uns ja einig, als kleine radikale Minderheit! Aber die Höllerers haben Mehrheiten!«
»Aber nicht erst seit heute!«
»Sei froh, daß du nicht mehr da bist! Spaß macht das alles nicht!«
»Das Leben macht Spaß! Aber wer versteht heute noch einen Spaß!« Ich brachte sogar meine Zähne auseinander, vielleicht lächelte sogar meine rechte Gesichtshälfte: Larifari allemal.
»Mehr Angst als Vaterlandsliebe!« Gerd nahm den Suppenteller der Bedienung ab, er hatte von den preiswerten Menüs eines genommen. »Nicht nur Angst. Jeder will weiterkommen, und dazu muß er dem anderen erst mal eines reinwürgen!«

»Hab du doch mal die Schulden von einem Haus!«
»Baust du?«
»Nein! Aber schau sie dir doch an, die Häuslbauer! Da werden Herrenreiter zu Radlfahrern!«
Und klammheimlich, wie nebenbei: »Wie gut kennen sich eigentlich die großen Büros hier alle? Wenn wir uns bewerben würden: Wüßten die, daß wir Betriebsräte waren?«
Die zwei feinen Bögen fuhren nach oben: »Du meinst, Schwarze Listen?« Ihr roter Mund spitzte sich zum Punkt des Fragezeichens. Unwillig flogen dann die dunklen geraden Haare nach hinten: »Betriebsrat ist nichts Negatives. Wenn die sich anrufen.«
»Die rufen sich an, klar!«
»Auch, wenn du sagst, sie sollen da nicht, anrufen?«
Begütigend wölbte sich der Löffel über seine Zunge, er klemmte das unruhige Ding fest.
»Vielleicht gerade dann!«
»Was würdest du tun?«
Meine Achseln rückten sachte zu den Ohren: »Wenn ich Personalchef wäre?«
»Ja!«
»Was würde ich tun? Ach, das ist doch Scheiße. Wer sagt denn, daß ein Betriebsrat nicht mehr woanders eingestellt wird! Die Frage ist falsch gestellt, meine Freunde. Wir sind doch Fachleute und werden nicht als Betriebsräte ein- oder nicht eingestellt.« Die flache Hand patschte auf die Tischplatte: »Ich zahl mal, dann könnt ihr wieder unter euch ...«
Dunkle Flecken und Ränder waren von der Fahrbahn in die Schneehaufen am Randstein eingesickert. Böhmische Granaten, Topase aus Brasilien, Tigeraugen ringelten sich zu frischen Kegeln aus der schneeigen Hügelkrone: Diese Köter bellen nicht nur. Matschige Blattern überzogen die Schneewangen der Autos am Straßenrand. Stahl schrammte über Schienen: Der Fahrer verfunkte Sand vor die Räder – die blau geschürzten Türen schwangen sich seitlich vor den aufquellenden Mantelfiguren davon. Gegen den Strom schwänzten andere an, zur Vereinigung im Warmen, einer unter gleichen Brüdern, eines vom Ganzen. Der Fahrer klingelte die Station ab. Die Teilung der Masse wieder im Stillstand: Gleichgewicht.
»He, Hans!« Die Ärmel des Parkers fransten schon aus. Die gleichen Sommersprossen überm gleichen, großen Gesicht: »Dein Bruder schaut viel besser aus, der ist fetter!« hatte die Mutter zum Oskar Maria Graf gesagt, als er nach Hause kam: »Bernd, was machst'n du hier?«

Er deutete zum Eingang des Schellingsalon. Da komm doch ich her?
– Schlaues Kerlchen, daß ich als erstes gefragt habe. –
»Ich arbeite vor der Spülmaschine!«
»Keine Zeitungen mehr?« Die rötlichen Haare schwangen über den Kragen: links – rechts – links: »Ungünstige Zeit, weißt du! Da bin ich wieder in der Uni!«
»Uni? Studieren? Du?« Anerkennend lächeln: Verklärte Rückschau – das waren Zeiten: »Was denn?«
»Aufbaukurse für Informatik?«
»Du und Computer!«
Er lachte: »Journalismus, wenn du so willst!«
»Brotberuf für den Germanisten?«
»Wenn's nur so wäre. Gibt doch kaum Jobs, bei denen es ums Theater geht. Na ja. Und du?«
Die Fäuste in die Lederjacke schieben. Standbein wechseln, den Kopf mit einmal hoch – aus den Augenwinkeln das Grinsen entlassen:
»In einem Monat ohne Job!« Die Schultern hochziehen und fallenlassen: »Mal sehen, ist für mich auch noch brandneu!«
Er riß seine Zähne auseinander, lachte: »Du hast doch einen richtigen Beruf. Kann dir doch nicht passieren! Gibt doch Arbeit beim Bauen!« Seine breite Hand fuhr hoch: »Servus!« Er rannte über die Straße zum Bus, der gerade abbremste.
Fürs Zeichenbrett langt's allemal. Oder als Abrechner auf einer Baustelle: Sagt der Leiter des Konstruktionsbüros zu einem jungen Ingenieur am Zeichenbrett, der mal was anderes tun wollte: »Ich hatte auch zwanzig Jahre das Brett vorm Kopf!«
Von drüben wirbt der Bäcker, der Müller heißt – was Süßes?
Unterm Schuh drückt sich die Aschenwurst pulvrig – der weggeworfenen Kippe war's nicht zu kalt, um weiter zu verglühen. Rote, heiße Glut und dann grauschwarze Spur, breit im Schnee. Ich ging wirklich über die Straße und kaufte mir ein Stück Obstkuchen. Wie lange war ich schon nicht mehr in einem Bäckerladen. Zucker und Nuß verpappten die Nase von innen: »Was Süßes kaufen!« Das war ja wohl schon ganz lange her gewesen.
Gleich über den Dächern fingen die Wolken an. Graublauschwer. Riecht's nach Schnee oder ist's bloß der Smog: Unzuverlässig, dieser Unplanet. Ausgebüchst übers Naschen. Die Fassaden hatten plötzlich Begräbnisschminke aufgelegt, nur unterm Vordachgürtel blieb der Flitter – Neon und erleuchtete Fenstertüren. Ein Surfer schlug über Gischt und blauer See ein-

fach Sommer vor: Kauf bei Elektro, hol dein Video! Trägerfreie Blusen kosteten im Winterschlußverkauf nur wenig. Übergrößen aber bitte, noch mal 30 Prozent weniger: Jetzt kriegt sie sogar schon was raus. Immer den Schienen nach – Nord. Nordost.
Ein kleiner Laden, innen saß eine junge Frau und strickte: »Haben Sie einen Afghanenmantel, der mir paßt? Der wäre so schön. Na, das ist aber schade, sind meine Schultern wieder zu breit!«
»Vielleicht krieg ich noch einen in second-hand rein!«
»Rufen Sie mich an?« Das Kind fuhr mit seinem Lastwagen über meinen Schuh: »Meinst nicht, daß jetzt meine Zehen hin sind?«
Die Augen ganz blau und rund und so groß wie der Mund: »Neiiiin!«
Weißes Gekräusel hatte sich auf dem Mützenschirm abgesetzt: Geschmolzen sickerte es durch und tropfte ihm auf die Nase: »Wollen's nichts mitnehmen, der Herr?«
Vor der niedergezogenen Markise war Schnee ins Kraut der Rettiche abgerutscht: »Eissalat, wunderschöner Eissalat!« Die Marktfrauen traten von einem Fuß auf den anderen: »Heut gibt's no was. So finster, als ob's schon fünfe war!«
»Mach d' Tür zu!« Preise wie beim Dallmayr, beim schnellen Spanier.
»Deswegen wird's drauß a net wärmer!«
Gott, der Valentin ist doch schon so lange tot. Da lacht doch keiner mehr.
»Paar Muscheln, bißchen Paprikagemüse? Was willst?«
»Vielleicht was ohne Muscheln und mit wenig Öl!«
»Nur reines Olivenöl!«
»Na drum!« Der konnte auch nicht lachen drüber. Aus Schreck über seine Fratze akzeptierte ich dann sogar noch einen andalusischen Wein: »Aus meiner Heimat, weißt du!«
»Warum kommst du nicht öfter? Hübsches Lokal, meines?«
»Ihr seid's doch der teuerste Stehimbiß von München!« An den langen Zähnen, die aus dem Dunklen springen, erkannt: Ach Gott, der Krause-Sugar-Peter. Und auch sonst: Wo kennste denn die alle her? XYZ, wie Zimmer. Kammerjäger müßte man sein. Privates Bettungeziefer erforschen.
Dann schon lieber nach draußen. Die sauberen Flocken hatten sich noch mal nach oben verdrückt: War ja auch zu häßlich der Salzmatsch: Gezackt verlief der weiße Rand auf meinem Schuh. Wenigstens sind die noch nicht aus Blech: Wegen fehlenden Unterbodenschutzes aus dem Verkehr gezogen. Bei Grün – gehen.

Die Krake über den Dächern stieß die Tinte ins grobe Gewolk, daß es walkte: Drüben da: Hieß damals noch Piccolo, das Café. Ekliger Wirt, nicht mal das Bier zur Brotzeit hatte er rausgerückt. Lehrjahre sind keine Herrenjahre. Herrenreiter. Herrenfahrer. Herr K. Herr X. Herrlein. Hat ihm aber auch nichts genützt. Jetzt sahnt ein anderer ab: Tot der Alte, jetzt heißt's Josephstuben! Meine Hände waren immer von feinem Rißwerk überzogen gewesen. Kalk und aufgesprungene Haut. Ich öffnete die linke Hand und sah sie an: Noch warm, vom spanischen Hüttlein: »Geht schon noch ein Stückchen, dein Lebenszünglein!« – Arsch, auf, auf. Rosige Zukunft und keine abgefrorenen Finger. Immer der Nase nach. Und noch 'n Stück.
Und es half nichts: Schon wieder eine Kneipe vor mir. Oder zwei. Dunkelrote Tischdecken links, mit weißer Überdecke drüber. Diskrete Bedienungen, die erst fragen, wenn die Speisekarte wieder auf dem Tisch liegt. Rheinischer Sauerbraten bürgerlich? »Für was bist'n in der Ohmstraße. Strom kommt von Ohm. Dem Strom widerstehen: Das baut Spannung ab? Auf. Auf ab. Auch ganz schön: Rechts ab, es ist auch eine Eckkneipe. Rote Vorhänge verwuchern mit dem indirekten Licht zum Gestrüpp: Wo geht's hier bitte durch zur Quelle?«
Ruhig dreht sich der Griff in ihrer Hand bis zum Anschlag: Steifweiß schießt der Schaum hoch – verhält im Glas über goldnem Grund – klack – der nächste Glasbauch und noch einen: Auf Vorrat – in Reih und Glied – den letzten Schuß für drei der schon fast schlürffertigen Gläser: Geschickt fingern ihre Hände den papierenen Brautkranz um den Stiefel: »Auf die Theke damit!« Und der flinke Kuli zieht den Strich aufs Filz: »Nein, alle drei auf meinen!« Allegorie in Schlips. 'n halbes Dutzend Kerle gukken wieder aufs Messing. Aus dem eingetauchten Hahnenmund finden die schaumigen Zungen, steigen gelb in die abgesackten Laken. Wieder sind sechse durch, weiße Blasen werden zu Schlieren, treiben auf dem Messing, tropfen ab.
»Ein Pils.« Sie nimmt noch einen tiefen Zug Luft durch ihre Zigarette: Die ausgestoßene Wolke walzt um sie rum. In einen der halbfertigen Glasbäuche fährt wieder der Strahlfinger. Die zwei Strahler hängen tief übern Zapfes: Den Suffköppen ihre zersprungenen Äderchen mußte nicht so angucken, so ab halb zehn.
»Dauert noch etwas!« beruhigte mich das kleine Gesicht unterm kurzgeschnittenen Haar. Sie lehnt mit dem Lederschurz an der Thekenkante. Ihr T-Shirt kurvte kaum einen Umweg. Baumhoch der Kerl plötzlich und im Anzug: »Wolf!« »Schau. Schau! Der Aufsteiger! Prost, du altes Arschloch!« Mit

ruhigster Fahrt schwirrte sein Glas nach oben, setzte weich wieder im Thekenerdgeschoß auf: Bitte einsteigen! Ich stellte mein Glas – das brave Mädel hatte rasch noch meine Hand bewaffnet – daneben. Der Schaum war ausgefranst. Brocken davon rutschten draußen ab.
»Du stehst schon länger da, heute?«
Mit ruhiger Hand wischte er ungefähr durch die Luft: »Seit Mittag!«
»Macht ja nicht früher auf hier, das Puff!«
Ein froher Zug stellte sich neben die Zerstörungen in seinem Gesicht: »Schau!« Er streckte die beiden grobknochigen Hände aus, drehte sie ruhig um die Längsachse der Arme: »Kein Zittern und kein Flattern!«
»Mindestens fünf Pils und drei Wodka!«
»Reicht mir schon lange nicht mehr!« stellte er ungerührt fest: »Aber seit ich mir nichts mehr schieß, ist sogar der Ausschlag weg!« Das Feuerzeug illuminierte die frisch überwachsenen Flecken an den Händen.
»Ob dir das Rauchen so guttut?«
»Hör du doch auf damit!« Sein Zeigefinger fuhr am Rauchfaden runter, bis er auf meine Hand stieß.
»Wolf! Komm!« Am Ende der Theke warteten zwei Mann mit dem Lederbecher. Er war dran. Ich zog mein Glas mit rüber. Ein Vollbart kräuselte sich ums Nachbarfilz. »Ihr steht seit zehn hier rum?«
»Fast!«
Der kräftige Teppichberater, den ich kannte, grinste: »Wir haben uns an einer Kreuzung getroffen und hatten noch nicht gefrühstückt.« Wolfs Pranke schlug mir auf die Schulter: »Da kannst noch was lernen! Jeden Tag nur buckeln? Mit mir doch nicht!«
»Verdienste doch nischt!« lächelte der dritte Spieler.
»Kommst doch nie zu was. Eigene Geschäfte mußt du machen. Wenigstens ab und an!«
»Zum Beispiel?« Die Brauen hüpften belustigt über seinen korrekten Schlips: »Ist doch egal, was. Hauptsache Kohle. Zum Beispiel unsere Mehlnase drüben.« Er deutete auf einen kleinen Mann am anderen Thekenende. »Was hat denn der als Elektroingenieur verdient? Nischt. Und jetzt verdient er sich dumm und dämlich, weil er für paar Neger eine Eisenbahn baut!« Er streckte die Hände in unterschiedlicher Höhe aus: »Hier nehmen, dort geben!«
»Und was machen Sie?« Die Würfel trommelten gegen das Leder, stießen am untergelegten Bierfilz.

»Ich? Ich fahre Kleider aus. Wissen Sie. In Oberfranken sind die Löhne noch gut. Da laß ich Kollektionen nähen. Privat. Nur Qualität. Und die verkauf ich an meine Stammhäuser: Nur beste Adressen. Ich die Frühjahrskollektion, mein Partner die Herbstkollektion. Ich will ja nicht reich werden. Gut leben will ich! Eine Runde hier für uns!«
»Und davon leben Sie gut?«
»Sehr gut sogar!« überschlug sich Wolf. »Haste nicht den Dreihunderter gesehen, und im Häusl wohnt er und kann sich sogar geschieden noch ein Bierchen leisten!«
»Und du gehst aufs Wohlferl, wenn's dich rausschmeißen: Wegen Suff nicht zum Dienst erschienen. Oder?«
Der Lange sah mich mitleidig an: »Du mußt was im Leben riskieren, verstehst du! Nicht nur immer Angst haben!« Er stellte sein Glas wieder zurück: »Noch 'ne Runde Steinpilze für uns alle hier!« Geduldig zog die Zapfes vier neue Gläser ins Gepritschel unterm Hahn zurecht: Deutsche Verinnerlichung heißt Ordentlichkeit: Rechts die leeren Gläser, dann ein Stoß, mit eingesacktem Schaum vom ersten Schuß, links die fast fertigen.
Von einem Ohr zum anderen grinsend, schlürfte der Wirt aus dem Halbdunkel hinter der Theke: Im Vorbeigehen ihre Backe angeprüft, die Schublade aufgezogen. In gerammelter Enge staken fünf Reihen vollbärtige Bierfilze.
»Wolf, du stehst schon auf über dreizehn!« Er zog den Finger aus der aufgespreizten Fuge zwischen den Filzen – gelb blinzelte das Kontoblatt der Deckelwährung über unzählige weiße Filzkanten:
»Nächste Woche mindestens eine Mille, klar?« Wolf schickte seine langen Finger auf einen unbeteiligten Rundbogen.
»Wie steh ich?« brüllte der Teppichberater über mich hinweg.
»Das Doppelte – auch nächste Woche, zum Monatsanfang!«
Noch immer lächelnd, richtete der Wirt sich auf, kickte mit dem Pantoffel die Schublade zu.
»Du rauchst nicht, du trinkst nicht, nur deine Hände zittern, und auf der Baustelle findet dich meistens keiner!« Mein zweites Glas war noch immer nicht leer. Die zwei vollen bedrängten das zur Neige gehende Schwesterchen: Tut man das?
Die Pranke fuhr mir wieder über die Schulter: Der halbe Kerl lag über mir: »Na denn!« Die glasklaren Steinchen verschütteten sich in uns rein: – Aber auch diesen nicht mal mehr zu einem Drittel geschafft – pahh, dieser Kartoffelsprit.
»Du mußt noch viel lernen! Klotzen mußt du!« Mehlnase stand

154

plötzlich vor uns, forschte in Wolfs Gesicht: »Ist das nicht dein Herr Betriebsrat?«
»War mal. War mal!« Er lockerte sein Gewicht etwas, um mir wieder auf die Schulter klopfen zu können.
Kurz in die Knie gehen. Es schwankt der Kerl. Und ab in meine Jacke: »Glaub ja nicht, daß ich mir jetzt euer Gelabere anhöre!«
»So sind die Leuteverführer. Feige Hunde alle!«
Die Metalltür hinter mir fuhr ihm über den Mund. Kotzen statt Klotzen. Oder was?
Die Kälte wühlte sich mir unter das Gesicht. Nach drei Schritten beschlug die Brille hinter den Händen. Rotzen, und in der Nase verleimten sich irgendwelche Innereien: Na, dann lauf ich halt die Straße runter. Zwei gelbe Vierecke und noch zwei und noch zwei, bis vor: Dann drüber ...? Ein ganzer Block mit gleichen gelben Vorhängen? Die Lichter in den Räumen nacheinander mit der Geschwindigkeit eines feierabendlich gestimmten Menschen angesprungen? Raum für Raum, übern versperrten Eingang ohne Licht – in den Stein gehauen: Ein Maskenwahn im Schild und Wellenlinie, grau – Isarversicherung! Gibt's hier doch gar nicht mehr ... mehr ... Schnell um die eigene Achse und einen kleinen Sprung: So wo sama?
Die Münchner Rück also hat sich schon monetär angewühlt. Rififi in Schwabing: Fassade bleibt, allabendlich läuft Prometheus' Faktotum durchs Haus und knipst am gefundenen Schalter. Nur Bauschild gibt's keines.
Vornehmste Zurückhaltung: Nur im Nebenhaus sind's noch Wohnungsfenster: Schreibtische sonst überall hinter den renovierten Fassaden. Gut verschanzt also die große Versicherungskrake. Beute ist ganz Schwabing bald. Unter den Straßen schon die Tunnel zu neuen Grundstücken gebaut.
Unter der Kälte knirschen alle Schritte. Das Weiß der Wiesen schwappt in die Wege: Schnee schmilzt im Schuh. Im Auto brauchst keinen Mantel. Dunkle Silhouetten irgendwo im Graublauen, das verhakt in den spitzigen Bäumen festsitzt.
»War ich heut überhaupt mal nüchtern? War ich überhaupt im Büro? Paß ich nicht dazu? Wohin? Und wer zu mir? Wer zu wem? – Wer mit wem?«

Dreh dich nicht um: Gebuckelt und erstarrt sind im See die vielen kleinen Wellen. Grau und porig, Rillen und Furchen verflochten.
»Trägt's?«

Am Rand ist's nicht tief, weiter drinnen langt's zum Versaufen auch nicht. Balken sind auf dem Uferweg nur an der Brücke. Weite Schritte, schnell. Die Arme um den Leib geschlagen: Ich komm durch. Durch den Englischen Garten allemal.
Gelbe Brühe läuft aus den hellen Löchern oben, vermischt sich mit dem Nebelgebrei, Milch, die Figuren in ihren warmen Sachen rühren drin um, hinterlassen scharfe Schnitte auf dem hier weiß scheinenden Eis. Seilabspannungen um den freigeräumten Bereich: »Zur Kasse«, zeigt ein unbeleuchtetes Schild.
Und daneben: Die Kneipe. Jack Londons Polarhunde ziehen einen Schlitten. Der besoffene Gaul lehnt an der Wand. Die Wahllokale haben sich hinter den Jalousien verzogen: Die Fiktion der Prohibition. »Wo's warm ist, hat's keinen Schnaps.«
Die Italiener sind ein ausgeschlafenes und nüchternes Volk. Ein letzter Blick zu den großen Steinmuscheln des Brunnens. Piazza Farnese, Roma: Der weiß bejackte Kellner trägt die Tische vom Mittagstisch herein. Am Abend wird's doch noch kalt. Nachmittags hatten sich die Menschen auf der Sonnenseite zum Essen gedrängt. In den Karaffen waren kleine Blasen im Weißwein hochgestiegen. Verdammt, es ist wirklich saukalt. Und dann sah ich den Caravan.
Mit zwei Schecks bin ich locker dabei. Der hagere Mann musterte mich noch immer: »Das ist ja wirklich ein hervorragendes Paar.« Das Licht brach sich auf dem blanken Metall, zerfaserte auf dem Dekorationsstoff:
»Als Junge war der Stiefel mein Traum!«
»Erfüllen Sie sich den Traum. Sie sind alt genug geworden dafür! Jeder braucht was fürs Herz!« Gestern ist nicht mehr heute. Ich stieß die Börse in die Tasche zurück: »Aber ich möchte es doch nur mal wieder versuchen. Sie haben doch auch Leihhokkey.« – »Das ist natürlich nicht dasselbe! Aber wenn Sie wollen! Hier!« Er zog ein Paar schwarze Stiefel mit Schlittschuhen von unten raus: »Die müßten passen!«
Mit dem Daumen den Hohlschliff bis nach vorne verfolgt: »Da drauf können Sie ja mit dem nackten Arsch bis Paris reiten!«
Die dunklen Lippen rollten auseinander: »Ansprüche auch noch!«
»Ich zahl ja dafür!«
Er reichte mir ein anderes Paar: »Die sind auch breiter vorne. Sie haben einen leichten Senkfuß!«
»So?« Die seitlichen Streifen aus weißem Leder waren auch bei dem neuen Paar brüchig.
Unsicher von der Bank sich hochwackeln und mit den Schonern

über den Trampelpfad stochern: Quo vadis? Nur paar Spuren zweigten von der Kasse rechts ab, direkt zum See.
»He. Wohin!« Die Frau mit der Zipfelmütze hatte aus der Kasse gerufen.
»Aufs Eis!«
»Da müssen Sie hier lang. Drüben ist doch nicht geräumt!«
Und doch sah ich noch mal hinüber.
Zwei, drei Schocks von Menschen in Pullovern rührten noch immer den Lichtnebelbrei um: Paradox eigentlich – immer links rum, links rum?
Unsicher umknickend, eine Rothe Hand sich ins Atemloch stecken: »Trotzdem fahr ich lieber auf dem See – ohne Zaun!«
»Drüben am Zufluß ist er noch nicht zu. Sie tun das auf eigene Gefahr!«
»Auf wessen denn? Sind's Ihre Knochen?«
Und dann fahr ich geradeaus vorbei, an der Einzäunung, mühsam mich über unzählige Eisbrocken schiebend, die hohen Bäume der Insel tauchen auf, begrüßen mich artig auf meinem Bogen um sie. Am Nordufer gleiten ruhige einzelne Menschen entlang, im Süden steigt eine Schar Enten zum Gute-Nacht-Schwärmen auf, bevor sie sich wieder aufs Wasser zum Schlafen niederlassen.
Ich schiebe schneller an, trau mich auch wieder zu übersetzen, schneller, nach links geht's leicht, aber nach rechts? Klar, geht, läuft, der Schnee liegt ganz flockig leicht – plötzlich stolpere ich, ein Buckel, das weiße Tuch rutscht unter mir davon.
Ich lache, auf der schmerzenden Seite liegend. Ein bißchen Blut an den aufgerissenen Fingern. Ich leck die herabrinnenden Tropfen auf. Der Ellbogen brennt irgendwie. Noch liegend zünde ich mir eine Zigarette an, lach den Rauch aus den Lungen, ein anderer Schlittschuhläufer fährt 'nen Dutzend Meter weiter weg vorbei: »Was passiert?«
Lachend schüttel ich den Kopf: »Nein, nur lausig kalt!« Auf dem Rücken im Schnee liegend lach' und rauche ich. Die violetten Finger wühlten im Schnee, ich rieb mir mit dem Schneeball übers Gesicht, drück ihn in den Hemdkragen.
»Lausig kalt. Ja.« Ich brüll es lachend. Setz mich lachend auf, merk, daß ein Glas meiner Brille fehlt: Die Figuren im Lichtneben vorne haben alle keinen richtigen Rand mehr, verschwimmen – kein Anfang, kein Ende ... Ich form Schneebälle und werf danach. Endlich einen Spaß haben.

Der Werkkreis

In eigener Sache:

Weil Arbeit und Liebe die zwei bedeutendsten Dinge im Leben der Menschen sind, beschreiben die Autoren des Werkkreises diesen Bereich ganz besonders oft und besonders realistisch. Auch, weil hier die Menschen besonders häufig bedrückt und manipuliert werden. Die Menschen werden ständig zu Handlungen gedrängt, die sie eigentlich nicht wollen, und werden somit immer wieder um ihre Hoffnungen und Wünsche geprellt.

Der Werkkreis Literatur der Arbeitswelt versteht sich als Teil der Arbeiterbewegung, die sich von jeher für die Emanzipation der Menschen einsetzt. Mithelfen an diesem Ziel wollen die vielen Frauen und Männer des Werkkreises durch das Beschreiben ihrer Erlebnisse und Erfahrungen. Sicher können viele Menschen in unserem Lande zu diesem Ziel beitragen, da sie bereits Erfahrungen im Schreiben haben oder den Willen dazu. Da in den Werkstätten des Werkkreises diesen Frauen und Männern Hilfe zum Schreiben angeboten wird, fordern wir euch auf: Schreibt, Kolleginnen und Kollegen aus den Betrieben und Büros und in den Fluren der Arbeitsämter. Schreibt auf, was euch bewegt und widerfährt. Sprecht mit anderen in gleicher Lage darüber und kommt zu uns in den Werkkreis. Örtliche Werkstätten gibt es in 30 Städten von Kiel bis München, in West-Berlin, in Zürich und Graz.

Unsere zentrale Kontaktadresse lautet:

Werkkreis Literatur der Arbeitswelt
Postfach 180227
5000 Köln

Wir kommen gern zu Lesungen in Schulen, Gewerkschaftshäuser, Jugendzentren, Volkshochschulen, Büchereien und Buchhandlungen. Die dem Werkkreis angeschlossenen Grafiker arbeiten in eigenen Werkstätten zusammen. Kontakte ebenfalls über obige Adresse.

Spenden für unsere Arbeit
erbitten wir auf das Postscheckkonto
Köln 273 707–509
(Spendenquittung wird übersandt; wir sind gemeinnützig anerkannt)

Werkkreis Literatur der Arbeitswelt

**Wolfgang Kammer
Bergersdorf ist überall**
Ein Umweltroman. Bd. 5285

Kriminalgeschichten
Bd. 2076

Landfriedensbruch
Geschichten und Reportagen
aus der Provinz. Bd. 5239

Leben gegen die Uhr
Die Schichtarbeitergesellschaft
kommt. Bd. 5287

Liebe Kollegin
Texte zur Emanzipation der Frau
in der Bundesrepublik
Bd. 1379

**August Linder
Bordbuch vom Rhein**
Bd. 5279

**Heini Ludewig
Der Mann,
der von unten kam**
Bd. 5286

Neue Stories
Bd. 1835

Schulgeschichten
Bd. 1816

**Jürgen Seidel
Ausgewandert**
Sechs Erzählungen. Bd. 5277

Sportgeschichten
Bd. 2229

Das Ziel sieht anders aus
Gedichte
Bd. 5276

Tatort Arbeitsplatz
... gestern und heute
Bd. 5284

**Jochen Zillig
Gelegenheit macht Liebe**
Ein Bauernroman
Bd. 2152

**Jürgen Alberts
Die zwei Leben
der Maria Behrens**
Roman. Bd. 5168

Fischer Taschenbuch Verlag

Werkkreis Literatur der Arbeitswelt

Arbeiter und Angestellte arbeiten in über 30 Werkstätten mit Schriftstellern, Journalisten und Wissenschaftlern zusammen. Sie setzen sich kritisch und schöpferisch mit den Arbeits- und Alltagsverhältnissen der Werktätigen auseinander. Der Werkkreis versucht, mit sprachlichen Mitteln die Probleme der Arbeitswelt als gesellschaftliche bewußt und durchschaubar zu machen.

**Zehn Jahre Werkkreis
Literatur der Arbeitswelt**
Dokumente, Analysen,
Hintergründe. Bd. 2195

A wie arbeitslos
Erzählungen, Geschichten,
Informationen. Bd. 5282

Augen rechts
Bd. 2237

Für Frauen
Ein Lesebuch. Bd. 2173

Geschichten aus der Kindheit
Bd. 2151

Geschichte zum Anfassen
Erlebnisse und Anekdoten des
Roten Großvaters. Bd. 2211

**Ich steh' auf
und geh' raus**
Frauen erzählen. Bd. 5283

**Im Morgengrauen. Erzählungen
und Gedichte über das Altern**
Bd. 5278

**Kein Dach überm Leben
oder Not hat viele Gesichter**
Bd. 5280

**Elmar Audretsch/
Volker Groschwitz
Doppelmord**
Störfall im Berufsschulzentrum
Bd. 5288

Fischer Taschenbuch Verlag